食王

SHOKUOH

NIRE SHUHEI

楡周平

祥伝社

食王

目次

装幀　岡　孝治
写真　Urostom/Shutterstock.com
図版　ch123/Shutterstock.com

序　章

梅森大介《うめもりだいすけ》は、妻の里美《さとみ》が運んできた冷水を一気に飲み干すと、ほっと息をした。

時刻は午後十一時を回っている。

七十一歳になる梅森は、全国に百十店舗を超える店舗を展開する外食チェーン、『株式会社築《つき》地《じ》うめもり』のオーナー社長だ。

経営者に勤務時間はない。平日の早朝から夕刻までは会社で執務、夜は仕事絡みの会食となるのが常で、必ず酒を飲む。歳《とし》のせいもあって、酒量には気をつけているのだが、今夜の宴席は長年親しくしてきた築地で仲卸《なかおろし》業を営《いとな》む社長たちが相手だ。『江戸前《えどまえ》の会』と名付けたこの宴席は、半年に一度、梅森が経営する寿司《すし》屋で開催され、二十名ほどのメンバーが無礼講《ぶれいこう》で最高の海の幸を肴《さかな》に一宵《いっしょう》、酒を酌《く》み交わす。

付き合いもかれこれ四十年にもなると、もはや客と業者の関係ではない。彼らにしてみれば梅森は大切な大口顧客だが、飲食業において食材は命だ。商売が順調に行くのも彼らの確かな目利《めき》きがあればこそ。生殺与奪《せいさつよだつ》の権を握る存在といっても大袈裟《おおげさ》ではない。つまり、双方の利害が一致する、いわば運命共同体ともいえる対等な関係にあるのだ。

いつにも増して酒量が多くなってしまうのが常なのだが、どうやら梅森が漏《も》らした息の様子が酔いのせいばかりでないことに気づいたらしく、

「どうしたの？　なんかあったの？」

里美はソファーに腰を下ろしながら訊《たず》ねてきた。

「うん……ちょっとな……」

梅森は空になったグラスをテーブルの上に置くと、背もたれに身を預けて、ぽつりと漏らした。

「桶増《おけます》さん、豊洲《とよす》移転を機に、廃業することを決めただろ」

「ええ……。残念よねえ……。桶増さん、本当は店を続けたかったんでしょうけど、ご長男が突然お亡くなりになってしまって……」

「つい前日まで、元気で働いていたのが、くも膜下出血だからな……。あれから五年経《た》つが、この間桶増さん、廃業の準備と、終活を進めていたというんだ」

「終活？　桶増さん、どこかお悪いの？」

里美が心配げに、眉《まゆ》を顰《ひそ》めて問い返してくる。

「いや、健康面に不安を抱えているわけじゃない。俺も七十五だ、そろそろ先のことを考えなきゃ、といってね」

里美は六十八歳。男女共に、平均寿命が八十歳を超える時代だし、里美も梅森もこれまで病気らしい病気をしたことがない。しかし、生きてきた時間より、残された時間の方が遥《はる》かに短いこ

とに、改めて気がついたのか、

「それで……」

と、声を沈ませ先を促《うなが》す。

「宴会が終わった後で、桶増さんがちょっと相談に乗ってくれないかっていうもんでね。それで、近所のバーで飲み直しながら、その話ってやつを聞いたんだ。そしたら桶増さん、俺にビルを買ってくれないかって」

「ビルを？」

「これも、終活の一つだっていってね」

梅森は頷《うなず》きながら続けた。「従業員の方は、卸仲間が引き取ってくれることになったが、自宅の他に、五階建てのビルを持っているそうなんだ。麻布《あざぶ》の一等地に――」

「麻布なら、欲しいって人がたくさんいるでしょう。売りに出せば、すぐに買い手が見つかるんじゃないの」

里美は、梅森の言葉が終わらぬうちにいった。

「それがなあ、あのビルは、先代が店を継ぐ子や孫に何かあった時のためにって残してくれたものだから、思い入れがあるらしくてさ。見ず知らずの人間には売りたくないっていうんだよ」

「あなたに、そこで店をやって欲しいってわけ？」

「まあ、そういうことなんだが……」

梅森は、またひとつため息を吐き、「難しい場所なんだよなあ、あそこは……」

と、漏らした。

「難しいって、麻布でしょう?」

「コンパス通りにあるんだよ」

その一言で合点がいったらしく、里美は、「ああ」というように頷いた。

「六本木《ろっぽんぎ》と広尾《ひろお》を結ぶ通りで、商売に向いているように見えるんだが、実はそんなことはない。地下鉄を使えば一駅だし、タクシーならワンメーター。素通りしちまう通りだし、周囲は住宅街で、人通りは思ったほど多くはないんだ。実際、新しい店ができては、すぐに潰《つぶ》れちまう。イメージと現実のギャップが激しい、商売人にとっては呪《のろ》われた通りのようなもんだからな」

「じゃあ、テナントさんは?」

「先代も、桶増の商売につながればって考えたんだろうな。ビルを建てるに当たっては、飲食店向けの仕様にしたそうなんだが、入っては出の繰り返し。五階全部が埋まったのは、新築して暫《しばら》くの間だけで、いまは一階、二階にテナントが入っちゃいるけど、それも客の入りが思わしくなくて、いつ出ていってしまっても不思議じゃないっていうんだよ」

「それじゃねえ……」

里美もことの深刻さに気がついたらしく、言葉が続かない。

「まあ、ビルは会社名義だから、いままでは赤字が出ても、節税になるってメリットもあっただろうさ。店をたたんでも会社を残すことはできるが、仲卸の収益がゼロになりゃ、固定資産税がもろにのしかかってくる。なんせ麻布だからな。毎年、洒落《しゃれ》にならない税金を払わなきゃならなくなるんだ。従業員に支払った退職金には、だいぶイロをつけたみたいだし、手元のカネに不安があるのかもしれないな」

「先代だって、こんな時のために残してくださったんでしょうに……」

「そこが、桶増さんなんだよ……」

梅森は、天井を見上げた。「河岸《かし》の人たちって、口は悪いが、みんな情に厚いからな。特にあの人は生粋《きっすい》の江戸っ子だ。実際、あの人、先代の葬式じゃ、涙ひとつ流さずに、生前の感謝と、何があっても桶増を守っていくって、堅い決意を口にしたけど、息子さんが亡くなった時にはなあ……」

あの葬儀場での光景は思い出す度《たび》に、胸が張り裂けそうになる。

「息子が店を立派に仕切る姿を見るまではと、その一念でやってきたのに……。その日がもうすぐそこまでやってきたと思っていたところに、あの馬鹿野郎が……。親より早く死にやがって……」と、滂沱《ぼうだ》の涙を流し、号泣《ごうきゅう》したのだ。

「だったら、次男に後を継がせればよかったのに」

里美は残念そうにいう。「料理人を辞めて、店に入るっていってくれたのを、桶増さん、断っちゃったんでしょう？」

「それもまた、桶増さんらしいところさ」

梅森はいった。「次男が、大学には進まない。板前になるっていい出した時に、立派な家業があるのに、何いってんだって、猛反対する長男を、あいつの人生だからといって、説得したのは桶増さんだ。男が人生懸《か》けると一旦 志《こころざ》した道を、簡単に捨てるのか。お前の決意なんて、その程度のもんだったのか。そもそも、いまさら修業を始めて、桶増の頭《かしら》が務まるか。お前なんかにゃ、店を継がせるわけにはいかねえって、啖呵《たんか》切ったってんだもんなあ」

「内心では、嬉《うれ》しかったでしょうにね……」

「そりゃそうに決まってるよ」

梅森は腕組みをすると、「次男が東京に帰ってきて、あのビルで店を開くのが一番いいんだろうが、なんせ場所が場所だし、いきなり五フロアーの大店《おおだな》なんてとても無理だしなあ……」

呟《つぶや》きながら、考え込んだ。

四十年来の付き合いとはいえ、商売は商売だ。まして麻布の、それも商業地としては死屍《しし》累々《るいるい》、札付きの立地である。断るのは、簡単なのだが梅森も里美も断を下せずにいるのには理由があった。

桶増はもちろん、江戸前の会の社長衆には大恩があり、彼らの力添えなくして、今日の成功はあり得なかったからだ。

「なんとか力になりたいとは、思うんだが……」

そう呟いた梅森に、

「そうね。ここで、力になれなかったら、受けたご恩は借りっぱなしってことになってしまうものね」

里美は背中を押すようにいう。

「とにかく、一度物件を見てみることにするよ。何か使い道を思いつくかもしれないからな」

梅森はそういい終えると席を立った。

第一章

1

料亭『万石《まんごく》』は、創業百五十年を迎える金沢《かなざわ》にある老舗《しにせ》料亭の一つだ。

三年前までは、加賀《かが》の郷土料理を取り入れた懐席料理を供する料亭だったのだが、北陸《ほくりく》新幹線の開業を機に、地元石川県で水揚《みずあ》げされる加能蟹《かのうがに》と香箱蟹《こうばこ》をメインにしたコースを取り入れたところ、これが大当たり。冬のこの時期は、関東、関西からの客が押し寄せて、連日目の回るような忙しさとなる。

営業時間は昼が十二時から二時半、夜は六時から九時半の二部制で、休日は市場が閉まる日曜日と祝祭日だけである。

森川順平《もりかわじゅんぺい》の日常なのだが、そこは忙中閑《ぼうちゅうかん》あり。

店が終わった後も、板場の片付けを終えると、十時半を回ってしまうのが常なのだが、若手を誘って飲みに出ることもある。しかし、金沢に腰を据えて二十七年にもなるとはいえ、やはり北陸の冬は厳しい。まして、今夜は雪である。こんな日は早々に自宅に帰り、熱い風呂に入り熱燗《あつかん》をひっかけて床に入るに限るのだが、突然板場に現れた十代目店主の籠目《かごのめ》義郎《よしろう》が「ジュンペイちゃん、久しぶりに一杯やらないか」と声をかけてきたのだ。

「ところで、前にジュンペイちゃんがいってた実家の話ね、あれどうなった？　やっぱり、廃業することになったの？」

たわいもない話に終始してきた籠目だったが、ようやく本題に入るとみえる。

「ええ……。そのようですね」

順平は、ショットグラスに注《つ》がれたスコッチを生《き》のまま口に含んだ。「後を継ぐはずだった兄貴があんなことになってしまって、気が折れたってこともあるでしょうが、親父にとって築地は、やっぱり特別な場所なんですよ。小さい頃から店に頻繁《ひんぱん》に出入りして、商売のイロハを学んだわけですし、あそこで働く人は家族みたいなもんですからね。人生そのものの場所が、消えてしまうんですから、そりゃあ喪失感は、もの凄いものがあったでしょうから……」

「分かるなあ……」

籠目は遠い目をして、しみじみと漏らした。「家業を持つ家に生まれた人間はみんなそうだよ。僕だって、万石がなくなるなんてことは考えられないからね。僕の代で潰《つぶ》しちゃいけない。子に孫に、無事にバトンを渡していく。それが義務だと思ってやってきたんだからね」

「でも、こればっかりは、どうにもならないんですよ。築地の老朽《ろうきゅう》化は限界に達してますし、建て替えるなら、工事が終わるまでの間はどうするんだってことになりますからね。誰がどう考えたって、移転するしかないんですから」

「しかし、惜しいよなあ……」

籠目は、つくづく残念そうにいうと、スコッチを口に含み、ほっと息を吐いた。「桶増といやあ、築地の仲卸でも目利きの確かさってことでは定評があるからね。客だって、昔からの馴染《なじ》みがいっぱいいいるだろうし、豊洲に行っても商売は今まで通りにいくだろうになあ。第一、桶増がなくなってしまったら、客だって困るだろうさ」

「親父も、いろいろ考えた末での決断だったと思いますよ。それに、客が困るかっていったら、そんなことはないと思います。目利きの仲卸なんて、築地にはごまんといますし、そうじゃなかったら、あそこでは商売できませんからね」

そうはいったものの、順平だって幼い頃から店に出入りし、築地のことは場内、場外、隅から隅まで熟知しているだけに、桶増の屋号が消え、築地もなくなってしまうことは残念なんてものではない。

そんな内心が表情に出たのか、

「ジュンペイちゃん、桶増を継ごうとは思わなかったの?」

籠目が訊《たず》ねてきた。

「廃業が決まったから正直にいいますけど、実は、兄貴が亡くなった時、自分、親父に俺が後を継ぐっていったんです」

二十七年も世話になっている店の主を前にして、辞めることを考えたと告白するのは、さすがに憚《はばか》られるものがあった。

順平は視線を落とし、「すんません」と小さくいいながらぺこりと頭を下げ、すぐに続けた。

「でも、親父が頑《がん》として受けつけませんでね……」

順平が父親から返ってきた言葉をそのまま話すと、

「お前の決意なんて、そんなもんか、か……」

森川は鼻で息を吸い込み、視線を宙に向けると、感じ入った様子で小さく頷いた。

「それに、こうもいわれました。築地で店を張ってるやつは、ガキの頃からあそこで仕込まれてんだ。店の従業員が何年、うちで働いていると思ってんだ。いまさら、お前がこの道に入ったって、追いつきゃしねえよ。てめえよりも仕事ができねえ頭《かしら》に仕《つか》えるやつが、築地のどこにいるって……」

順平は父親の口調を真似《まね》、苦笑いを浮かべた。

「耳が痛い言葉だね。うちには僕より長く働いている人は、何人もいるからなあ」

「いや、旦那さんは違いますよ。万石を継ぐのは最初から決まっていたし、東京の大学で勉強したのも、そのためじゃないですか。実際、店は繁盛《はんじよう》して、先代の時よりも大きくなったわけだし」

六十五歳の籠目が、先代が亡くなったのを機に万石を継いで七年になる。

九代目の長男として生まれた時点で、十代目として万石の経営者になることは、宿命であったのだ。

それに、大料亭の跡取り息子と聞けば、何一つ不自由することなく、乳母日傘《おんばひがさ》で育てられたと思われがちだが、実のところはそうではない。家業がこれだけ長く続くのには、やはり理由があって、籠目家の場合、キーワードは婿養子《むこようし》である。

二代目から九代目までの当主が、なんと全員婿養子。当代が、籠目家に誕生した初めての男子であったのだ。そう聞けば、男子誕生の頭に『待望の』という言葉がつきそうなものだが、全く逆であったらしい。

というのも、本心からなのか、あるいは男子に恵まれなかったことへの悔しさなのか、初代が長女に婿養子を迎えるに当たって、「男子なら、ろくでもないやつに育っても、後を継がせにゃならんが、婿養子は選ぶことができる。これぞと見込んだ男に、代を継がせりゃいい」といった言葉が現実となってしまったのだ。

だから跡取り息子を育てた経験がなかったがゆえに、先代の当代に対する教育はことのほか厳しいものであったらしい。物心ついた頃から礼儀作法を厳しく叩《たた》き込まれ、中学生になると、皿洗いに掃除はもちろん、長期の休みには、連日朝から晩まで店の手伝いに追われ、仕事を免除されたのは高校受験と大学受験を控えた、中三と高三のそれぞれ一年間のみ。東京の大学に進んだ後も、先代と親交があった、東京の料亭で雑用のバイトに追われたのだという。

万石の経営が順調なのは、そうした厳しい修業の賜物《たまもの》というものだし、順平が二十七年の間、一度たりとも店を移ることも考えず、働き続けてこられたのも、籠目の人柄によるところが大きい。

「店の経営が順調なのは僕の経営手腕なんかじゃないよ。運が味方しただけの話さ。金沢は加賀の小京都っていわれるだけあって、元々観光地として人気があったしね。それが新幹線の開通で、東京からたった二時間半で結ばれりゃ、そりゃあ人がわんさか押し寄せるさ」

「運も実力のうちっていうじゃないですか。チャンスをどう生かすかってのも、才のうちですよ」

「チャンスをどう生かすかも才のうちか」

籠目は順平の言葉を繰り返すと、「じゃあ、ジュンペイちゃんの才能ってやつを見せてもらおうかな」

横目で意味ありげな視線を向け、スコッチを一気に飲み干し、空になったショットグラスをカウンターの上にトンと置いた。

「自分の才って、何のことですか？」

「ジュンペイちゃんに、花板《はないた》をやってもらいたいんだよ」

籠目は唐突にいった。

「花板あ？」

想像だにしなかった言葉に、順平は声を吊《つ》り上げた。

板前の世界には階級がある。

修業に入れば、まず雑用係の『追い回し』から始まり、次に『揚場《あげば》』、『焼き方』を経て『煮《に》方《かた》』、『椀方《わんかた》』となる。そして、副料理長である『次板《つぎいた》』となり、板場の一切を仕切る料理長『花板』となるのだ。

　万石のような有名料亭には、全国から一流の板前を目指す若者が集まってくる。もちろん、家業が料亭や料理屋で、修業目的の跡取りも多いのだが、店に骨を埋《うず》める覚悟で門を叩く若者だって少なくはない。そして、誰しもが目指す地位が花板なのだ。食材を選び、メニューを考え、味を決め、食器を選定し、盛り付けの確認、その他諸々、客に供する料理のすべてに責任を持つ。それは、料理を売りにする料亭において、店の経営に責任を持つということと同義である。

「いや、それは……。だって、うちには、ゲンさんって、立派な花板がいるじゃないですか」

　嬉しさよりも、戸惑《とまど》いを覚えた順平は、咄嗟《とっさ》にいった。

　ゲンさんは、順平が入店して以来、ずっと師事してきた板前で、この世界のしきたりから始まって、料理のイロハ、食材の目利き、すべてのことをこの身に叩き込んでくれた師匠にして恩人である。

「ゲンさん、腰の方がいよいよ駄目でね。こんな調子じゃ仕事に集中できない。味が狂いだそうものなら、店に迷惑がかかる、この辺が引き時だっていってきたんだ」

　籠目は空になったショットグラスを見つめながら、ため息を吐いた。「まあ、ゲンさんも六十八だ。十五の時から、板場に立ってりゃ、そりゃあ体も悲鳴を上げるさ」

「いや、しかし……ゲンさんの後なんて、自分には――」

「ジュンペイならやれる。そういって、君を花板に推したのはゲンさんなんだよ」

「ゲンさんが？……本当にゲンさんがそういったんですか？」

「まあ、僕が難しい相談を持ちかけたこともあるんだろうがね」

「難しい相談？」

籠目は、相変わらずショットグラスを見つめたまま頷いた。「実は、支店を出そうかと考えてるんだ」

「支店って……どこにです？」

「それは、まだ決めていない」

籠目は、そこでショットグラスを翳《かざ》し、バーテンにお代わりを促す。「まあ、うちの客層からすると、東京ってのが一番いいのかもしれんがね」

「どうしてまた」

順平は問うた。

万石の経営が順風満帆《じゅんぷうまんぱん》に推移しているのは、連日満席が続いていることからも明らかだし、ネット販売が日常的に使われるようになってからは、惣菜《そうざい》や珍味の通販にも乗り出したし、おせちに至っては予約開始とともに即完売。業績も確実に拡大している。

「やらせてくれっていうんだよ」

籠目は少し困惑したようにこたえた。

「誰がです？」

「重則《しげのり》くんだよ」

「若旦那が？」

籠目重則は、十一代目を継ぐことになる長女の婿だ。

婿養子を跡取りにしてきた時代が長く続いた籠目家だが、一代開いてしまうと、後継者としての育て方もかつてのようにはいかない。九代目までは、婿に入ったその日から、将来万石の当主となるべく厳しく仕込まれたものだというが、なんせ時代が違う。

若旦那と呼ばれる重則は、長女の亜佑子《あゆこ》が東京の大学で学んでいた頃に、頻繁《ひんぱん》に出入りしていたレストランで働いていたシェフで、しかもイタリアンが専門だ。五年ほど、イタリアで修業していたというし、万石の娘として育った亜佑子が、惚《ほ》れ込んだ味である。腕が確かなことは間違いないのだろうが、さすがに懐石料理を売りにする万石の十一代目には、いかがなものかと、重則を迎えるに当たっては相当揉《も》めたという話は、ゲンさんから聞いたことがある。

「重則くん、『尾山会《おやまかい》』の会長をやってるだろ」

尾山会は、かつて金沢が尾山と呼ばれていたことにちなんで付けられた名称で、主に街の飲食店の経営者の有志によって構成される、いわば地域の商工会議所のようなものだ。

「ええ」

「尾山会のメンバーは、商売に熱心なだけじゃなく、どうしたら金沢を、いや北陸をもっと栄えさせられるかを一所懸命考えているんだが、以前から、北陸の食材を広く知らしめれば、食を通じた地場経済の活性化が図れるんじゃないか。そうした意見が、頻繁に出るっていうんだよ」

「北陸の食材なんて、簡単に手に入る時代じゃないですか。ネット通販で、日本全国、どこの地方からでも簡単に買えますし、実際うちだってやってるじゃないですか」

「それが、必ずしもそうではないっていうんだよ」

籠目はバーテンが新たに注ぎ入れたショットグラスを口元に運ぶ。「例えば寿司にしても、金沢にやってきて、この魚は初めて食べる。ものすごく美味《おい》しい。東京じゃ食べたことがないっていうお客さんがたくさんいる。食べたことがある人でも、東京よりずっと安いと驚くっていうんだ」

「そりゃあ、北陸の魚を出す店はあるにしても、東京には寿司屋がごまんとありますからね。滅多なことではお目にかかれないのは分かりますし、値段だって運送費がかかりますから割高にもなりますよ。金沢の寿司屋が東京で店を出せば同じことになるでしょうし、そこに店の家賃が発生するわけで、金沢並みの値段じゃやれませんよ」

「そこなんだよ」

籠目は悩ましげに息をつく。「金沢や北陸に来て、初めて出合える食もいい。だけど、いながらにして、たまたま口にして感激した食材が、東京じゃ高額だけど、金沢ならば手頃な値段で食べられるとなれば、一度訪ねてみるかって気にもなるんじゃないか。そうなれば、来たからには寿司だけじゃない。金沢の名店、あるいはB級、C級グルメに郷土料理を食べてみようかって気にもなるだろう。季節の味覚が加われば、食目当てのリピーターも増加していくんじゃないだろうかって……」

狙《ねら》いは分からないではない。

「確かに、蟹を始めてから、冬は蟹目当てのお客さんが目に見えて増えましたもんね」

順平はいった。

「加能、松葉《まつば》、越前《えちぜん》と呼び名は違えど、水揚げ地が違うだけで、同じズワイだ。季節になれば、大都市なら簡単に手に入るし、それを売りにする料理屋だってたくさんあるのに、みんなわざわざ蟹を食べにやってくる。そう考えると、重則くんがいってることも一理あるような気がするんだ」

「おっしゃるように、蟹はどこででも食べられますからね。それに季節が限られますから、うちが支店を出すとなれば、やっぱり懐石がメインってことになるでしょうが、万石は東京でも知られた店ですから、支店を出せば客は入るかもしれませんね」

「重則くんもそういうんだが……」

語尾を濁《にご》らせるところをみると、籠目が決断しかねているのは明らかだ。

言葉を待った順平に向かって、

「問題は、ふたつあってね」

果たして、籠目は続けた。「ひとつは、資金。もちろん、重則くんが、この話を私にもちかけてきたのは、尾山会の会長だし、メンバーの中ではうちが最も大きな店を持つし、ネームバリューもあるってこともある。でもね、仮に東京に店を出すとなると、やっぱり大変な資金がいるんだよ。客の入りが見込める場所は家賃が高額だし、内、外装だって万石の名前に相応《ふさわ》しく、体裁をきちんと整えなきゃならない。それに従業員だって、板前はうちから出すことになるわけだから、転勤ってことになるだろ」

「当然、家賃の補助に、花板、二番は家族持ちですからね。子供の学校の問題もありますよね」

「仲居だって、教育が必要だし、食器だって下手な物は出せんからね」

その通りである。

万石の食器は、いずれも金沢、および近辺で製作された年代ものの最高級品で、それもまた店の売りのひとつだから、新たにあつらえるにしても、かなり高額になる。いま、籠目が口にした部分だけを取っても、出店にまつわる費用は間違いなく億という額になる。

「それと、問題の二つ目は、重則くんが、どうせ支店を出すなら、メニューの中に、和食にイタリアンの要素を取り入れた、フュージョン料理をやったらどうかっていうんだよ」

「フュージョン?」

ありえないと思った。

万石と言えば懐石だ。イタリアンの要素を取り入れるなんて考えられない。

「ジュンペイちゃん、重則くんが亜佑子と結婚するに当たって、うちが反対したの知ってるよね」

「ええ……まあ……それは……」

順平は、歯切れ悪くこたえると、ショットグラスに残っていたスコッチを一気に空けた。

「難色を示したのは、重則くんも同じでね」

「えっ! それどういうことですか? だって、亜佑子さんと若旦那は、東京で――」

同棲してたんじゃないのか、と順平が続けるより早く、

「亜佑子と結婚することにじゃない。婿に入るってことにだよ」

籠目は当時を思い出すかのように、視線を宙に向けた。「自分はイタリアンの一流シェフになろうと、イタリアで修業した。いずれ自分の店を持つつもりで、日本に帰ってきても、修業を続けている身だ。亜佑子とは結婚したいが、自分の夢を捨てることはできないといってね」

「でも、亜佑子さんが万石のひとり娘だってことは知ってたんでしょう？」

「それがねえ……重則くんは知らなかったんだよ。結婚って言葉が出るまではね……。亜佑子、家業のことは、それまでひと言も話していなかったんだ」

「じゃあ、どうして婿に入ることを承諾したんです？」

「万石の歴史を知ったからだよ」

籠目は、スコッチをちびりと口に含み、小さく肩で息をした。「同じ料理人でも、畑違いの料亭、しかも金沢にある店の歴史なんて知る人間はそうはいないさ。うちに結婚の許しをもらいに来て、婿に入るのが条件だっていわれてから、万石が十代も続く老舗だってことをはじめて知ったんだよ……。重則くんもそりゃあ悩んだろうさ。亜佑子と結婚したいし、かといって万石の歴史を閉ざすわけにもいかない。結局は自分の夢よりも万石を選んでくれたってわけなんだ」

五年もの間イタリアで修業してきたほどだ。料理人の道を生涯歩むつもりであったことに疑いの余地はない。さぞや、辛い決断であったことは想像に難くないのだが、

「しかし、イタリアンと懐石のフュージョンてのは、どうなんですかね。やるにしたって、万石の名前じゃやれないでしょう」

順平は胸中に抱いた疑問を素直に口にした。

「重則くん、やっぱり料理人の夢は捨てきれなかったんだな」

籠目は、空になった順平のショットグラスにスコッチを注ぎ入れるよう、バーテンに向かって合図すると、話を進める。「亜佑子と所帯を持ってからも、ずっと家で料理を作っては研究を重ねていたそうでね、料理のバリエーションもかなりあるっていうんだな」

「若旦那、そんなことしてたんですか？」

さすがに驚いた順平は、思わず問うた。

「それに、懐石一筋じゃ、いずれ万石は行き詰まる。新しい柱が万石に必要な時代が必ずやってくるっていうんだよ」

二十七年もの長きに亘《わた》って、万石一筋ではたらいてきた人間には、聞き捨てならない。

「そんなことはありませんよ。それじゃ、百五十年も続いてきた万石の料理を否定するようなもんじゃないですか」

声を荒らげた順平に、

「ゲンさんが、引退するっていい出したのは、たぶん、それもあるんじゃないかな」

籠目は、静かにいった。「ゲンさんだって、万石の料理を守り抜いてきたという自負の念を抱いているのは間違いないんだ。それが、次の主にそういわれちゃ、腹も立とうってもんだからね」

「それですよ。ゲンさんの腰が悪いのは、いまに始まったことじゃありませんからね。包丁の冴《さ》えだって、舌だって確かだし、まだまだゲンさん――」

「でもね、重則くんのいってることにも一理あるんだ」

篦目は順平の言葉を遮《さえぎ》った。「もちろん、伝統的な料理を守るのは大切だ。だけど、その一方で、料理だって日々進化してるんだ。それに伴《ともな》って、客の味覚、嗜好《しこう》も変化する。基本は変わらないが、伝統にしがみつき、変化を拒めば、いずれ時代に取り残されてしまう。彼なりに万石の将来を案じているのは確かなんだ」

なるほど、若旦那の言にも、一理あるのかもしれない。

握り寿司にしたって、生魚が用いられるようになったのは、冷蔵が可能になった時代のことで、誕生当初は、酢で〆《しめ》るか、熱を通すか、あるいはヅケと、一手間加えたネタが使われていたのだ。いまでも、そうしたネタも用いられはするが、主流はやはり生魚である。それは他の料理にもいえることで、新しい食材が次々に現れるいまの時代に、伝統にしがみつく料理人はむしろ希《まれ》だ。自分が作る料理の価値をより高めるべく、新しい食材を探し、新しい料理の創出に必死に取り組んでいる料理人の方が多いのは事実である。

「これだけ長い歴史のある店を継ぐことに、重則くんが覚えるプレッシャーは相当なものがあるだろうからね。新しい料理をってのも、自分の代で万石を潰してはならない。つまり、十一代目としての自覚の表れには違いないんだ」

順平は、黙って頷き、スコッチで満たされたショットグラスに手を伸ばした。

「だから、支店の件はなんとか実現させたいとは思うんだけどさ、多額の資金がかかるだけに、失敗しようものなら一大事になるからねえ。やるからには、絶対に成功させなければならない」

「分かります……」

そうとしかいいようがない。

頷いた順平に籠目はふいに視線を転じてくると、

「これは万石の次の時代の幕開けとなる事業なんだ。だからジュンペイちゃん、重則くんと一緒に考えてくれないか。場所の選定、店の形態、料理の開発を」

懇願《こんがん》するようにいった。

「自分がですか？　だって、自分は板前ですよ」

「花板は総料理長だぞ。ホテルなら、役員になる地位だ。経営に参加する立場になるんだぞ」

そういわれると、返す言葉が見つからない。

ただでさえ、花板は重責だというのに、それに加えて新事業のプランを重則と一緒に立案しろとは……。

返事を躊躇《ちゆうちよ》する順平に向かって、

「頼んだからね」

籠目は有無《うむ》をいわさんとばかりに、強い声でいった。

2

万石では、食材の仕入れは花板の仕事である。

早朝、ゲンさん自らが金沢市中央卸売市場に出向き、これぞと目をつけた飛び切りの魚や野菜を持ち帰ってくるのだ。順平が同行することもあるが、食材の選び方を学ばせる目的もあって、常に揚場や煮方、時には入店間もない追い回しを同行させることもある。

ゲンさんが、万石に戻るのは、朝の八時頃。迎えに出た追い回しが食材を板場に運び入れると、板前総出の下準備が始まる。そこから先、昼の開店前までのおよそ三時間、ゲンさんは万石の中にある、花板だけに与えられた三畳間で体を休め、その間板場の一切を仕切るのは二番の順平の役目となる。

「ゲンさん、順平です……。ちょっとよろしいでしょうか……」

昼の下ごしらえが整《ととの》い、休息時間となったところで、順平は廊下に跪《ひざまず》き、襖越《ふすまご》しに声をかけた。

「ああ……。入んな」

部屋の中から藤村源介《ふじむらげんすけ》の低い声がこたえた。

「失礼します……」

順平は襖を引き開け、一礼すると膝《ひざ》を立てたまま部屋の中に入った。

「どうした……」

藤村は、ちゃぶ台の上に置かれた急須を手に取り、傍《かたわ》らに置かれたポットから湯を注《そそ》ぎ入れながら訊ねてきた。

「あの……昨晩《ゆうべ》、旦那さんから呑《の》みに誘われまして……」

藤村は、何の反応も示さなかった。

急須に湯を注ぎ終えると、二つの湯飲みに茶を入れ始める。

「あの……、ゲンさん……引退するって、本当ですか」

順平が万石に入店した時、藤村は二番になったばかり。追い回しの時代から、二十七年間、一貫して教えを請《こ》うてきた、師匠である。指導は厳しかったが、情に溢《あふ》れ、ヘマをすれば拳骨《げんこつ》や蹴りが飛んでくるのが当たり前の時代であったのに、そんな素振《そぶ》りは一切見せない。

師匠を『ゲンさん』と呼ぶのは、階級社会そのものの板前の世界ではあり得ないのだが、「もうそんな時代じゃねえだろう。板場では親方、板場を離れたら人と人。呼び方なんて、どうでもいいよ」といったのは、藤村が下積み時代に味わった、理不尽《りふじん》な仕打ちを後進に味わわせたくはないという気持ちの表れだ。

「俺も、もう六十八だ。この世界に入って五十三年。普通の会社なら、とっくに定年を迎えてんだ。これだけ長い間、立ち仕事をやってりゃ、体のあちこちから、いろんな物音が聞こえてきてな。この辺が引き時だ」

静かにいいながら、茶を注ぎ入れ終えた湯飲みを順平の前に置いた。

「あの……それで旦那さん、俺に花板をやれって……」

「旦那さんから聞いただろ？　俺が推薦した」

視線を向けることなく、前を見据《みす》え静かに茶を啜《すす》った。

「はい……」

順平は、こくりと頷いた。「でも、ゲンさん……。俺、側で毎日見てるから、よく分かるんですが、ゲンさんの腕、全然衰《おとろ》えていませんよ。勉強になることは、たくさんありますし、万石の常連さんは、ゲンさんの料理を目当てにきてるんです。それにゲンさん、いってたじゃないですか。板前の世界に定年はない。お客さんが喜んでくださる限り、体がいうことを聞かなくなるまで板前でいられるんだって」

「ジュンペイ……」

藤村は湯飲みを静かにちゃぶ台のうえに置くと、「お前、花板になるのが嫌なのか」

初めて視線を向けてきた。

射るような眼差《まなざ》しに、

「いや、そういうわけじゃないんです……」

今度は順平が視線を落とした。「いまもいったように、ゲンさんはまだまだやれると思うし
――」

「お前、万石に入って、何年になる」

言葉を遮る藤村の口調は穏やかだが厳しい。

「二十七年です……」

「俺の仕事を、それだけの間、側でずっと見てきたんだ。そして、お前には、万石を任せられるだけの十分な腕がある。そう確信しているからこそ、俺は後釜《あとがま》にお前を推薦したんだ」

「いや、しかし……。花板は店の経営を左右する存在なわけで……」

「じゃあ何か、お前は金輪際《こんりんざい》花板になるつもりはない。二番が上がりのポジションだ。そう考えていたってわけか?」

「いや、そんなことはありません。いつかは、花板に。そう考えてきたし、いまだってその思いは変わっちゃいません。だけど――」

「だったら、やればいいじゃないか」

藤村はぴしゃりという。「まあ、お前の気持ちは分からんではないさ。俺だって、花板をと先代から打診された時には、最初に覚えたのは嬉しさどころか、恐怖だったからな」

藤村は、そこで茶を啜り、短い間を置くと続けた。

「万石は十代も続いた老舗だ。経営者が立派なだけじゃ、料理屋は続かない。いままで、何人もの花板が、お客さんに満足していただける味を提供しようと精進を重ねてきたからこそ続いてきた。そう考えると、俺にそんなことができるのかって思ったもんさ」

その通りである。

「でもな、指名されたからには、やるしかない。そう腹を括《くく》ったんだよ」

順平が同意の言葉を口にしようとするより早く、藤村はさらに続ける。「断れば、誰かが花板になる。中に適任者がいなけりゃ、外から連れてくるしかない。万石は、ただの料理屋じゃない。一旦、花板になれば、十年、二十年と店の味を守り、さらに高みを目指していくことになるってことに気がついたんだよ。俺だって、いつかは花板になることを夢見て精進してきたんだ。断るってことは、夢を諦めるってことだ。だから、これからも精進を重ね、腕を磨き続けるしかないと腹を括ったんだよ」

藤村の言葉が順平の胸に突き刺さる。

返す言葉が見つからない。

順平は、こくりと頷くと、

「いただきます……」

ちゃぶ台の上に置かれた湯飲みに手を伸ばした。

「お前、若旦那が万石の料理にイタリアンの要素を取り入れた料理を出す店をやろうって考えてる話を聞いたか?」

「ええ……」

順平は、湯飲みを口元に運ぶ手を止め、「実は、それも花板になることを躊躇する理由のひとつなんです。うちは懐石が売りの料亭ですよ。いくらなんでも、イタリアンとのフュージョン料理だなんて無茶ですよ」

たぶん、それも藤村が花板を辞める理由のひとつだろうと踏んでいただけに、重則の構想を否定した。

ところがだ。

「俺は、やるべきだと思う」

なんと、藤村は肯定するではないか。

順平は驚愕《きょうがく》のあまり、口に含んだ茶を吹き出しそうになるのを、すんでのところで堪《こら》え、

「やるべきだって……ゲンさん、本気でいってるんですか」

手の甲で口元を拭《ぬぐ》いながら藤村の顔を見つめた。

「腰が悪いのは本当だし、花板を降りると決めたのは、それもあってのことなんだ」

「それ、どういうことです？」

「万石の料理は、代々受け継がれてきたものには違いないが、俺が花板になった当時と、いま出している料理は別物だ。最初のうちは、受け継いだ味を壊さぬようにってことに専念したもんだが、やっぱり板前にだって欲ってもんがある。新しい食材が出てくりゃ使いたくもなるし、もっと美味《おい》しく、もっと綺麗《きれい》に。日々、試行錯誤の連続だ。まして、新しい食材を使うとなりゃ、先代の時にはなかったものだぞ。それをどう仕立てるかを決めるのは、誰だよ。花板じゃないか。つまり、向上心ってやつなんだが、それがある限り、徐々に、徐々に、味だって、盛りつけだって変化していくのが当たり前なんだよ」

「向上心がある限りですか……。なるほど、そうですよね。いや、そうなりますよね」

藤村の言葉が、すとんと腑に落ちる。

頷いた順平に向かって、

「若旦那の構想を聞かされて、できることなら、是非《ぜひ》一緒に新しい料理、新しい店をやってみたいと思いはしたんだ。当たり前だろ。俺は万石一筋でやってきた板前だが、イタリアンなんて全く知らない別の料理と一緒になった新しい味、新しい料理を作ろうってんだぞ。料理人の端《はし》くれとして、血湧《ちわ》き肉躍《にくおど》るような話じゃないか」

「じゃあ、やればいいじゃないですか」

「あのな、この構想は、次の万石の柱になる料理を作ろうってもんなんだぞ。十一代目当主になる若旦那が、これから先、ずっと続けていける商売にしなけりゃならねえんだ。だったら、若旦那と一緒に万石を支えていく花板がやるに越したことはない。俺は、そう考えたんだよ。そして、お前にはそれをやれるだけの腕と才がある。そう見込んだからこそ、俺は花板を降りることにしたんだ」

「ゲンさん……」

そこまで見込まれたなら、藤村の期待に応えるためにも、腹を括らなければならない。

「蟹をやるって決めた時のことを思い出してみろよ」

藤村はいった。「蟹なんて、殻を剝《む》いて出すだけじゃないか。万石で修業しているのは、そんな単純なことを学ぶためじゃない。陰で、不満を口にしている板前がいたことは知ってるよ。お客さんの中にも、万石も蟹をやるようになったのかって、皮肉めいた言葉を口にする人もいたさ。でも結果はどうだった？」

「蓋《ふた》を開けてみれば、季節になると、蟹の注文の方が多いくらいですからね」

「客足だって伸びたじゃないか」

藤村は茶を啜ると、「伝統を守るってことは大切だ。だけど、それにしがみついていたら、いつかは駄目になる。客の好みも、味覚だって、時代とともに変化する。懐石が滅びるっていってるんじゃないぞ。料亭だって商売なんだ。懐石を好む客が減っても、他に万石を支えていく料理がある。それが万石の懐石、万石の伝統を守ることになるんだ」

いわれてみれば、当代の籠目が惣菜や珍味の通販を始めた時もそうだった。

「最高の状態で食べてもらうのが料亭の料理だ。そのために、焼き方、煮方だって修業してるのに、レンジでチンすりゃ万石の料理って、どうよ」

「次はデパ地下だとかいい出すんじゃねえのか。それじゃただの惣菜屋じゃねえか」

あからさまに異を唱えこそしなかったものの、陰で不満を漏らす板前がいたのは事実だし、順平にしたって、彼らがそうした不満を覚えるのも分からないではなかった。

伝統を守ることは確かに大切だ。しかし、伝統を守ることが、いい結果につながるとは限らないのが現実である。

かつて隆盛を極めた西陣《にしじん》の織物がどうなったか。京友禅《きょうゆうぜん》は？　北陸の小京都と称される金沢にしたって、同じような例はたくさんある。全国に目を向ければ同じような例は枚挙にいとまがない。

それらのすべてに共通しているのは、消費者が伝統技能への重要性を認識しながらも、生活環境の変化によって買うに及ばず、つまり時代にそぐわないものに変わってしまったことだろう。

その時になって、慌てて時代に沿うものにと、新商品の開発に乗り出しても、もう遅い。新商品の市場性は、現物を出してみるまで分からない。当たればいいが、外れれば経営はたちまち行き詰まる。そして現実は、圧倒的に後者のケースが多いからだ。

それは、料理の世界だって同じだ。

少なくとも自分の代に懐石料理が廃《すた》れることはあるまいが、後に続く板前たちの時代に、存在し続けるという保証はない。経営的見地からしても、柱となる商売が一本よりも、二本、三本と多ければ多いほど、それに越したことはないに決まっている。してみると、重則が打ち出した構想は絶対的に正しい。

「ゲンさん……。俺、間違ってました……」

順平は畳の上で姿勢を正すと、「身が竦《すく》むような重責ですけど、ゲンさんの弟子の名に恥じぬよう、万石の花板として若旦那を支えながら、精進を重ねていきます」

両手をつき、深々と頭を下げた。

3

「どう思う？」

六本木通りに面したコーヒーショップで、目の前に座る兼重信治《かねしげしんじ》に向かって梅森は問うた。

「どう思うって、何がですか？」

兼重が戸惑《とまど》うのも無理はない。

桶増の森川からビルの購入を打診されてから、かれこれ十日が経つ。

この件については里美と毎晩話し合い、購入すると決めたのだったが、さて、そうなると問題は使い道だ。なにしろ、飲食店仕様のビルである。麻布という立地からして、手を加えた後オフィスとして貸しに出せば、店子《たなこ》を見つけるのは簡単かもしれないが、それなら森川が手放すはずがない。おそらくは、先代の遺志を汲《く》み、できることなら飲食店をと考え、購入を打診してきたのに違いない。そこで、事前に目的を伝えぬまま、出店計画を担当している兼重を伴《ともな》い、実際にビルを見てみることにしたのだ。

「何がって、あのビルだよ」

梅森はこたえた。

「どうしてあんなビルに興味を持たれるんですか?」

「買おうと思ってるんだ。私個人のカネでね」

「買う?　買ってどうなさるんです?　まさかあそこに店を出そうってんじゃ……」

あからさまに怪訝《けげん》な表情を浮かべる兼重に向かって、梅森は頷いた。

「そりゃあ無茶です」

兼重は顔色を変え、とんでもないとばかりに首を振る。「社長だってご存じでしょう。コンパス通りは飲食業にとっては鬼門中の鬼門、とにかく客が寄りつかないってことで有名な場所じゃないですか」

兼重のみならず、コンパス通りに出店するといえば、業界に通じている者なら、皆一様に同じ見解を示すのは分かりきっている。しかし、「買う」と決めた以上は、何としてでも事業に貢献《こうけん》する使い道を考えなければならない。

「でもな兼重くん。あのビルの周りを散策したら、住宅街の中に、ぽつんと一軒、ミシュランの二つ星を取った店があったじゃないか。確かにコンパス通りは、飲食業にとっては悪名《あくみょう》高い場所だけど、やりようによっては客が来るってことの証《あかし》だと思うんだよ」

兼重を同行させる際に目的を告げなかったのは、先入観を排除するためだ。

コンパス通りに面したビルを買って店を出すといえば、方針を覆《くつがえ》そうとネガティブな指摘しか出てこないのは目に見えている。だから現在、社内で進行中の出店計画を話しながら散策を装《よそお》うことにしたのだ。

築地うめもりは創業二十一年とまだ若い会社で、事業の拡大が急速であったために人材の育成が追いつかないのが悩みだ。だから、中途入社は当たり前だし、キャリアによっては管理職として採用することもある。

四十七歳になる兼重もその一人で、出店計画を立案する出店企画部の部長をしており、三年前までは大手外食チェーン店で経営企画を担当していた経歴を持つ。実際に候補地を選定し、調査を行い、計画書を提出しと、実務を行うのは部下だが、決裁を行う立場だ。それに際しては、書類だけではなく、実際に現地を視察した上で判断するはずだし、今後の働きぶり如何《いかん》では役員になる幹部候補生である。難題に直面した時、何を考え、どんな策を打ち出してくるのか、能力、資質を見極めたいという狙《ねら》いもあった。

「あの店は、参考になりませんよ」

兼重は即座に否定する。「いまでこそ予約困難、連日満席の繁盛《はんじょう》店ですが、それもこれもミシュランの星を取ってからの話です。星を取る以前は客も入らず、あわや閉店という危機的状態だったと聞きますし、そもそも店の内容が違います。店舗は一つだけ。あそこに行かなければ食べられない、日本食の創作料理が売りなんです。その点うちは、どこへ行っても同じ値段、同じ味、メニューも同じのチェーン店ですよ。繁華街《はんかがい》に行けばすぐに見つかる店に、わざわざコンパス通りまで足を運ぶ客がいるとは思えませんね」

兼重の見解はもっともだが、だからといってビルの購入を止めるつもりはない。梅森は兼重があの店の存在に気がついていたことに、少し感心しながら、コーヒーに口をつけた。

兼重は続ける。

「それに、ぽつんと一軒とおっしゃるなら、あの店だけじゃありませんよ。コンパス通り周辺の住宅地の中には、私が知っているだけでも、寿司屋、イタリアンの名店がありますが、そんな立地でも商売が成り立つのも人目につくのを好まない客がいるからです。芸能人なんかはその典型ですし、企業経営者や政治家はお抱え運転手がいますから、交通の便なんか気にしません。当然、料金も高額になるわけで、寿司屋は一人二万から、イタリアンは一万七千円から、それに酒やワインの値段が乗っかると軽く三万を超えるでしょう。その点、うちの平均客単価は寿司屋が六千円、居酒屋は四千円の大衆店ですからねえ」

これもまた、もっともな指摘である。

「私は買うと決めたんだよ」

梅森は、紙コップをテーブルの上に置いた。

「あのビルは、確か五階建てでしたよね。うちの店舗はもれなくワンフロアー、複数階の店舗を運営した経験はありません。仮に、寿司屋、居酒屋を入れたとしても、残る三フロアーをどうなさるんですか。テナントを募集したところで……」

不思議そうな目をして、再度、否定しにかかった兼重だったが、そこではたと思いついたように言葉を区切り、目を輝かせた。「あのビルを建て替えたらいいじゃないですか。マンションにして、分譲すれば高く売れますし、賃貸でもかなり高額の家賃が取れます。いや、建て替えなくても、オフィスとして貸し出せば、結構な家賃が取れますよ」

「いや、それは駄目だ。私はあそこで飲食店をやりたいんだ」

兼重は、ますます訳が分からないとばかりに、首を振り、

「どうして、それほど飲食店にこだわるんですか？」

釈然としない思いをあからさまに顔に出す。

「あのビルは築地の桶増さんの持ち物で、社長の森川さんが私に買ってくれないかといってきたんだ。あの人には大変な恩があってね。あの時、森川さんが助けてくれなければ、いまのうめもりはなかった。私だってどうなっていたか分からないんだ」

「あの時……とおっしゃいますと？」

そのことを社員に話すのは初めてのことだ。それに、兼重は三年前に入社したばかりだし、梅森に不遇《ふぐう》を託《かこ》った時代があることすら知らないのも無理はない。

「バブルが、崩壊した直後……。いまから二十一年前のことでね……」

梅森はそう前置きすると、話を続けた。「当時、私は寿司屋、居酒屋の他に、漬物の製造販売とか、手広く事業をしていてね。バブル景気のおかげで日本経済は絶好調、札束が乱れ飛び、世の中が浮かれまくっていた時代だ。事業も順調に推移していたし、銀行だって融資を打診すれば満額、即実行。それどころか、借りてくれと向こうからいってきた時代だったんだ。私も調子に乗って、またひとつ、二つと新しい事業に乗り出していたわけさ。ところが、バブルが崩壊した途端、当の銀行が融資を早急《さっきゅう》に返済してくれといい出したんだ」

「借り入れ金は、いくらぐらいあったんですか？」

「八十億円ちょっとだ」

「八十億！　それを早急にって、無茶ですよ、そんなの」

兼重は信じられないとばかりに、驚きを露《あら》わにする。

「もちろん、全額返済なんかできやしないさ。それでも、飲食業は日銭商売だ。毎日カネは入ってくるから、手元に残るカネを可能な限り返済に回して、残債《ざんさい》はあと六千万円を残すのみというところまできたんだが、メインバンクに裏切られてね」

兼重はコーヒーに口をつけ、黙って話に聞き入っている。

梅森は続けた。

「私は手形を担保に銀行から融資を受けていてね。もちろん、返済は金利の支払いを含めて一度たりとも遅れたことはない。銀行にとっても、ありがたい客だっただろうさ。だから、年に一度、手形を書き換えるだけでいいというのが条件だったんだ」

「担保は手形だけって、倒産したら銀行の全損じゃないですか」

「いまじゃ考えられん話だが、そんな時代だったんだよ」

梅森は苦笑いを浮かべると、さらに話を進めた。「そんなある日、海外に出張していた私の元に、家内から電話が入ってね、メインバンクが手形の書き換えで契約書にハンコを押して欲しいそうだといってきたんだ」

「年に一度でいいにもかかわらずですか？」

「資金が必要となるたびに、手形を発行して融資を受けていたからね。手形だって何枚と渡しているから、頻繁《ひんぱん》にハンコを押すことになるわけさ。だからいつものことだと思って、構わんよって私はこたえたわけだ。ところが、そのハンコを押した書類というのがとんでもない代物《しろもの》でね」

「罠《わな》が仕掛けてあったわけですね」

兼重は眉を顰《ひそ》め、身を乗り出してきた。

「こんな、分厚い書類の中に、本当に小さく一括返済と書いてあったんだ」

梅森は書類の厚さを示した親指と人差し指を、狭《せば》めて見せ、「しかも、期限は三ヶ月以内だ」

といった。

「酷《ひど》い話ですね。それ、メインバンクでしょう？　確実に返済し、金利だってきっちり支払ってる優良貸付先に、それはないですよ。まるで、味方を後ろから撃つようなもんじゃないですか」

メインバンクから受けた仕打ちを口にすると、あの時覚えた怒りや絶望感が、つい昨日のことのように鮮明に蘇《よみがえ》る。

「酷いのは、期日がきて、慌てて他の銀行に融資をお願いしに行くまで、メインバンクがそのことを一切いわなかったことでね」

「それ、どういうことですか？　手形が不渡りになってしまったってことですか？」

「融資を申し込んだその場でいわれたんだよ。梅森さんは元金も利子も支払っていないとブラックリストに載っている。整理回収機構行きだ。融資はできないとね……」

梅森は、腹の底に煮えたぎるような怒りがこみ上げてくるのを感じながら頷き、声を震わせた。

「酷い……酷すぎますよ、それ。いくら何でもあんまりだ」

膝の上に置いた手を固く握りしめ、声を荒らげる兼重に、

「まあ、銀行マンもサラリーマン、組織人だからな」

梅森は一転して達観したような口ぶりでいった。「上司の命令には背《そむ》けないし、バブルの最中は、ろくな担保を取らずにカネを貸しまくったんだ。気がつけば不良債権の山。一日でも早く、一円でも多く融資を回収しろ。どこの銀行でも、それが至上命令だったわけだし、支店には本店から厳しい回収のノルマが課されていたからね。回収が遅れようものなら銀行は倒産だ。そりゃあ、彼らも必死さ。もっとも、メインバンクは、それから暫《しばら》くしてその通りになってしまって、

他行に吸収合併されてしまったんだがね」

「ざまあみろってやつですね。バチがあたったんですよ」

兼重は、歪《ゆが》んだ笑みを浮かべ、吐き捨てる。

それに反応することなく、梅森は話を続けた。

「そんなこともあって、私もすっかり気落ちしてしまってね。会社をたたむことにしたんだよ。まあ、私財で融資の残額を支払うこともできた。独立したい従業員は独立させたし、友人、知人に事業を引き取ってもらうこともできた。すっからかんにはなったけど、まだ人生に先はある。少しばかり、休めば、またやる気も湧いてくるだろう。そう考えたわけさ」

「とおっしゃるからには、そうはならなかったわけですね」

「あれは、会社の整理に一段落ついた頃のことだった……」

その時のことを思い出すと、胸の中に温かいものがこみ上げてきて、どうしても目頭が熱くなってしまう。

梅森は視線を宙に向け、話を続けた。

「築地の仲買《なかがい》の皆さんが、慰労《いろう》会だといって、私のためにゴルフコンペを開いてくださったんだ」

「ゴルフ？　社長、ゴルフおやりになるんですか？」

兼重は、驚いた様子で目を見開く。

それも無理のない話である。築地うめもりを起業して以来の梅森は、仕事一筋、趣味や道楽とは無縁の日々を送っていたからだ。

「バブルの時代に会社を経営してりゃ、ゴルフは避けて通れなかったんだよ。会員権は買った先から高騰《こうとう》したから、投機としても最高の商品だったたし、買えばラウンドしたくなる。それにゴルフは玉が飛ぶまでは苦労するが、当たり始めると実に面白いものだからね」

梅森は苦笑いを浮かべた。「それはともかく、ラウンドの最中に家内から電話があってね。銀行口座に次々に振り込みが入ってる。それが、全部築地の仲買の人たちからだっていうんだな。私は、仰天《ぎょうてん》してね。いったいどういうことなんだと思って、訊ねてみたんだ。そしたら、梅森さん、いいから使ってくれよって……」

兼重は黙って話に聞き入っている。

感激しているのは確かなようだが、その一方でそんなことをする人間がいるのだろうかとでもいうように、眼差しのどこかに胡乱気《うろんげ》な表情が宿っているようにも梅森には思えた。

「皆、私にカネがないことを分かってたんだよ。利子はもちろん、返済の条件も一切口にしない。ただ笑って使ってくれよって……。つまりある時払いの催促なしってやつさ。それが築地ってとこなんだ。そして、その音頭《おんど》を取ってくださったのが桶増さん……森川さんだったたんだ」

「じゃあ、そのカネが再出発の原資になったわけですか？」

「総額で四百万ちょっと。それまでやっていた会社の規模からすれば小さな額だが、商売人にとって大切なのは、銭金じゃない。やる気と成功への執念なんだな。築地の皆さんの好意が身に染《し》みて……。嬉しくて、嬉しくて、何としてでもこの恩に報いなければならない。絶対に再起して見せなければならないと、私は奮《ふる》い立ったんだ」

「もしかして、江戸前の会は、その時、社長を支援してくださった仲買人の皆さんとの集まりなわけですか？」

梅森は頷くと、

「その桶増さんが、築地の豊洲への移転を機に、店を閉めることを決意してね――」

森川がビルの売却を決意するに至った経緯《いきさつ》を話して聞かせた。

黙って話に聞き入る兼重だったが、顔の表情が堅くなっていく。

そして、梅森の話が終わった途端、間髪《かんはつ》を容《い》れずいった。

「それで、私に何をしろとおっしゃるのですか？」

「あのビルで会社の業績に貢献する事業をやりたい」

梅森は、きっぱりといった。「うちの直営店を出すだけでなく、テナントを入れることも念頭において、あのビルをどう活用したら繁盛させられるか、その企画を君に立てて欲しいんだ」

「それは無理です」

兼重は言下に拒む。「とにかく立地が最悪ですよ。飲食業はもちろん、ファッション、雑貨のような小売業にも向きませんね。もっとも、飲食業にこだわらなければ、オフィス以外でもテナントが見つかる可能性はなきにしもあらずですが……」

「たとえば？」

「お受験教室や塾、幼児向けのインターナショナルスクールとかなら芽はあるかもしれません。

なんせ、あのエリアはお受験のメッカですし、周辺の住民の所得も高く、教育熱は高いものがありますから」

子供がいない梅森には、お受験がどんなものなのか、正直ピンとこない。ただ、幼稚園にも入園していない乳飲み子《ちのみご》同然の幼子《おさなご》にも、早期幼児教育を施《ほどこ》す教室が存在することは知っている。その是非《ぜひ》はともかく、年端《としは》もいかない幼子に教育を授けられるのは、親に確たる経済的基盤があればこそ。いわば、特権階級のなせる業だ。その点、梅森の経営理念は、『最高の食材を使った料理を一人でも多くの人に』である。だから、可能な限り優れた食材を仕入れ、大衆的な価格で供することに心血を注いできたのだ。いまの成功も、その理念が客から評価されているからに他ならない。

そう考えると、富裕層向けのお受験教室は、寿司屋でいうなら一人数万円の店を出すようなもので、やはりそれは違うのではないかという気がする。

「私にはねえ、どうしても飲食業以外の商売は考えられないんだよ」

気乗りのしない言葉を返した梅森に向かって、

「社長があくまでも飲食業とおっしゃるなら、おやりになればいいと思います」

兼重は冷ややかな声でいい、「でも、私に繁盛するにはどうしたらいいかと聞かれても、正直困ってしまいます。第一、私の職務は出店企画ですよ。どんな店にするかを考えるのは私の仕事じゃありませんので」

断固拒否する姿勢を隠そうともしない。

「それを考える部署がないから、頼んでるんだよ」

兼重の気持ちが分かるだけに、自然と梅森の口調は懇願《こんがん》するようなものになる。「君に頼んだのはね、部長になって以来出店した店の業績が、いままでにもまして順調に推移しているからなんだ。候補地が上がってから、決裁までの時間も早い。調査費用も格段に削減している。これは君が目利《めき》きだってことの証《あかし》じゃないか。商売をやる上では大切な能力だ。君ならば、なにかいいアイデアを出してくれるんじゃないか。そう期待しているからなんだよ」

「社長……」

兼重は低い声でいった。「うめもりは社長が創業した会社です。どんな事業を行うか、店舗のコンセプトも価格も、すべて社長がお決めになってきたんです。そして、そのことごとくを成功させてきたんじゃありませんか。その社長が、思いつかないものを、私なんかが思いつくわけないじゃないですか」

そう返されると、言葉に詰まる。

自分ではそんなつもりはないのだが、傍目《はため》からは、うめもりは創業者にしてオーナーである梅森のワンマン経営と思われているに違いない。

それに、どの店に入っても、味は同じ、価格も同じ、メニューも同じというのがチェーン店だ。店舗が増えても個々の店に独自性を持たせる必要はない。同じ内装、同じ内容の店を増やしていくのがうめもりのビジネスモデルなのだから、兼重がそういう考えを抱くのも無理はない。

しかし、兼重の言葉を聞いた時、梅森は、はたと気がついた。

事業への熱意はますます高まるばかりだし、健康に不安を抱えているわけではないが、いずれ現役を退《しりぞ》く時が来る。問題はその時だ。梅森に子供がいない以上、後継者を指名する必要に迫られる。もちろん、外から連れてくるという手はあるにせよ、やはり自分の経営理念は引き継いでもらいたい。それに、会社を危機に陥《おとしい》れることなく、確実に利益を上げ、従業員の生活を守るのは経営者の務めだが、それだけではない。人材を育てるのも経営者の務めである。第一、寿司屋と居酒屋の二つの業態に特化したまま事業を拡大していけば、いずれ店舗数は頭を打つ。それはチェーン店ビジネスにおいて、業績の伸びしろを失うことを意味する。

「分かった。じゃあこうしよう」

梅森はいった。「どんな事業を行うか、コンペにかけよう」

「コンペ……ですか？」

「そうコンペだ」

目を丸くする兼重に向かって梅森は頷き、「部署、年齢に関係なく、全社員を対象に案を公募しよう。採用案の立案者は、プロジェクトリーダーとなって実現に専念する。すまんが兼重君。その窓口を君の部署でやってもらいたい」

有無をいわさぬ口調で命じた。

第二章

1

「ったくよお、恩だかなんだか知らねえけどさ、どうかしてんじゃねえのか。コンパス通りで飲食店って、誰がやったって客なんか来やしねえよ。閑古鳥《かんこどり》が鳴きまくって、半年ももたねえで閉店だ。公募なんかしたって、集まるもんか。第一、恩に報《むく》いるカネがあるなら、従業員の給料に回せってなもんだ。なあ、坂下《さかした》」

浜松町《はままつちょう》の駅の近くにある焼き鳥屋で、生中をぐいと呷《あお》った兼重は、罵《ののし》る勢いそのままに、音を立ててジョッキを置いた。

「ですよねえ」

部下の坂下洋二《ようじ》が嘲笑《ちょうしょう》するかのように口の端を歪ませ、相槌《あいづち》を打つ。「公募の回章を見た時は、なんでまたあんな場所でと思いましたが、経緯《いきさつ》を聞いてびっくりですよ。恩たって、たかが四百万でしょ。麻布のビルといったら、古い物件だって何億じゃないですか。常軌《じょうき》を逸《いっ》してますよ」

坂下は、出店企画部関東エリアの統括で、こちらも転職組だ。入社六年と、兼重よりも社歴は長いが、忠実な部下の一人である。

「ネタは新鮮、美味《うま》いし、値段以上の価値がある。業績は絶好調だし、事業も拡大する一方。しかも、無借金経営だ。やり手だし、社長についていきゃあ安泰《あんたい》だと考えていたんだが、こんな甘ちゃんだと『鶴の恩返し』ってことになっちまうぞ」

「鶴の恩返しで済めば、まだいいですよ」

坂下は、焼き鳥をつまみ上げた手を止め、「あの物語じゃ、瘦《や》せ細った娘が鶴になって飛び去って行くところで終わりましたけど、社長が恩義を感じている人って、まだ他にたくさんいるわけじゃないですか。その人たちから頼まれる度に、こんな調子でやってたら、それこそ羽根を抜き続けながら延々と機《はた》を織《お》るようなもんですよ。鶴だって羽根がなくなって死んじまいますよ」

焼き鳥を顔の前でぶるぶると振る。

「あり得ない話じゃないかもな……」

それは紛《まぎ》れもない兼重の本心だった。

梅森は立志伝《りっし でん》中《ちゅう》の人物として、週刊誌や新聞で何度も取り上げられたことがある。その際に紹介された経歴では、青森の八戸《はちのへ》出身の三男坊。実家は市内で魚屋を営《いとな》んでおり、高校卒業と同時に東京の寿司店に修業に出たのがこの道に入ったきっかけだ。おそらく、家業が魚屋だけに、端《はな》から魚を捌《さば》くことは難なくこなせただろうし、魚を見る目も確かであったに違いない。若くして独立できたのもそのお陰なら、築地の仲買人と親交を深めることができたのも、そのお陰だろう。それに、これまで接してきた人間の中でも、概して東北人は義理人情に厚く、なによりも実直であるように思う。

梅森もその例に漏《も》れず、人情深いし、成功している商売人には珍しく、どうしたら利益を上げられるかより、客を喜ばせれば自然と利益は上がるものだという徹底した理念を持つ。

それは社員への接し方ひとつを取っても明らかだ。

物腰は柔らかだし、怒鳴《どな》り散らすこともない。転職前の会社は上場企業で、事業規模はうめもりとは比較にならないほど大きなものではあったが、すべての業務に達成目標が設けられ、結果は人事考課に直結するという、徹底した厳しさがあった。もちろん、うめもりも組織である限り、人事考課は存在するのだが、大組織に比べればまだまだ甘い。だから、梅森の下で働くのは楽なもので、社長を慕《した》う社員は圧倒的に多い。

しかし、それも善し悪しである。兼重もすでに四十七歳。会社に万が一のことがあろうものなら、やり直しが困難な年齢だ。それゆえに、「恩」などという言葉を平然と口にし、使い道に目《め》処《ど》すら立たないビルに大金を投じて購入するという梅森の経営者としての資質に疑問を持たざるを得ないのだ。

「だいたい、寿司屋にしても居酒屋にしても、うちのようなチェーン店は、まずは立地だ。名店っていわれる店なら、どんなに不便なところでも、客は押しかけてくるが、うちの売りは、早い話が値頃感だ。しかも、繁華街に行けば、大抵店がある。つまり、繁盛するのも人が集まる場所、アクセスの良さがあればこそなんだ」

「全くです」

坂下は、口に入れた焼き鳥を咀嚼《そしゃく》しながら大きく頷く。「立地なんか関係ないのは、名店と呼ばれるようになればこそ。どんな田舎《いなか》にあろうが、飛行機使ってでも寿司や蕎麦《そば》を食いに行くって物好きがいるのがいまの時代ですからね。でも、そこまでになるのが大変なんだし、そうした店はまず店を増やさない。簡単に食べられるようになったら、価値が落ちちゃうことを分かってるんですよ」

「予約困難、滅多に食べられない。それが店の価値、格を高めることにつながるってのをよく知ってんだよな」

兼重は、そこでビールを一口飲むと、「社長いってたよ。こんな仕事を頼むのは、俺が出店した店は、いままで以上に客の入りがいい。調査費用も格段に削減された。俺が目利きだからだってな」

ふんと鼻を鳴らし、嘲笑《ちょうしょう》を浮かべた。

「大きな街でも繁華街の地域は限られますからね。そういった場所に出店すれば、繁盛も見込めるでしょうが、問題はめぼしい場所に出し尽くした後ですよ。それからが大変なんです」

「店の数が頭を打てば、売上げも頭を打つ。それが、チェーン展開をする飲食業の宿命だからな」

ふたりが、うめもりに採用された理由はそこにある。

坂下は大卒の三十歳。以前勤めていた会社は、ファストフード店を全国に展開する大手企業だったが、上司との折り合いが悪く、一からやり直すつもりでうめもりに転じてきた過去を持つ。

客単価が安いファストフードはいかにして数を捌《さば》くかが収益を大きく左右する。それは、店舗数を増やすことで、客の取りこぼしを極力少なくすることを狙っているわけだが、そこでも鍵を握るのが立地である。

繁華街に店を出せば、繁盛が見込めるというのは素人でも分かる。うめもりも、当初はそうした場所を狙って店を出してきたのだが、東京、名古屋、大阪のような大都市を中心に店を増やしていけば、やがて出店する場所がなくなってしまう。他にも客の入りが見込める場所があるはずだと思っても、繁華街に出店場所を特化してきただけに、商売になるかどうかを見極める確かなノウハウを持った人間が、うめもりでは育っていなかったのだ。兼重が入社した、創業二十年近くも経とうという頃になってもである。

もっとも、それには理由があって、梅森が事業の拡大に、殊《こと》の外《ほか》慎重な経営者であったからだ。事務職の社員は必要に応じて増やすことを厭《いと》わないが、店舗数を増やすことには彼独自の経営理念があった。

飲食業成功の秘訣《ひけつ》は、お客様をいかに満足させるか、喜んでいただくか、その一点にしかないというのが口癖《くちぐせ》で、寿司屋にしても、居酒屋にしても、店を任せるに足ると確信できる人材を確保しないうちは、絶対に新たな店を出さない。しかし、出店速度は遅いとはいえ、それでも確実に店舗数は増加する。そうこうしているうちに、二十年近くの歳月が流れ、新たな出店場所を探しあぐねるようになったのだ。

その点、兼重には以前勤務していた大手外食チェーン店で身につけた、出店候補地を決めるに当たってのノウハウがあった。

一般的に大手の外食企業が新店舗を設けるに当たっては、目をつけた場所周辺の民力を調べ、時にはバイトを雇って、時間ごとの人通りや客層を調べてと、応分の労力と時間を費《つい》やすのが常である。新店舗を設けるに当たっては、多額の資金を投じることになるのだから、当然の話なのだが、それでも見込んだ通りの収益が得られず、閉店に追い込まれることも珍しい話ではない。もちろん、調査が終わった段階で、出店するに値《あたい》せずという結論になることもあるのだが、調査に要する労力と費用も馬鹿にならないし、時間がかかれば、他に借り手が現れないとも限らない。

そこで、着目されたのが、他社、それも他業種の店舗の有無である。

候補地の近辺に、特定のコンビニと大手外食チェーンが経営する蕎麦屋や大手喫茶店のチェーン店があれば、即出店。なぜなら、この三社は徹底的に調査を行っていて、撤退例が極めて少ないからだ。

だから、兼重は調査を行わない。いままでうめもりが未出店であったオフィス街を中心に、この三店舗があるかどうかを確認し、あれば即出店の断を下してきたのだ。

最初のうちは、オフィス街での出店に疑念を呈《てい》した梅森だったが、ビジネスパーソンだって、昼食を外でとることもあれば、夜は接待、社員同士の飲み会だって頻繁《ひんぱん》に持つ。開店してみれば連日大繁盛。かくして、梅森の兼重に対する評価は高くなり、それが今回の話につながったというわけだ。

「その店舗の拡大については、経営企画室の水島《みずしま》さんが、不満を漏らしてたことがありましたよ」

坂下はまた一口、ビールを飲む。「僕が入社する大分前の話ですが、経営コンサルタントに意見を求めたことがあったそうなんです。コンサルタントがいうには、うちの店は常に満員。席が空くのを待っている人の列が常にできている。飲食店は、七割の席が埋まっていれば十分で、もっと広い店舗にするか、店舗数を増やすかすれば、業績は格段に上がるとアドバイスされたと」

「へえっ。で、社長、なんていったんだ？」

兼重は焼き鳥をつまみ上げながら問うた。

いまだって常に満席、行列ができているという状況は変わらないことからしても、梅森がコンサルタントのアドバイスに聞く耳を持たなかったのは明らかだが、理由には興味がある。

「常に満席、行列ができているってことは、待ってでもうちで食べたい。それだけ信頼を置いてくださり、愛してくださっていることの証じゃないか。闇雲《やみくも》に店を増やせば、職人、従業員の質が保てない。一度でも失望させれば、二度と寄りつかなくなるのが、飲食業の怖いところだ。第一、七割でいいってことは、三割のキャパが遊ぶってことだ。その点、うちの稼働率は百パーセント以上だ。それのどこが悪いって……」

「まっ、そんなところだろうな」

兼重は肩をすくめ、串に刺さった焼き鳥を歯でしごき取った。

「まあ、それでも経営は順調に推移しているし、会社の規模だって大きくなっているのは事実ですから、社長の経営手法は間違ってはいないんでしょうけど、だからこそ、今回のビルの件は理解できないいんですよねえ。第一、公募したって案なんか出してくるやつなんていませんよ。応募者ナシなんてことになったら、それこそ、そのビルをどうするつもりなんですかね」

「知るか、そんなこと」

その一言と共に、兼重は焼き鳥を飲み込むと、「オーナー企業ってのも考えもんだよな。上場企業でこんなことをやろうものなら、株主から突き上げくらうぞ。いや、それ以前に役員会で猛反対にあって却下だ」

吐き捨てるようにいい、残っていたビールを一気に飲み干し、空になったジョッキをテーブルの上に置いた。

どう考えても、無理筋な企画の窓口を、しかもついでのように命じやがって。

酔いも手伝って今更ながらに腹が立ってきた。

「おい、坂下。今日は飲むぞ！」

兼重は空になったジョッキを翳《かざ》すと、「熱燗《あつかん》二合。大至急だ！」

ボーイに向かって大声で命じた。

2

「ほんと、申し訳なかったな。急に手伝いに呼び出したりして……」

正面の席に座るなり、父親が今日何度目かの詫《わ》びの言葉を口にし、頭を下げた。

午後十時。赤羽《あかばね》駅前の中華料理店は、二十四時間営業を売りにするだけあって、この時刻になっても席はほぼ埋まっている。

学生、サラリーマン、外国人と、客層は様々なのだが、品数は豊富で値段も安く、その上ツマミが充実していることもあって、ほとんどのテーブルの上に酒瓶が載っている。

「お父さん、気にしないで。学校は春休みだし、春木《はるき》さんがインフルエンザにかかっちゃったんだもの、しょうがないよ。高熱と関節の痛みじゃ、立ち仕事なんか無理だし、人が集まる場所での仕事だもの、インフルエンザをうつしに行くようなもんじゃない。それにデパートの催事の販売員をやるのははじめてだし、いい経験になったもん」

滝澤由佳《たきざわゆか》は、明るい声でこたえた。

「社長がな、由佳が春木さんの代わりに、手伝ってくれることになったっていったら、助かるって喜んでさ。日当を出すっていってけでんだ。本当に感謝してたぞ」

「そんな日当なんて、とんでもない」

由佳は滅相《めっそう》もないとばかりに、顔の前で手を振った。「手伝ってみて分かったけど、デパートの催《もよお》し物の販売って、凄く人が来るのね。あれじゃ、一人欠けたら手が回らないわ。それにお父さんが日頃お世話になってる会社のことだもの、ほんと、日当なんていいから」

「だけど、バイト休んだんだろ？　バイト先だって、余分な人間を抱えてるわけじゃねえべさ。お前の稼ぎが一日分無くなった上に、バイト先にも迷惑かけてしまったな」

「迷惑なんて、かけてないよ」

由佳は笑った。「私、そんなに無責任じゃないから。ちょうど、いい時給のバイトが見つかったところでね。英語も生かせそうだし、来週からそっちにいくことになってたんだ」

「なんだ、お前、バイト変わるのか」

「受験が終わると、家庭教師の口も少なくなるし、新規の学生を受け持つと、一年続くことになってしまうことが多いんだ。今年は就活があるから、いろいろ忙しいのよ。家庭教師の都合で、今日は無理ですなんてことになったら、それこそ生徒が迷惑するでしょう」

由佳は、都内の有名私立大学の学生で、今年四年生に進級する。

今年、四十七歳になる父親の栄作《えいさく》は、岩手の沿岸部の町にある水産加工会社の営業部長をしている。

二〇一一年三月十一日、巨大地震発生からほどなくして、東日本の沿岸部を襲った大津波は、由佳が暮らしていた町にも押し寄せた。栄作が勤務していた水産加工会社はもちろん、自宅も津波に流され、町民の多くが犠牲となった。

当時、小学六年生であった由佳は、学校が高台にあったおかげで難を逃れたものの、三歳年下の弟は早い時間に下校していたために、同居していた祖父母と一緒に津波に呑まれ帰らぬ人となった。

父親が勤めていた水産加工会社は、従業員五十名余という中小企業で、地元で水揚げされた海産物を珍味にして販売するのを業《なりわい》としていた。県内の鉄道の駅、近辺の道の駅や高速道路のサービスエリアを販路にしていたのだが、業績の伸びはかんばしくない。そこで、インターネットが普及してからは通販事業に力を入れ、同時に全国各地のデパートやイベントでの催事に積極的に出店することにした。

実際に食べてもらえば、美味さが分かる。次回からは通販でという流れができれば――。

催事の企画があれば、全国どこへでも。いつしか月の半分は家を空けるという日々が始まり、それとともに通販事業の業績が伸び、地道な努力が報われる兆《きざ》しに喜んでいたところに大惨事が起きた。

当時、父親は営業課長。命を失わずに済んだのは、津波が町を襲ったあの日、仙台《せんだい》のデパートで開催されていた物産展に出向いていたからで、保健師をしている母も、巡回指導で津波が届かぬ場所にいたという偶然によるものだ。

自宅を失い、職場を失い、家族を失った両親が悲嘆に暮れる様、絶望感に苛《さいな》まれる様を、いまも由佳は鮮明に覚えている。

どこに住めばいいのか。これからどうやって生計を立てていけばいいのか。

収入に目処《めど》が立たぬ以上、家を新築しようにも元手がない。それ以前に、この町が復興するとは思えない。

あの壊滅的な惨状を目の当たりにすれば、両親のみならず、住人の誰しもがそう思ったに違いない。

しかし、震災後一週間もした頃からだろうか。自衛隊が、全国各地の消防隊や警察が、そしてボランティアの人たちが町にやってきて、瓦礫《がれき》の処理の手伝いや、被災者の世話に取り組む姿に接するうちに、両親の意識に変化が芽生《めば》えはじめた。

あの震災では『絆《きずな》』という言葉が合い言葉になったが、町はもちろん、被災者とは縁もゆかりもない人たちが、泥まみれになりながら必死に汗を流す姿、復興への祈りを込めて黙々と作業に取り組む姿を見て、自分たちは見捨てられてはいないのだ、ここで挫《くじ》けてしまったら、この人たちに申し訳ない。そんな気持ちが芽生えたのではないかと思う。

悲しみは決して消え去ることはないが、時は悲しみを癒《いや》すものだ。

幸い、父が働いていた水産加工会社の社長は、津波の難を逃れたこともあって、被災から三年の後、事業を再開した。

由佳が高校へ、そして大学に進学できたのは、そのおかげなのだが、やはり家計は苦しく、大学の学費を捻出《ねんしゆつ》するので精一杯。月々の生活費を賄《まかな》えるだけの仕送りを得られるはずもなく、上京以来、学業の合間を縫《ぬ》ってバイトに精を出す日々が続いていた。

「今度はどんなバイトをすんだ」

栄作が訊ねてきた。

「お寿司屋さんの店員」

「寿司屋の店員って……そんなのなんぼにもなんねえべさ」

「それがさ、最近外国人の観光客が多くてね。一応、店のメニューには英語の表示もしてあるんだけど、やっぱり言葉が通じる店員がいた方がいいっていうのよね。お寿司出して終わりより、街の情報とか、観光地の案内とか、いろいろ知れたらありがたいじゃない。なにしろ、SNSで、あっという間に情報が世界中に伝わる時代でしょ。あの店にいけば、英語が通じるって評判が立てば、外国人が押し寄せてくるんじゃないかって」

「まあ、由佳のことだから、英語は大丈夫なんだろうけど、それで時給なんぼになんだ？」

中高通じて、英語は学年トップ。大学での専攻は経済だが、TOEIC、TOEFLのスコアだってハイレベルだし、英検も一級を取得済みだ。家庭教師も専門は英語。それも、所属している派遣会社ではプロにならないかという誘いを受けているくらいだ。

「千三百円」

「それ、安いのか、高いのか」

栄作は訊ねてきた。

田舎の相場からすれば十分高額だが、東京のこととなると皆目《かいもく》見当がつかないらしい。

「高額とはいえないけど、まあ、相場からすれば高い部類かな」

「家庭教師よりも？」

「そりゃあ、時給でいったら家庭教師の方が遥《はる》かに高いわよ。こっちは三千円だもの」

「さん・ぜん・えん！　一時間で、そんなになるの？」

栄作は、あり得ないとばかりにあんぐりと口を開け、目を剝《む》く。

「プロになると、四千円。大抵は一回二時間って人が多いし、長期の休みや受験間際になると、一日に二軒、三軒回る人も多いから十分生活が成り立つのよ」

「だったら、家庭教師の方が、割がいいべさ」

「だからあ、今年は就活があるから、駄目なんだってば。それに家庭教師をやってる間に、結構貯金できたし。贅沢《ぜいたく》なんかするつもりはないから、なんとかなるわよ。それに、なんたって賄《まかな》い付きってのが魅力よ」

「毎日寿司食ってたら飽きてしまうべさ」

「毎日お寿司なわけないじゃない。職人さんだって同じものを食べるんだもの。余った食材を使って、プロの料理人が修業を兼ねて作る料理だもの。賄い飯の方が美味《うま》いってことだってあるらしいわよ」

寿司屋にバイト先を決めたのも、それが大きな理由の一つである。

由佳は食べることが大好きだ。東京での暮らしは、もっぱら自炊である。それも、食費を節約するために、閉店間際のスーパーで割引品や特売品を買い込み、残さず使う。おかげで料理の腕は随分上達したのだが、それでも不満はある。

肉はともかく、美味《おい》しいと思える魚に滅多にお目にかかれないことだ。

なにしろ、岩手で暮らしていた頃は、漁港の側で育っただけに、獲《と》りたての飛び切り新鮮な魚が食卓に上るのが当たり前だったのだ。輸送時間も、保存技術も格段に進歩しているとはいえ、やはりスーパー、それも閉店間際ともなると鮮度は落ちる。

その点、寿司屋は別である。バイトに採用されたうめもりのモットーは、『どこよりも新鮮な魚を、値頃なお値段で』だ。たとえ端材、あるいは余り物であっても、プロの職人が作る料理となれば、不味《まず》いわけがない。

ちょうどその時、ウエイトレスが注文したビールを運んできた。

テーブルの上に置かれた瓶《びん》を手に取り、栄作のグラスにビールを注ぎ入れながら、

「でもさあ、催事ってお父さんの会社にとっては、凄い収益源よね。結構な値段なのに、飛ぶように売れていくんだもの。驚いちゃった」

由佳は素直な感想を口にした。

栄作はグラスを一旦テーブルの上に置き、瓶を由佳の手から取ると、

「東京はカネ持ちが多いからな」

お前も飲め、とばかりに促してきた。

「アワビとイクラ、数の子と昆布の珍味なんて、一番小さなパックでも三千円もするのに平気で買っていくんだものね」

由佳のグラスを満たし終えた栄作はグラスを翳し、乾杯の仕草をすると、一息に半分ほどを飲み干し、ほっと息をついた。

「でもなあ、それだけではねえど思うんだよな。蒸《む》しウニは三千円。莫《ば》久《く》来《らい》も三千円。烏《い》賊《か》の塩

からだってグラム五百円だ。東京と岩手では、所得が違うってこともあるべげんともさ、岩手から来たって知ると、また作れるようになってよかったねって、そういってくれる人も結構いるんだよな」

「そういえば、私もそれいわれた」

「東京だげでねえよ。名古屋、大阪、広島、どごさ行ってもそうだ。日本人は、ほんと優しいよ」

なんだか、胸の中が温かくなってくる。

由佳はグラスに口をつけた。冷えたビールが殊の外冷たく、美味しく感じるのはそのせいだろう。

「食べ物の嗜好《しこう》も変わったすな」

栄作は、残ったビールを一気に飲み干すと、続けていった。「一昔前までは、ホヤなんか東北の人以外は食べながったよ。それがいまじゃ、莫久来は珍味中の珍味だし、ホヤだって殻《から》ホヤが普通に魚屋の店頭さ並んでんだもの。やっぱり、人の味覚つうのは慣れつうが、変わるもんなんだな」

「ありがたいことじゃない」

由佳は、栄作のグラスにすかさずビールを注ぎ入れる。

ウエイトレスが、料理を二人の間に置く。

出てきたのは、レバニラ炒《いた》めと餃子《ぎょうざ》である。

「漁師さんたちの励みになるし、お父さんの会社だって、業績は上向いてるんでしょ？」

「上向いてはいるけど、社長も工場再建すんのに、大借金を抱えてしまってるがらな。返済も楽ではねえべす、売れたら売れたで、工場を大っきくせねばならなくなるからな。そしたら、またカネがかかるべ。それはそれで大変だす、人がいねえんだもの」

確かにその通りだ。

新設した工場は、震災前の半分ほどの大きさで、従業員も三十人ほどしかいないと聞いた。それもこれも、津波によって従業員の多くが亡くなってしまったからで、それでもこれだけの人数を確保できたのは、社長がいち早く工場再建に乗り出したからだ。家と職場を失って、町を去った住人は少なくないし、残ると決めたからには職が必要だ。再建の決断が遅れていたら、これだけの人数ですら確保できなかっただろう。

「あんなに売れてても、難しいのかあ……」

「売れてるっていうげんともさ、催事はそう儲《もう》かるものではねえんだよな」

栄作は意外なことをいう。

「どうして？」

「場所代払わねばならねえがらな。これが、本当に高いんだよな」

「場所代ってどれくらいするの？」

「売価の三割ってどこかな」

「三割？」

それが妥当な割合なのかどうか、由佳には俄《にわか》に判断がつきかねた。

「まあ、直販だし、道の駅さ卸《おろ》したって、それくらいは取られんだげんともさ、催事は人も出さねばなんねし、交通費に宿泊代。商品だって持ってこなけりゃならねえし、売れ残れば持ち帰り。往復で経費がかかるべ。赤字にはならねえだども、この経費ってのが本当に馬鹿になんねえのさ」

「そうか……そうよね」

由佳は、ビールに口を付けると、視線を落とし、テーブルの一点を見つめた。

栄作が宿泊しているのは、この近くの旅館だ。

今の時代、旅館と名がつくと豪華な料理を供する高級宿泊施設を連想してしまうが、それも観光地に限ればのことである。東京でたまに見かける旅館は老朽《ろうきゅう》化が進み、うらぶれた町並みの中にひっそりとあるものが多い気がするし、それでもやっていけるのは、父親と同じく少しでも安いに越したことはない、雨風がしのげるのなら、それで十分という出張者が世の中に多くいることの証左なのだろう。

「だどもな、味を知ってもらわねえごどには、通販で買うっつ人も出てこねえがらな。ある意味、催事はアンテナショップなんだよな。実際、ネット通販の売上げが、右肩上がりで伸びでんのは事実だす、リピーターも増えでっからな」

栄作は、あまり酒が強くない。早くも酔いが回ってきたのか、地の訛《なま》りが強くなってくる。

部長とはいっても、大企業のそれとは違い、催事場のしきり役、会社に戻れば、ネット通販のサイトの管理、出荷、入金が遅滞なく行われているか、果ては販売促進戦略の立案と、一人で何役もこなさなければならないのだ。

地場の中小企業の給与など、東京に比べれば安いものだ。それは、母親の給与と併せても、一人娘の学費を捻出するのがやっと。運良く復興住宅に入居できたものの、いまに至っても自宅を建てる話が出てこないのは、それだけ収入に余裕がないからだ。

父が着ているくたびれたセーター。黒いジャンパーだって、もう何年も同じものを着ていることに気がつくと、なんだか由佳は申し訳ない気持ちになった。決して贅沢をしているつもりはない、節制を重ねた生活を送りながら、勉学に励《はげ》んでいるという自負の念も抱いている。だが、自分よりも、さらに苦しい生活を、それも娘の為に送っている親の姿に今更ながら気がついたのだ。

「だども、早いもんだなあ」

栄作はしみじみといい、目を細めながら由佳を見、グラスを口に運ぶ。「大学さ入ったばかりだど思ってだのが、もう就職か。うまくいぐどいいなあ。どんな仕事さ就《つ》きてえのが分がんねえげんとも、思い通りになるどいいなあ」

もちろん、由佳にも夢がある。

だが、いまここでそれを口にするのは憚《はばか》られた。なぜならば、夢を叶えるためには、故郷には戻らないと宣告することになるからだ。

「まだ、いろいろ迷ってるんだ……。それに入社を希望したって、採用してくれるとは限らないし、せっかく入社しても、すぐに辞めていく人も結構いるしね。私、そんなことはしたくないから……」

由佳はありきたりなこたえを返し、お茶を濁《にご》した。

「んだな……。そんたなごどになったら、会社だって人を採用する時には手間暇かけでんだすな。会社さも迷惑かかるす、辞めだがらって、いい結果さつながるどは限らねえがらな。受ける前に、じっくりと研究した方がいいべな」

「うん、そうする」

由佳は、にこりと笑って頷くと、「お父さん、料理が冷めてしまうよ。早く食べないと」

慌てて箸《はし》を持ちながら、明るい声でいった。

3

「ごちそうさま。いやあ、美味かったよ」

勘定を終えた梅森は、カウンターの中にいる職人に向かっていった。「牧村《まきむら》君、また腕を上げたね」

「ありがとうございます」

和帽子を取った牧村は姿勢を正し、頭を下げる。

「また寄せてもらうよ」

梅森は片手を上げて声をかけると、「じゃあ、行きましょうか」

背後にいる森川を促《うなが》し、店を出た。

「申し訳ないね。すっかりご馳走《ちそう》になってしまって……」

森川は礼をいうと、「牧村君も脂《あぶら》がのってきたね。都心からわざわざ出かけて来る常連客がたくさんいるっていうんだ。場所を移せば、商売を大きくすることもできるだろうにねえ」

改めて周囲を見渡す。

牧村が経営する寿司屋は、下町の住宅街にある。

それも、最寄りの地下鉄の駅から徒歩十分という立地の悪さだ。午後九時を回ったこの時間になると人影は絶え、街路灯と家々から漏れてくる光の中に、アスファルトの道路が浮かぶだけである。

「そこが彼の偉いところですよ」

梅森の目が自然と細まった。「こうなるまでには、ものすごく苦労しましたからね。いい寿司を出せば、必ず客は居着く。その信念を曲げずに二十一年。いまの自分があるのも、苦しい時代を支えてくれた近隣の人たちがいたからだ。他所《よそ》に移るなんてことはこれっぽっちも考えたことはない。彼、前にそういってましたから」

牧村は梅森が銀行の貸し剝《は》がしに遭《あ》い、以前手がけていた事業をたたまざるを得なくなった頃、直営の寿司屋の一つで店長を務めていた男である。閉店と同時に独立する道を選んだのだったが、手持ちのカネには限りがある。バブル崩壊と同時に、不動産価格が暴落したとはいえ、繁華街の家賃は高額で、とても手が出せない。並の頭の持ち主ならば、無理をして開業しても成功は覚束《おぼつか》ない。リスクが高すぎると諦めるところだが、牧村は違った。

同じネタを使っているのに、店によって値段が大きく違うのは、開店にまつわる初期投資と開店後の固定費に原因がある。

初期投資は権利金、内装や食器、調理器具、固定費は家賃や人件費のことで、一等地に店を出そうと思えば、権利金は応分に高額になる。内装や食器に凝《こ》れば、カネは幾《いく》らあっても足りない。それらのコストを回収し、利益を上げずして商売は成り立たないわけだから、当然寿司の値段は高額になる。

つまり、その二つを安く抑えることができれば、あとは職人の腕次第。飛び切りのネタを使った寿司を、どこよりも安く提供すれば、必ずや客は来ると考えたのだ。

しかし、目論見《もくろみ》通りに行かないのが世の常というもの。牧村の場合も、その例に漏れず開店直後から閑古鳥が鳴く日が続き、客が一人も訪れない日すら珍しいことではなかったという。後に牧村は、客がゼロの日を「お化けが出たといってたんですよ」と笑った。

客がゼロは、商売人にとって最大の恐怖だ。恐怖の対象といえばお化けである。お化けが現れれば『出た！』と叫ぶからというわけだが、牧村の最大の見込み違いは、地域の民力を考慮していなかったことにあった。

民力とは、早い話が地域住民の経済力のことだが、銀座《ぎんざ》や赤坂《あかさか》よりも、遥かに安いとはいえ、最高級のネタを使えば価格を抑えようにも限度がある。牧村の店の周辺住民の所得レベルでは、それでも高額に過ぎたのだ。

「牧村さん、地域の住民以上にあんたに恩を感じているんじゃないのかな」

森川はいう。「このままじゃ店は潰《つぶ》れる、かといって質は落としたくない。自分の寿司を出し続けたい。どうしたらいいかって、相談しにいった牧村さんに助け船を出したのは、あんたじゃないか」

「そりゃあ、責任感じますよ。私の至らなさが原因で、急に事業をたたむことになってしまったんですからね。それに、独立していった職人の店が、全部うまくいっていたわけじゃありません。むしろ、うまくいっていなかった方が多かったんですから」

「しかし、独立した職人の共同仕入れっていうのは、よく思いついたもんだよ。最初にあんたから話を持ちかけられた時には、個人経営の店の共同仕入れなんて、築地でもあまり例がなかったからな。あれには驚いたよ」

「その点からすれば、牧村君は桶増さんにも恩を感じていると思いますよ。江戸前の会の皆さんに、掛け合ってくださったのは桶増さんですからね」

その言葉に嘘《うそ》はない。

経営危機に直面し、打開策を相談してきた牧村に、独立した職人仲間との共同仕入れを提案したのは梅森だが、それを快く引き受け、後に江戸前の会のメンバーとなった魚河岸仲間に「うめもりのとこの職人が困ってんだ。一肌脱いでやろうじゃねえか」と音頭を取ったのは森川である。お陰で、大量仕入れと引き換えにネタの仕入れ値は格段に下がり、寿司の値段に反映された結果、「値段はちょっと高めだが、それ以上の価値がある飛び切り美味い寿司が食える」と、地域住人の間で評判になり、店がテレビ番組や雑誌に取り上げられるようになると、連日店は大賑《おおにぎ》わい。たちまちのうちに繁盛店になって息を吹き返したのだった。

森川は、すぐに言葉を返さなかった。

無言のまま歩を進めると、突然口を開き、

「無理な頼みを聞いてくれて、本当にありがとな……」

江戸っ子らしくぶっきらぼうに、しかし消え入りそうな声で漏らした。

森川がいう無理な願いが何を意味するかは聞くまでもない。元麻布のビルのことである。

正式に売買契約を結んだのは夕刻のことで、牧村の店を訪れたのは、それを祝うためである。

「別に無理でもなんでもありませんよ。商売に使えると確信したからこそ買うことにしたんですよ」

そうとしか、いいようがない。

梅森は嘘をいった。

「すまねえ……梅森さん、本当にすまねえ……」

森川は、ふいに立ち止まると頭を下げた。

「桶増さん、止めてください。頭を上げてくださいよ」

梅森が慌てていうと、森川はゆっくりと頭を上げた。

「分かってんだよ」

森川は視線を落としたままいう。「あの通りが、商売にはまったく向いてないってことは、俺が誰よりもよく知ってんだ。店子が入っては消えって状態が、ずっと続いてんだからな……」

「それは、あそこに店を構えたオーナーが、商売の資質に欠けていたからですよ。ただ店を出しただけじゃ客は入りません。客を呼び込むにはどうしたらいいか。とことん知恵を絞り、日々努力を続けなければ、どんな店を出したってうまくいくわけありませんから」

「俺は最低だ……」

しかし、森川は梅森の言葉など耳に入らぬかのように、自分を責めはじめる。「分かってたんだよ。あんたが、俺に恩義を感じていることを……。カネは持ってんだ。あのビルを買ってくれないかといえば、あんたは絶対に断らないってことをさ……」

「桶増さん、それは――」

違います、と続けようとした梅森を、

「もうどうしようもねえんだよ」

森川の悲痛な声が遮った。「商売を続けている間はよ、ビルは会社の持ち物だ。固定資産税や維持費だって、会社のカネでまかなうことができたけど、たたんじまうと、本業の営業収益はゼロ。カネは出て行く一方だ。それに、桶増をたたむに当たっては、従業員に応分のカネを支払いもしたからな……。今度は俺たちの老後が心配になっちまってよ……」

たぶん、涙が溢れているのだろう。俯《うつむ》く森川の声は震えている。

正直な人だ、と梅森は思った。

ビルの売却話に下心があったことを、しかも買った当事者に告白するのは、まず考えられないことだ。売却話を持ちかけたその時から、森川は良心の呵責《かしやく》に苛《さいな》まれ、ずっと苦しんできたに違いない。そして、いよいよ売買が成立してしまったことで、ついに耐えきれなくなったのだ。

「いいじゃないですか」

梅森は、夜空を見上げた。「あのビルを買えるだけの財産を手にすることができたのは、森川さんのお陰なんですから。あの時、魚河岸の皆さんが、私を励ましてくださらなければ、私、いまごろどうなっていたか分からないんですよ」

ビルは私財で購入することにした。

コンパス通りの悪名は梅森も知っていたし、失敗すれば会社に負の遺産を残すことになるからだ。

それに梅森には子供がいない。

「お金はあの世まで持っていけないものねえ」といって、里美も梅森の意向に異を唱えなかったからだ。

「たかだか一人、二十万や三十万じゃねえか」

「その二十万、三十万が、私に何百倍、いや何千倍もの勇気と気力を与えてくれたんです。この恩に報《むく》いなければ、男が廃《すた》る。いや、人間として失格だと……」

その言葉に嘘はない。

振り込まれた額は、総額四百万円。事業資金としては微々たるものだが、それゆえに、どうやったらこのカネで商売を興《おこ》せるか、軌道に乗せられるか、徹底的に考え抜くことになったのだ。

もちろん、当面の生活費程度のカネはありはしたが、それと合わせても事業資金といえるほどの額にはほど遠い。しかも、人件費に回すカネはあろうはずもなかったので、梅森と里美の二人でとなると、やれるのはやはり、寿司屋しかないという結論に至った。

そこで梅森が目をつけたのは、廃業した立ち食いそば屋の店舗だった。カウンターに椅子を置き、四人掛けのテーブル席が二つ。十八人しか入らない小さな店を居抜きで借りることにしたのだ。

回転寿司よりも高品質、一般の寿司屋よりも低価格、かつ明朗会計。いいネタをどこよりもリーズナブルな価格で供すれば、必ずや成功する。

それを可能にしたのも、森川をはじめとする後に江戸前の会のメンバーとなった人間たちの支援があればこそだったのだ。

「それに、私だって商売人の端くれですからね。あのビルを塩漬けにしておくつもりはありませんから」

梅森は続けていうと、森川に問うた。「桶増さん。売買契約を結んだこの日に、なぜ私が牧村君の店に桶増さんを誘ったか、分かりますか？」

「えっ？」

森川が、顔を上げた。

「店の立地に似てる点が多々あるからですよ。普段は人通りが少ない住宅地のど真ん中。飲食店をやるには、およそ不向き。当たり前の感覚の持ち主ならば、絶対にここで店をやろうなんて人間は、まずいません」

「そういわれてみると、あのビルの立地と似ているな」

「なのに、連日大賑わい。都心からわざわざ足を運ぶ常連客だっているわけです。コンパス通りの周辺の住宅地の中にも、繁盛店が存在しますけど、足の便はこちらの方が遥かに悪いにもかかわらずですよ」

「じゃあ、梅森さんの頭の中では、あそこでどんな商売をやるのか、構想ができあがってるのか？」

救われたかのように、瞳に光を宿らせた森川だったが、

「正直いいまして、まだ見当すらついてはいません」

梅森の率直な言葉に、悄然《しょうぜん》と項垂《うなだ》れた。

「でもね、私、なんだかわくわくしてるんです。あそこで店をやろうと思えば、いまのうちのビジネスモデルは通用しません。テナントを入れようにも、飲食業の心得がある人間ならば、まず借りません。となると、借りるのは素人同然の人間ってことになるわけですが、開業した途端に撤退じゃ不幸になる人間を作るだけです。となれば――」

そこで、梅森は森川に目をやると、「新しい商売、新しいビジネスモデルを構築するしかないわけです」

きっぱりといった。

「新しい商売か……」

「どんな商売になるかは分かりませんが、それをものすることができれば、うちが一段の飛躍を遂《と》げる起爆剤になりますよ。だって、そうじゃありませんか。あのビルと同じような問題を抱えている物件は、世の中にはごまんとありますからね。すべてにとはいえないまでも、応用できる物件はたくさんあるはずです。借り手がいないということは、家賃だって安いに決まってます。ビル一棟をまるまる借りて、大繁盛させることができれば、一等地で商売するよりも、並外れた利益が上げられる」

良心の呵責に苛まれる森川の気持ちを和《やわ》らげるためにいったつもりが、話しているうちに、梅森は自分自身の胸中に沸《わ》き立つような興奮が芽生えてくるのを覚えた。

そういえば前にも、こんな気持ちになったことがある……。

それがいつのことであったのか、思い出すまでに時間はかからなかった。

そう、江戸前の会のメンバーの支援を受け、再起をかけてどんな商売をするか、限られた資金のなかで、どうしたら店を繁盛させられるかに必死に知恵を絞った、あの時だ。

「だから森川さん、私は感謝してるんです。ビルを買わせてもらわなかったら、こんなチャンスに巡り合うことはなかったんですから。そう、これはチャンスなんです」

梅森は、本心から告げた。

4

「おい、昭輔《しょうすけ》。この鰤《ぶり》の照り焼き、味濃いぞ。何度いったら分かるんだ」

開店前の厨房で、店長兼板長の沼田栄吉《ぬまたえいきち》が低い声でいい、末席に座る若い職人をじろりと睨《にら》んだ。

「す、すいません。醤油《しょうゆ》、控えめにしたつもりなんすけど、まだ濃いすか」

安田《やすだ》昭輔が、バネで弾《はじ》かれたように立ち上がり、直立不動の姿勢を取る。

歳は由佳とそれほど離れてはいまい。『寿司処うめもり』六本木店に五人いる寿司職人の中では一番若いのが昭輔だ。

由佳がここでバイトをはじめてから四日。どうやら賄い飯は、沼田以外の職人が順番で調理するのが決まりであるらしく、昭輔の料理を食べるのはこれが二度目である。

最初の主菜は鶏の塩焼きで、その時にも塩がきついと沼田に指摘されていたことを、由佳は思い出した。

「火を通しすぎなんだよ。だからタレが煮詰まるんだ。身も堅《か》てえよ。寿司屋はな、生魚だけを扱うんじゃねえんだぞ。ネタには煮物や〆物《しめもの》だってあるし、焼き物だってある。独立すれば、切り落としをどう調理するかで実入りだって違ってくんだ。賄いだからって、適当な仕事してんじゃねえよ」

「第一、職人に塩気のきついもんを食わせてどうすんだよ。客の前で、水ばっか飲んでたら、さまになんねえだろうが。少しは考えろ」

「はい！　すいませんでした！　気をつけます！」

「はい……」

昭輔は、丁重に頭を下げると席についた。

賄いは調理人の修業の一つとは聞いていたけど、こりゃ大変だわ。どんな仕事でも、プロを目指すのは大変なんだ。

これまで、家庭教師のバイトしか経験したことがない由佳にとって、企業社会、それも職人の世界を垣間見る《かいまみる》のはこれがはじめてのことである。沼田は温厚な人物で、仕事ぶりを見ていても、余計なことは喋らず、調理を黙々とこなす一方で、客が話しかけてくると、丁重な言葉遣いでしっかりと応対する。

しかし、料理のこととなると、やはり厳しい。

由佳は、少しばかり緊張しながら、昭輔の作った鰤の照り焼きを口に入れた。

ところがである。

美味しい……。

沼田は味が濃いといったが、そんなことはない。まさに好み。絶妙の味なのだ。

やっぱり、プロと素人じゃ味の基準が違うのかな。そういえば、高校の修学旅行は関西だったけど、あっちは昆布文化で、出汁《だし》の味を大事にするのか味が薄かったような気がしたっけ……。

しかし、そんなことを考えている余裕はない。

寿司処うめもりの開店時間は、午前十一時。そこから閉店時間の午後十時半まで、実に十一時間半も営業が続くのだ。職人はシフト制で、連続三日の勤務の後、一日休み。バイトは勤務時間の縛りはないが、採用に当たっては、最低でも六時間の勤務が望ましいといわれた。

賄いの時間は十時半と決まっており、三十分の間に賄い飯を食べ、食器を片付け、ミーティングの後、開店となるので、急いで食事を済ませなければならない。だから、従業員たちの食事が早いことといったら……。

由佳が一膳《いちぜん》平らげる間に、職人たちはもう二膳の飯を食べきろうという素早さだ。そして、一粒の米、おかずの欠片《かけら》も残すことなく、綺麗に平らげるや、「ご馳走《ちそう》様でした」と、食器を流しに片付ける。

入って間もない由佳は、このペースについていくことができず、いつも食事を終えるのは最後になってしまう。

食器を洗うのは、賄いを作った職人の役目だ。

「安田さん。ご馳走さまでした。とても美味しかったです」

由佳は、流しに食器を置きながらいった。

「美味しかったじゃなくて、惜しかったじゃないの？」

先ほどの沼田の叱責《しっせき》が、よほど堪《こた》えたのか、昭輔は自虐《じぎゃく》的な口調でいう。

「そんなことないですよ。本当に美味しかったですよ」

「ご免《めん》なあ。俺、東北の出身なんで、どうしても味が濃くなっちゃうのかもなあ」

「東北？　安田さん、東北のどちらなんですか？」

「青森だけど……」

「私、岩手です」

「そうかあ、滝澤さん、岩手なの」

「どうりで、私好みの味だったわけですね。うちの父なんか、漬物といえば古漬けだし、塩鮭なんか焼くと塩を吹いて、表面が真っ白になるような、飛び切りしょっぱいヤツが最高なのにって、いつもこぼすんですよ」

「分かるわあ……。でも、世の中減塩の時代だし、プロの料理人で食っていくためには、やっぱりそれじゃ駄目なんだよ。まだまだ修業が足りないな……」

昭輔は、反省しきりで再び食器を洗う手を動かしはじめる。

「そろそろ、ミーティングをはじめるぞ」

店の方から、沼田の声が聞こえた。

「いま、行きます」

食器を洗いながらこたえる昭輔を厨房に残し、一足先に由佳は客席に向かった。

少し遅れて昭輔が現れたところで、ミーティングがはじまった。

最初に本日現時点での予約件数。満席の場合の客の列の作り方への注意等々、毎日繰り返される事項を話し終えると、沼田はいった。

「今日は本部から、伝達が来ています」

それから話された内容を聞いて、由佳は少し驚いた。

何と、会社が購入するビルで、どんな飲食店を経営するか、案があるなら、提出せよ。つまり、新規事業を社内公募するというのだ。しかも、案が採用された暁《あかつき》には、社内にプロジェクトチームを作り、発案者が希望すれば専念させるという。

まだ、採用面接は受けたことはないが、大学のOBを通じて企業の職場がどういうものなのか、何度か話を聞いたことがある。それも、OB訪問の類《たぐ》いではなく、ゼミの先輩という個人的なつながりだから、その人たちが働いている企業を志望しているわけでないのは相手も先刻承知。それゆえに、本音が語られるのだが、彼ら、彼女らの口を衝《つ》いて出るのは、まず愚痴である。

曰《いわ》く、「面接では、どんな仕事をやりたいのかと必ず訊かれるが、希望が叶えられることは、まずない」とか、「企業というところは、上司と仕事は選べない」とか、果ては「いいアイデアがあっても、事業部どころか、部、いや課が違えば生かすチャンスがない」とか、やる気が削《そ》がれるものが実に多いのだ。

ところが、築地うめもりは、新しい事業のアイデアを全社員に求めている。そのことにも驚いたが、公募するということは、何をやるかの当てもないままビルを購入したと思えたからだ。

「期間は書かれてはいないが、案があれば所属部署の上長に提出するように……と書いてある。つまり、この店の場合は俺。ちなみにビルの場所は、元麻布のコンパス通りだ」

コンパス通り？

そんな通りの名前ははじめて聞くが、バイトには関係のない話である。どうやら、従業員たちも思いは同じようで、これといった反応は窺えない。皆一様に、日々のルーティンの一つ、ミーティングの中の通達事項をとりあえず聞いたといった様子で、話を聞き流しているようだ。

「この通達は、一応厨房の掲示板に貼っておくから、興味のある人は見ておくように。こちらからは、以上です。特に、何もなければこれでミーティングは終わりにするが？」

反応なし。

沼田は、それを見越していたかのように、早々にファイルを閉じ、「じゃあ、開店だ。今日も一日よろしく！　張り切っていきましょう！」と、大声でいった。

職人たちがカウンターに入る。

すでに、ショーケースの中には、下ごしらえを終えた寿司ネタが整然と陳列され、厨房からはジャーに入れられた酢飯が運び込まれてくる。カウンターのつけ台は、綺麗に磨《みが》き抜かれ、醬油差しは所定の位置に、その隣にある蓋《ふた》付きの小ぶりの器はワサビである。

六本木という土地柄、客には外国人が多く、彼らは刺身や寿司を食するにあたって、大量のワサビを使うからだ。

「じゃあ、開店します」

由佳がドアを開けると、そこには既に客の列ができていた。

昼前後はランチ目当ての客が主だが、ビジネスパーソンにはまだ早い。客の大半は、観光目的で日本にやってきた外国人だ。

　ＳＮＳ隆盛の昨今、良くも悪くも情報はあっという間に全世界に広がる。昼前にもかかわらず、外国人観光客が殺到するのは、寿司処うめもりのメニューの豊富さと、価格にある。ビジネスパーソン向けのランチだけでも三種類。それ以外にも、マグロ三昧《ざんまい》。高級ネタを組み合わせた、時間帯に関係なく、いつでも注文できるコースが三種類。もちろん、お好みでも注文できるという充実ぶりだ。ネタは飛び切り新鮮かつ高品質、それでいて値段はリーズナブルときているのだから評判にならないわけがない。

　高品質といえば、最近では回転寿司も中々のものなのだが、これもＳＮＳの影響なのか、寿司はつけ台の前に座り、職人の技を鑑賞するのも醍醐《だいご》味《み》の一つということが浸透しているらしく、外国人客は大抵、席数が限られているカウンター席を所望する。昼の時間帯は基本的に空席に案内されるので、開店の三十分ほど前から列ができるのが常態化しているのだという。

「ハァ〜イ」

　その日、先頭に並んでいたのは、白人のカップルだった。三十歳前後といったところか、男性はブロンド、女性は黒髪で、両人ともに左手の薬指に真新しい指輪をしているところからすると新婚旅行でもあるのだろう。

「寿司処うめもりにようこそ」

　由佳は満面の笑みを浮かべていった。

　大学には長期、短期の留学生がたくさんいて、日本人学生との交流も盛んだ。由佳が日本語を教え、留学生のネイティブスピーカーに英語を教えてもらっているだけに、コミュニケーションは完璧だ。

「カウンターに座りたいんだけど」

男性がいった。

「もちろん」

由佳は、即座にこたえると、「どうぞ、こちらに」

席に案内した。

二人が席についたところで、あらかじめ持っていたおしぼりを、次いでメニューを差し出す。もちろん外国人向けに、写真入りの英語で書かれたものだ。

「まず、お勧《すす》めのお刺身とビールを。寿司は後でお好みで」

どうやら、予《あらかじ》め寿司処うめもりのサイトでメニューを確かめ、注文の品を決めてきたらしい。男性は見るまでもないとばかりにいい、「それと、シェフのこれぞというおつまみね」

「かしこまりました」

由佳が、リクエストを通訳すると、それを聞いた安田が、「じゃあ、バクダンはいかがですか？」と、即座にこたえた。

ウニ、イクラ、イカ、納豆に細かく刻んだ芽ネギを入れ、醬油ベースの特製タレを加えてかき混ぜたものを、バクダンと呼び、それを焼き海苔《のり》に載せて食するのだと安田はいう。

由佳が安田の説明を通訳すると、

「ウニ、イクラ、イカと納豆だって！　大好物ばっかりだよ！　それを合わせたらどんな味になるんだろう！」

男性は早くも興奮と歓喜の色を露《あら》わに、うっとりとした目で、隣の女性に同意を求めた。

「それは、食べないわけにはいかないわね」

女性の目が輝くのを見て、「是非《ぜひ》、それを」

と男性はいった。

そうこうしているうちに、瞬く間に席が埋まっていく。

六本木店には、接客担当の女性が四人いて、英語に堪能なのは由佳だけだが、メニューを見せながら注文を取るのは十分可能だ。しかし、開店直後は、客が一気に押し寄せるだけに、一日の中でも最も多忙を極める。だから、説明を手っ取り早く済ませなければならない。

由佳は、ただちに厨房に向かうと、注文されたビールをトレイの上に載せ席に取って返した。

「さあ、どうぞ。冷たいビールをお持ちしました」

由佳はウインクをしながらビールを二人の前に置くと、「寿司処うめもりのお寿司をお楽しみください」といい、他の客の注文を取りに別の席に向かった。各席に注文の品が出揃っても料理や飲み物の追加は絶えないのだが、それでも注文の品を出し終えると忙しさは少し緩和する。

カウンターの端から少し離れたところに立ち、客席の様子に目を配っていると、先ほどの男性が、

「これ、最高に美味かったよ！　最高にビールに合うね！」

と由佳に声をかけてきた。

「チーフシェフが、腕によりをかけて作ったつまみですから」

正直なところ、由佳はバクダンを食べたことがない。

ウニやイクラ、イカは岩手でも豊富に獲《と》れるし、納豆だって日常的に食するが、獲れることが食べることを意味するものではない。イカはともかく、値の張るウニやイクラは出荷しておカネに替える、生活の糧《かて》を得るためのもので、滅多に口にすることはないし、寿司ネタの中でも、最も高価なものだけに、学生の身分では、とても注文できるものではない。

バクダンという一品があることも、今日はじめて知ったのだが、これだけの食材を組み合わせれば、美味しいに決まってる。

「ジョージ……。大失敗。写真撮るの忘れてしまったわ……」

女性が、とんでもない悲劇に出くわしたかのように、嘆きの声を上げた。

「なんてこった……。そうだ……、そうだったよ……。大好物の組み合わせに興奮しちゃったし、焼き海苔の香りに食欲を掻《か》きたてられちまって……」

ジョージが額を手で押さえながら、がっくりと項垂《うなだ》れる。

しかし、それも一瞬のことで、ジョージはおもむろに顔を上げると、

「リサ、もう一度バクダン食べよう。こんな美味いもの、これだけじゃ足りないよ。そう、これは、もう一回注文しろって神様がいってるんだ。そうだ。そうに違いないよ！」

二人の会話がなんとも微笑ましい。

由佳は、吹き出しそうになるのを堪えて、

「追加で注文なさいます？」

と訊ねた。

「もちろん！」

バクダンの追加と、ことの経緯を聞いた安田は、

「じゃあ、今度は違ったバージョンのバクダンをお出ししましょうか？」

と、サービス精神満点の提案をする。

「バクダンって、そんなに種類があるの？」

ジョージは目を丸くして問うてきた。

「バクダンにどんな材料を使うか決まりはないんです。さっきお出ししたのは、基本の三品を使ったもので、他に寿司に使う生魚を細かく切って入れると、また違った味が楽しめるんです」

「他にって、例えば？」

そう訊ねるジョージはもちろん、リサも興味津々だ。

「中トロに沢庵《たくあん》を入れると、食感が良くなりますが、大丈夫ですか沢庵？」

「ピクルスは大好物だ。ホットドッグはザワークラウトよりもピクルスの方が好きなんだよ。そりゃあいいねえ」

ジョージは、またしても即決すると、「ビールも追加して」

空になった瓶《びん》を掲《かか》げた。

安田の仕事は早い。それに、この手の料理を注文する客は結構いるものなのか。あるいは他にも使うものなのだろう。ショーケースの中には、細かく切られたマグロと沢庵が事前に用意されていたこともあって、厨房に戻り、ビールを運んできたのと同時に、バクダンの新バージョンが二人の前に置かれた。

リサは、夢中になってスマホで写真を撮りはじめる。アングルを変え、パネルをタッチするたびに、周囲の談笑の声の中にシャッター音が鳴る。

「すぐに、これをインスタにアップするわ。ニューヨークは夜中だもの、こんな写真見たら、みんなお腹が空いて、眠れなくなっちゃうわよ」

リサが、心底嬉しそうにいう。

「まったくだ。いくらマンハッタンだって、こんな時間に開いてる寿司屋はないからね。それに、ウニ、イクラ、納豆、芽ネギ、中トロ、イカに沢庵だぜ。味を想像しただけで、悶絶《もんぜつ》するさ。この焼き海苔の香りを嗅《か》がせてやれないのが本当に残念だよ」

友人、知人の反応を想像しているのだろう、ジョージは優越感と少しばかり、意地悪な感情が籠《こ》もった眼差しで、目を輝かせる。

「追加のビールをお持ちしました」

由佳は、空になったグラスにビールを注いでやった。

「アリガトウ。さあ、食べようか」

ジョージは掌《てのひら》を擦《す》り合わせ、焼き海苔を手にする。バクダンをその上に載せ、リサに手渡すと、返す手で自分用に同じ物を作った。

そして、リサと目を合わせると、ぱくりとそれを口に入れた。

二度ほど口を動かしたところで、ジョージは目を閉じ俯いた。二秒、三秒、すべての動きが止まった。一方のリサといえば、こちらもまた目を閉じ、天井を見上げ、口をゆっくりと動かすだけとなる。

突然、ジョージが握りしめた拳でドンと一度、カウンターを叩く。そして一瞬の間を置き、小さく、そして小刻みに何度もカウンターを叩く。

「う……めえええええ」

絶叫である。顔を上げたジョージは涙目だ。

「お・い・し・い……。なんて、美味しいの！　このゴージャスな味、沢庵の絶妙な歯ごたえ。ビールもいいけど、日本酒にも絶対に合うわよ！」

リサも興奮を隠さない。「ジョージ、少し日本酒を呑みましょうよ。どーせ、今日は桜を見にいくだけの日にしていたんだし、花見に酒はつきものだっていうじゃない。酔ってから行くか、行ってから酔うかの違いじゃない。どっちにしても、酔っ払うんだから同じことよ」

「そうだな」

ジョージは考える様子もなく頷き、「じゃあ、お酒ください。熱燗で！」

と注文をいれてきた。

結局、ジョージとリサの二人は、昼食に一時間半を費やした。

その間に呑んだ酒量は、ビール二本と日本酒の熱燗が二合徳利《とっくり》で二本。つまり四合だから中々のものである。

しかし、二人とも酒が強いらしく、すっかりご機嫌で席を立った。

「ありがとう。とても……とても、美味しかった。刺身も、寿司も、これまで食べた中の間違いなくベスト。それに、あのバクダン……アッ……今思い出してもまた食べたくなってきた」

レジの傍に立つ、由佳のところにやって来るなり、ジョージが感激しきりといった態《てい》で声をかけてきた。

「本当に、素晴らしかった……。やっぱり、実際に足を運ばないと出合えないものって、世界にはたくさんあるのねえ。新婚旅行を日本にして、本当に良かった……」

しみじみとリサはいう。

「お気に召していただいて、とても嬉しいです。それと、ご結婚、おめでとうございます」

由佳は、笑みを浮かべて祝意を告げた。

「それに、君のような英語が堪能な人がいる店ってのもいいよね。素晴らしく上手な英語を使うけど、アメリカにいたの？　君の英語ってアメリカのアクセントがあるようだけど？」

「私、大学生なんです。学校には、留学生がたくさんいて、アメリカ人の学生から英語を教わっているもので……。でも、一度もアメリカには行ったことがないんです」

「ってことは、バイトで働いているわけ？」

リサの問いかけに、

「ええ」

由佳はこたえた。「最近は外国人の観光客が激増していて、飲食店も英語が使える人材を求めてるんです。英語の勉強になるし、時給もいいし、私にとっても一石二鳥ってわけなんです」

「日本でのはじめてのランチで、僕らは素晴らしい幸運に巡り合えたようだね」

ジョージの言葉を受けて、リサは頷くと、

「ほんと、その通りだわ」

由佳を改めて見た。「あなたがいてくれなかったら、英語のメニューから料理を選ぶしかなかったんだもの。バクダンなんかには、絶対に出合えなかったわ」

「そんな……」

役に立てたことは素直に嬉しいが、そこは由佳も日本人である。

謙遜《けんそん》する由佳に向かって、

「この店のこと……っていうか、君のことも一緒にインスタにアップしても構わないかな?」

と問うてきた。

「私のことをですか?」

「寿司処うめもりの六本木店では、英語が全く問題なく通じる。彼女のおかげで、僕らはこんなに素晴らしい寿司を堪能できたって」

「彼女じゃ失礼よ。せめてファーストネームを載せないと?」

リサは、いかにもアメリカ人らしい言い回しで由佳を見た。

「構いませんよ。ユカといいます」

「ジョージ・フレッチャー。こちらは私の……妻のリサ」

リサの名前を告げる前に、一瞬の間があったのは、『妻』と称するのにまだ慣れていないせいだろう。

「じゃあ、写真を一緒に……」

リサの申し出を受けて、由佳はレジの従業員にシャッターを押す役目を依頼した。

「撮りますよ。笑って。すまいる、すまいる」

レジの女性に促されるまま、三人は肩を寄せ合う。

和やかな談笑の声が渦巻《うずま》く店内に、シャッターが切られる音が小さく鳴った。

5

三月も残すところあと僅《わず》かだが、北陸の春はまだ少し先だ。三寒四温《さんかんしおん》の言葉のとおり、寒さが和《やわ》らいだかと思うと、また寒気がやってくる。

『おそめ』は、万石からほど近いところにある創業五十年のおでん屋だ。店を仕切るのは七十を過ぎた老夫婦で、カウンターのみの十席しかない小さな店だ。良心的な値段で、美味いおでんが食べられるとあって、常に満席なのだが、日曜日だけは別である。

まして、午後五時という開店直後の早い時間だけに、店内にいる客は順平ただ一人である。

「ジュンペイちゃん、お茶淹《い》れましょうか？」

カウンターの中から、肌シャツの上に白い司厨《しちゅう》服を着た、偵次《さだじ》、通称マスターが声をかけてきた。

「ありがとう。でも、そろそろ時間だから。ゲンさんが来るまで待つよ」

偵次の心遣いは嬉しいが、これからおでんを食べながら、酒を呑《の》むのだ。最初はビールからはじまるのだから、お茶を飲んだら美味さが半減してしまう。

偵次との付き合いは順平が金沢に来て、酒を呑むようになってからだから、もう四半世紀近くになる。藤村とはじめて二人きりで酒を呑んだのがこの店なら、以来公私を問わず、相談事があるたびに決まって訪れるのもこの店だ。

「そうそう、ジュンペイちゃん、花板になったんだってね。おめでとう」

偵次は司厨帽を取ると、丁重に頭を下げた。「よかったなあ。たいしたもんだ。万石の花板っていったら、金沢どころか、全国どこへ行っても超一流で通用するからねえ。ほんと、修業した甲斐があったねえ」

追い回しの時代から、板前としての成長の過程をずっと見守ってきただけに、偵次は感慨深げにいい、心底嬉しそうに目を細めた。

「ゲンさんの後を継いでしまったんですから、責任重大ですよ。毎日緊張のしっ放しで、板場全体に目が回らなくて……」

「誰でも、最初はそうなんだよ。ゲンさんだって、花板になった頃はそうだったもの」

「ゲンさんがですか?」

「そりゃそうさ。どんな仕事だって、責任ある地位に就いたら、そうなるもんさ。中でも板前の世界、特に万石のような味が命の一流料亭の花板っていったら、ある意味、社長よりも責任は重大だろうからね。誰もが責任を感じ、プレッシャーと戦いながら、成長していくもんだし、むしろ、出世したのは当たり前、俺様の時代がやってきたなんて考える方が、危ないと思うがねえ」

その時、引き戸が開くと、藤村が戸口に立った。

「あっ、ゲンさん。いらっしゃい!」

威勢良くいった偵次だったが、バネで弾かれたように直立不動の姿勢を取って、藤村を迎えた。

年齢はほぼ同じだが、料理人としてのキャリアは藤村の方が長い。それに、万石の花板を長く務めた藤村に、偵次は敬意を抱いているからだ。

「マスター、久しぶりだね」

「このところ、お見えにならなかったので、もう忘れられてしまったのかと……」

「万石を離れてからは、気が緩んじゃったのかな。腰の具合が、酷《ひど》くなってね。ちょっと養生《ようじょう》に専念してたんだ」

「すんません……。そんな時にお呼びだてして……」

順平は頭を下げた。

「気にするな。腰の方は大分いいし、おそめのおでんが食いたくてさ。なんせ、今年は一度も来てなかったからな。誰か、誘ってくれないかって、思ってたところだったんだ」

藤村はまんざら嘘とは思えぬ口調でいうと、「マスター。悪いが帰りにこれにおでんを詰めてくれ。うちのやつがおそめに行くっていったら、あんただけずるいっていってね。今夜はジュンペイと大事な話があるからっていったら、じゃあおでんを持って帰って来いっていいやがんだよ」

紙袋の中から、タッパーを取り出した。

「ありがとうございます。じゃあ、いつものやつを……」

藤村は苦笑いを浮かべながら頷くと、

「まずは、ビールだな」

と、早々に注文した。

「はい、ビール一本！」

店の奥にいた夫人が、ドブ漬けの中からビールの大瓶を取り出す。

おそめのビールは冷蔵庫で冷やさない。水を張った容器の中に瓶ビールを沈め、氷を塊《かたまり》のまま投入するという、原始的な冷却手法なのだが、これが滅法《めっぽう》美味い。

「どうぞ……。ゲンさんお久しぶりです」

夫人が、愛想良く挨拶をしながら、ビールをカウンターの上に置いた。

「元気そうだね。今夜は世話になるよ」

「ごゆっくり」

あまり無駄なことは喋《しやべ》らない。常に控えめな夫人は、早々に引き下がる。

ジュンペイは瓶を持つと、

「ゲンさん、どうぞ……」

藤村のグラスにビールを注いだ。

次いで、藤村から杯《さかずき》を受けたところで、

「今夜は、呼び出してすんませんでした……」

といいながら、順平はグラスを掲げた。

藤村が小さく頷きながら、グラスを掲げたところで、二人はビールを一気に飲み干した。

美味い……。実に美味い！

冷え具合、喉ごし共に完璧である。これが市販のビールとは思えない、最高の味である。

順平は顔をくしゃくしゃにしながら一瞬沈黙すると、思い切り息を吐いた。

同時に、隣から藤村が、ほうっと息を漏らす音が聞こえた。

「やっぱり、おそめのビールは美味いっすねえ」

順平が感嘆の言葉を漏らすと、

「まったくだ。生き返るよ」

藤村も同意すると、「マスター。糠漬《ぬかづ》けを二人前。それとおでんだ。大根、ガンモ、つみれ、こんにゃく」

と次々に注文を入れる。

「俺も、同じで」

「ありがとうございます。糠漬け、二人前！」

夫人が、早々に動き出す。

おそめの糠漬けは、夫人の手作りで、担当は彼女だからだ。

「ところで順平、相談って、何だ」

順平の酌を受けながら、藤村が訊ねてきた。

「例の、若旦那がやろうとしている支店のことです」

藤村は黙ってグラスを傾ける。

順平は続けた。

「この間、若旦那にその件で家に招かれたんですが――」


重則が抱いている支店の構想の詳細を聞かされたのは、一週間前のことだった。

籠目の承諾を得られたことがよほど嬉しかったのだろう。

日曜日に、自宅で夕食を共にしながら、ゆっくり話そうと誘いを受けたのだ。

花板に就任してから然程《さほど》日が経っていない上に、板場の掌握もできているとはいい難《がた》く、とにかく万石の名に恥じぬ料理を出さなければと、必死になっている最中のことである。精神的にも、肉体的にも、疲労困憊《ひろうこんぱい》、本来ならば「少し、落ち着いてからにしてくれ」といいたいところだが、そこが使用人の悲しいところだ。次期社長の申し出とあっては断るわけにはいかない。

重則と亜佑子の住まいは、金沢市の中心部。万石から徒歩で十分ほどのマンションだ。

通されたのは、リビングとキッチンが続きになった一室で、三十畳ほどの広さがあった。アイランドキッチンの傍には六人掛けの長方形のテーブルが置かれ、どうやらすでに料理が並べられているらしく、白い布で覆《おお》われていた。

「ジュンペイさん、どうぞそちらに」

促されるまま、順平が食卓の席に着くと、すでに抜栓《ばっせん》されたワインを重則は三つのグラスに注いだ。

しかし、料理が隠されていると思《おぼ》しき布を取り去る気配はない。

これは、いったいどういうわけだ？　何がはじまるんだ……。

促されるまま、乾杯を交わし、ワインに口をつけたところで、

「ジュンペイさん、お義父《とう》さんから、僕が考えている店のコンセプトは聞いたよね」

「ええ……。懐石とイタリアンのフュージョンをおやりになるとお聞きしました」

「それも、ただのフュージョンじゃない。柔軟性、即興性を売りにして、どんな料理に仕上げるかは、客の意向次第。つまり客に供する料理は店が決めるんじゃない。客に決めてもらう店にしたらどうかって考えてるんだ」

なに……？　なに、なに、なにい？　どんな料理にするかを客に決めてもらうって、そんなことできるのかあ。

順平には、重則の構想がまったく理解できない。

「あの……。どんな料理にするか客に決めてもらうって……。それじゃあ、品書きはナシってことですか？」

順平は問うと、

「そう」

重則はあっさりこたえる。

隣に座る亜佑子は、よほど順平の反応が面白いらしい。

必死に笑いを堪《こら》えてはいるが、上目遣いで順平を見る目元が緩んでいる。

「品書きがないと、何を注文したらいいか分からないじゃないですか。値段だって見当がつかないでしょうし、厨房に立つ側にだって仕込みもあれば、料理の手順だってあるんですよ。注文が入ってから、材料を切るところからはじめてたのでは――」

「あなた、そんな説明じゃ、ジュンペイさんが混乱するわよ」

亜佑子が口を挟んだ。「もったいぶらないで、見てもらった方が分かりが早いんじゃない」

「そうだな、じゃあ、これ取るか」

そういって、立ち上がった重則は、料理を覆っていた白い布を取り払った。

驚いた。

そこに並んでいたのは料理じゃない。素材だ。

「じゃあ、ここからは私が代わって説明させていただきます」

亜佑子は立ち上がり、そう前置きすると続けた。「重則さんが考えている店にはメニューはありません。お出しするのは、前菜、メイン、パスタ、デザートの四つ。そのうち、前菜とデザートは事前に作っておくものもあれば、素材によっては、オーダーを受けて作るものもある。メインは魚と肉ですが、こちらは、まずその日の素材をお客様にお見せします。その時、接客担当が、お勧めの調理法をお客様にお知らせして、いずれかを選んでいただく。パスタも同様で、数種類のパスタ、合わせる素材、例えばイタリアのキノコのポルチーニ、日本のものならば松茸とか、具材を提示した上で、こちらで用意できる調理法をお客様に選んでいただくような店を考えているんです」

なるほど、もったいぶった重則よりも、亜佑子の説明は明快だ。そう聞けば、どんな店にしたいのか、見えてくるものがある。

「でも、それじゃ値段が……」

「調理の仕方によって、多少値段は変わってきますが、そこはある程度の範囲に落ち着くはずです」

「はず……ですか？　でもお客さんには、予算というものがあるわけで、それじゃ幾《いく》らになるか分からない、銀座の寿司屋のカウンターに座るようなものじゃないですか」

「それでも、銀座の寿司屋に客は入りますよね」

重則は想定していた反応だとばかりに、即座にこたえる。「私が狙っているのは、経済的に余裕がある客層なんです。ポルチーニはもちろん、トリュフを使えば幾ら取られるか。牛肉なら最高級の和牛が幾らするのか。相場を知っている人なら、これくらいの値段になると分かっている客層なんです」

「まあ、確かに、そういった客がいるにはいますが、少なくとも金沢じゃ無理ですよ。いるとしたら、大都市、それも東京、大阪、札幌《さっぽろ》、名古屋《なごや》とかになりますね」

「それは、ジュンペイさんのおっしゃるとおりでしょうね」

「じゃあ、そのいずれかに支店を出すとお考えになっているわけですか？」

「商売として成り立たないところへ店を出しても仕方ありませんからね」

重則は当然のようにいう。

そこまで、構想が固まっているのなら、思うようにやってみればいいじゃないかといいたいところだが、その客に勧《すす》める調理法を考えるのは、誰でもない。この自分なのだと思うと、順平は何とこたえたものか言葉に詰《つ》まった。

「まあ、くどくど説明するより、実際にやってご覧にいれましょう」

重則は亜佑子に目配《めくば》せを送ると、二人で冷蔵庫の中から、前菜を取り出した。それも、一皿や二皿ではない。七皿もある。

「本日の前菜になります。こちらは蛸《たこ》のマリネ。富山産の蛸をオレガノとイタリア産のエキストラバージンオイルでマリネしたものです。次に、イタリア産のイチジク。こちらは、パルマ産の生ハムと一緒に召し上がっていただきます。次に、野菜のマリネですが――」

「いや、驚いたなんてもんじゃありません」

重則の構想が、想像を遥かに超えていたものだっただけに、あの日覚えた衝撃はいまも尾を引いている。「確かに、若旦那の料理の腕前は確かなものです。店のやり方としても、面白いとは思います。でも……」

「でも、なんだ？　面白いと思うならやればいいじゃないか」

表情を変えることなく順平の言葉を遮る藤村の言葉には、どこか冷たい響きがあった。

「でも、ゲンさん。俺、花板になったばっかりで、板場を仕切るのに精一杯なんです。そこに、支店で出す、懐石とイタリアンのフュージョン料理の調理法を開発しろだなんて、無理ですよ」

藤村は、すぐに言葉を発しなかった。

無言のまま、グラスに残ったビールを飲み干すと、熱燗を注文し、順平が事情を説明している間に出されたおでんに箸を伸ばした。

「マスター。相変わらず、この大根、美味いな。最高だよ」

「ゲンさんに、そういってもらえると、光栄です」

偵次は、恐縮しきりの態で頭をぺこりと下げた。

「ジュンペイ」

突然、藤村は低い声で名を呼んだ。大根を箸で切り分けながら、こちらに目を向けようともしない。

「ハイ……」

「前にいったよな。俺は、お前に万石の花板としての力量が十分にあると確信しているからこそ、後任に推したんだ。確かに、お前を一人前の板前に育てたのは俺だ。だがな、育てたのはお前だけじゃない。他の板前だって、どこに出しても万石で修業したと胸を張っていえるようにと、同じように接してきたつもりだ」

「ハイ……」

藤村は箸を止め、正面の壁に目をやった。

「マサは二番に上がったが、玉突きで二番になったわけじゃない。あいつだって十分二番をやれる力量がある。そう確信したからこそ、二番にしたんだ」

「ハイ……」

「その下だって同じだ。煮方、焼き方、追い回し。もっとも、入ったばかりの新人は、そりゃあ、十分とはいえんさ。だがな、花板は板場を仕切る役目を担っているのは確かだが、二番だって同じ役目を担っているんだぞ」

「ハイ……」

藤村が何をいわんとしているかは明確だ。

それが分かるだけに、いつの間にか順平は俯き、背中が丸くなる。

「マサだって、煮方、焼き方、追い回しにだって、満遍《まんべん》なく注意を払っているさ。実際、お前が二番だった時には、そうだったじゃないか」

「ハ……イ……」

「だから、俺は安心して自分の仕事に集中することができたんだ」

藤村は、そこで鋭い眼差しを向けてくると、「万石のような、大きな店の料理はな、板場にいる全員の合作なんだ。いや、板場だけじゃない。料理を客に出し、接客に当たる仲居も含めてのものなんだ。それぞれが、自分の持ち場で最大限の力を発揮して、はじめて店の名に恥じない料理になるんだ。お前、一人でなにもかも、やってるわけじゃないんだぞ」

「ハ……イ……」

藤村は、徳利を持ち上げると、無言のままカウンターの上に置かれた順平の杯に酒を注いだ。

順平は項垂れたまま、軽く頭を下げた。

「食材を客に見せ、どう調理するかを選んでもらう……。お前が難しいと思うのも分かるさ。でもな、そんなこたあ、若旦那だって百も承知だ。それでも、やろうっていうのは、お前の腕を買っている。お前ならできると若旦那が確信しているからだろ」

ハッとした。

頭を殴られたかのような衝撃が走るのを順平は覚えた。

「実際、お前、食ったんだろう？　若旦那の料理」

「ハイ……」

順平はいった。

「どうだった」

「いや、美味かったです。若旦那のイタリアンを食べたのは、はじめてでしたけど、さすがだと……」

藤村は、杯を干すと自ら酒を注ぐ。

「食材のほとんどは、北陸のものだっただろ」

「ええ……。外国産のものもありましたけど、肉、魚、野菜、この近辺のものばかりでした」

「若旦那は、本当はその店で自分が腕を振るいたかったんだろうな。しかし、若旦那は万石の次期社長だ。万石の料理を生かし、万石をさらに発展させなきゃならないという使命を負っている。だから、イタリアンと懐石のフュージョンという案を持ち出したんだ」

「ハイ……」

「それだけじゃない。北陸の食材をメインにしたのは、この地域には素晴らしい食材があることを、広く知ってもらうためだ。農業、漁業、畜産業のいずれも従事者が高齢化してるのを知っているからだ。このままじゃ、食材を供給する人間がいなくなってしまう。そこに危機感を覚えているからだ」

「ハイ……」

「生産者がいなくなれば、万石はどうなるよ。お前ら板前は、どこから食材を調達するんだ。どこの国で、どんな人間が、どんな作り方や育て方をしたのか、分からないものを使うのか？　それで、万石の味を守れるのか？」

その通りである。

返す言葉が見つからず、順平の背中はますます丸くなるばかりだ。

「面白い仕事じゃないか。夢のある仕事じゃないか」

藤村はいった。「誰も、やったことがない。新しい料理を創り出すなんて、料理人冥利《みょうり》につきるってもんじゃねえか」

「ゲンさん……。俺……」

情けなくて、順平は言葉が続かない。

「俺……何だ？」

「俺、間違ってました。この仕事、全力を挙げて取り組みます。万石のためにも、金沢いや北陸のためにも」

藤村の目元が緩んだ。

そして小さく頷くと、

「相談事はそれだけか？　他にもなにか、あるのか？」

と訊ねてきた。

「いいえ、ありません」

順平は首を振った。

「よし、じゃあ本格的に食うぞ」

藤村はいい、「マスター、ガンモにさつま揚げ、卵と大根をもう一つ。それに豆腐だ」

偵次に向かって告げた。

第三章

1

久しぶりに石倉《いしくら》に会ったのは、昼食を終えた兼重が社屋に入ろうとした玄関先でのことだった。

「おう、兼重。元気か」

「あっ、石倉さん。しばらくです。これから、外回りですか」

「ああ。今日は品川《しながわ》、五反田《ごたんだ》、恵比寿《えびす》に渋谷《しぶや》だ。この時間からだと、そのまま直帰だナ」

石倉は四十九歳。やはり転職組で、築地うめもりの店舗管理部で品質管理を担当している。食材の取り扱い、衛生管理や清掃、接客等がマニュアル通り行われているか。改善点はないか。実際に各店舗に足を運び、店舗運営に関するすべての部分をチェックし、改める部分があれば指導を行うのが仕事だ。今日訪問する地域は、東京有数の繁華街だけに、寿司、居酒屋の双方が出店しており、しかも複数の店舗があるから、仕事が終わる頃には遅い時間になってしまうのだ。

「ご苦労様です」

そういった兼重に、

「居酒屋も寿司屋も、開店時間は午前十一時半だからな。開店前の早い時間に仕事が済めば楽なんだが、ランチの準備もあるし、賄いもある。早出してもらえばこっちは楽だが、従業員の勤務時間が長くなっちまう。バイトですら集まらなくて困ってんのに、正社員に辞められちゃ大変だし、タダでさえ忙しい最中にって迷惑がられんだ。頭が痛いよ」

石倉は、軽くため息を吐いた。

「査察は予告なしですもんね」

「でなかったら、普段どんなことをやってるか分かんねえからな」

石倉は苦笑する。「もっとも大抵は、問題なくやってはいるんだが、忙しさのあまり、ついうっかりってのが結構あるし、最近じゃバイトも長く居着かなくなって、仕事を覚えたかどうかかって辺りで辞めちまう。もし、何か起きたら、このご時世だ。あっという間に不評が拡散しちまって、取り返しのつかねえことになっちまう」

まったく、石倉のいう通りである。

店の接客や料理の出来不出来、果ては代金に至るまで、気に障《さわ》ることがあるとすぐにSNS。次の瞬間には世界中に投稿が拡散される時代である。まして、常識では考えられない行為を動画で撮影し、SNSにアップしてしまう、いわゆるバイトテロが相次いでいる。

飲食業にとって料理の味はもちろん、衛生面、接客態度は店、ひいては会社の存続に繫《つな》がる問題だけに、石倉に課せられた任務は重い。

「バイトも実際に使ってみないと、分からないでしょうからねえ」

「そうなんだよなあ……」

石倉は深刻な表情を浮かべ頷く。「かといって、絶対的な人手不足だからな。とにかくバイトがいないことには店が回らないんだ。吟味《ぎんみ》している時間なんてありゃしないから、応募者が来れば即採用ってのが実情だ。どこに地雷が潜《ひそ》んでいるとも限らんし、ホント生きた心地がしねえよ」

「石倉さんも大変ですねえ……」

「まあ、これが仕事だからしようがねえよ」

石倉は達観した口調でいい、「そういえばこの前、妙な回章が回ってきたけど、あれ、いったいどういうことだ。確か、お前の部署が取り纏《まと》めるって書いてなかったっけ」

ふと思い出したように訊ねてきた。

「コンパス通りのビルの件ですね」

最近の回章の中で、自分の部署が関係するものは一つしかない。

兼重がこたえると、

「そうそう、それだ。新しい事業プランを公募する内容だったよね」

と重ねて説明を求めてきた。

「社長、ビルを買ったんですよ。使い道の当てもないのに……」

「使い道の当てがないって……なんでまた？」

「購入を持ちかけてきた人に大きな恩があって、断るわけにはいかなかったんです。買うことにした以上、遊ばせておくわけにはいかない。それで、社員にアイデアを求めることになったんですよ」

事の経緯を詳しく話してもいいのだが、面倒だし石倉にもそんな時間はないだろう。それに呆れるか非難するか、石倉が示す反応は目に見えている。そんな思いもあって説明を端折《はしょ》ったのだが、

「恩ねえ……。社長らしいな」

意外なことに、石倉は肯定的な言葉を漏らす。

「社長らしいって……。いくら恩があるったって、使う当てもないビルを買うなんて、あり得ないと思いませんか？　しかも個人のカネで買ったビルですよ。何をやるかは、自分で考えるのが筋ですよ。第一、恩だとか、義理だなんて、浪花節《なにわぶし》が通用する時代じゃありませんよ」

「じゃあ、何か？　血も涙もない、外資の社長みたいなのがいいっていうわけ？」

「いや、そんなことはいってませんよ。ただ、公私混同はよくないといってるだけで……」

社歴、年齢ともに石倉の方が上だけに、異なる見解を告げられると、どうしても兼重の口調は歯切れが悪くなる。

「義理、人情、いまのビジネス社会じゃ死語に等しいけど、そういうのに溢《あふ》れた社長の方が、俺は好きだナ」

石倉は歌うようにいう。「俺が前に勤めてた会社の社長は、お前がいう経営者のあるべき姿の見本みたいなヤツだったからな。数字、数字で現場を追い詰めて、達成してもご苦労さんの一言もない。現場は疲労困憊《ひろうこんぱい》、身も心もボロボロなのに、部下の手柄は自分の手柄。大金もらって当然だって顔してたんだぜ」

石倉は飲食産業とは畑違いの大手家電メーカーからの転職組だ。もっとも、入社したのは販売子会社で、在職中は営業職で大手量販店の店頭で販売支援を長く行っていたと聞いたことがある。

石倉は続ける。

「いまの時代に、安心して働ける会社なんて滅多にあるもんじゃない。俺は、社長に感謝してるし、この会社に転職できてラッキーだったと思ってるんだ」

従業員に感謝される会社って仕事が楽だ、甘いってことじゃねえか。だからこんな歳になっても、店舗回りのヒラなんだよ。

兼重は胸の中で毒づきながら、そんな内心をおくびにも出さず、憂《うれ》いの言葉を口にした。

「でも、昨日までの時点では、企画書を出してきた社員は一人も無し。このままだとあのビル、塩漬けになっちゃいますよ」

「俺にビジネスの才があったらなあって、つくづく思うよ……」

石倉は心底残念そうにいう。「前の会社で、技術開発部門の人の話を聞く機会があったんだけどさ、彼、その時こういったんだ。どんな会社、仕事にも長所、短所はあるもんだ。サラリーマンって言葉にはどっか侮蔑《ぶべつ》的な響きがあるし、悲哀を感じるところもあるけど、それは考え方次第だ。自分はサラリーマンになって、本当に良かったと思ってる。大金を使って新技術や新製品を開発し、でかい市場を開拓できるなんて、組織、会社に身を置いていればこそ。いくらアイデアがあったって、個人じゃそうはいかないって……」

「今回の公募がそうだっていいたいわけですか？」

石倉は当然だといわんばかりに頷く。

「自分で考えたプランが実現する。しかも、企画が採用されれば、プロジェクトマネージャーとして仕事を任せてくれるというんだろ？　こんなわくわくするような話、他の会社じゃあり得ないよ」

兼重はため息をつきたくなった。

その技術者の言葉が一面の真実を衝いているのは否定できないとしても、会社組織において大金を使う仕事を任せられるということは、応分の結果を出す義務を負うということだ。間違いなく、その技術者は結果を出した。だからこその言葉なのだ。

石倉は、そのことを分かってはいない。

駄目だこりゃ……。

僅《わず》かな時間とはいえ、こんな与太話《よたばなし》に時間を費やしてしまったことを、兼重は後悔した。

「石倉さん、そろそろ昼休みが終わっちゃうんで……」

兼重は腕時計に目を遣《や》ると、話を終わらせにかかった。

「いけねえ。俺も早く行かなくちゃ……」

石倉は慌てていうと、「近々、ゆっくりと飲もうや。連絡するよ」

そういい残し、地下鉄の駅に向かって足早に去っていく。

……ったく……。こんな奴ばっか。うちの社員のレベルなんてこんなもんだ。逆立ちしたって、新規事業の案なんて出てくるもんか。

兼重は石倉の後ろ姿を見ながら、ため息を漏らした。

2

「ゼロ?　ひと月経っても一件の企画も上がってこないの?」

独酌する梅森を前にして、里美の声が裏返った。

帰宅後はすぐに温《ぬる》い風呂に入り、キンキンに冷えたビールの中瓶を一本空けるのが梅森の習慣なら、その間、苦楽を共にしてきた里美に、会社の話をするのもまた日々の決まり事だ。

「まあ、そうかもね……。事業の当てがあって買ったのなら、そもそも公募なんかしないし、自分が思いつかないから、他人の知恵をなんて虫が良すぎるわよね」

驚いた様子から一転、里美は自らにいい聞かせるようにいった。

「会社の将来を考えると、いいチャンスになると思ったんだけどなあ……」

汗が浮かびはじめたグラスを見詰めながら呟いた梅森に、

「いいチャンス？」

　里美は小首を傾げながら、その意味を問うてきた。

「あのビルを買うことにしたのは、桶増さんから受けた恩に報いる気持ちもあったけど、それ以外に、そろそろ後継者を育てておかないとって気持ちもあったんだ」

「そっか……。あなたも七十を超えたんだしね……。子供もいないし、誰かに会社を任せなきゃならなくなる時が、そう遠からずやって来るものね」

　二人とも健康にこれといった問題を抱えてはいないこともあって、これまでこの問題について深く話し合ったことはない。しかし、梅森の考えを聞かされたいま、その時が来るのが時間の問題であることを実感したのだろう。里美はこれまで見せたことのない反応を示す。

「いわゆるプロ経営者を外から連れてくるって選択肢もあるんだろうけど、あの手の人間は、どうやったらお客様に喜んでいただけるかってことよりも、数字が経営のすべてだと考える傾向があるからね。それがいまの経営者のあり方だ、経営は数字が全てだといわれればそれまでだけど、それじゃあ築地うめもりは別の会社になってしまうだろ？」

「そうよね……」

　里美はしんみりとした声で肯定すると、「社員の皆さんだって、数字だけで評価されるようになってしまえば、食材の買付価格を叩きにかかるか、人件費を浮かせるか、結局はコストを削減して、いかにして利益を大きくするかの一点に目が向くようになるでしょうからね。それじゃあ、取引先にも迷惑がかかるし、お客様は、その辺りのことに敏感だから……」

ため息を漏らした。

「迷惑をかけるどころか、取引先だって、あっさり変えるぐらいのことは、平気でやるさ。数字が達成できない社員には、即座に厳しい沙汰《さた》を下すだろうしね」

「それじゃあ、本当にうめもりは、うめもりでなくなってしまうわね」

「だから、後継者は社内の人間からと考えたんだ」

梅森は里美に目を向け、声に力を込めた。「俺は、築地うめもりのビジネスモデルはほぼ完成された域にあるという自負の念を抱いている。でもね、それは寿司と居酒屋の二つの業態においての話だし、人口が大都市部に集中する傾向が収まらない以上、店舗数の増加はいずれ頭を打つ。それは売上げが頭を打つということでもあるし、築地うめもりの成長が止まるということでもあるわけだ」

「だから、会社には新しい事業が必要だ。その企画を打ち出し、見事軌道に乗せることに成功した社員を後継者候補に、と考えたのね」

「自分が企画した事業を白紙の状態から指揮を執って実現させる。会社のカネを使うから、資金調達こそ必要ないが、事業一つ、会社一つを自分の手で作り、育てるのと同じだからね。経営者のあり方、事業のノウハウ、学ぶことはたくさんあるだろうし、事業が軌道に乗った頃には築地うめもりを率いていける人材に育つはずなんだ。この歳になった俺が、いま一番に考えなければならないのは、それなんじゃないかと思ってね……」

思いの丈《たけ》を話し終えた梅森は、グラスの中に残っていたビールを一気に飲み干した。

「その通りだわ……」

里美は瓶を手にすると、空になったグラスにビールを注ぎ、「でも、応募してくる人がいないんじゃ、それも絵に描いた餅《もち》ってことになってしまうわね……」

声のトーンを落とした。

「あのビルが飲食業には向かない場所にあるのは事実さ。実際、俺だってあそこで事業をといわれても、これというアイデアは浮かばない。でもさ、それで俺が唸《うな》るような企画を出して来るような社員がいたなら、そいつは俺よりも商才があるってことになるだろ。俺はそれを期待してるんだよ」

「唸るようなものならね」

里美は、急に冷めた反応を示す。「もちろん、そうなるのが一番いいんだけど、後継者については、企画が出なかった、出ても採用するには至らなかった場合のことも考えておくべきなんじゃない？」

常に目論見通りに行かなかった場合の代替案を考えろ。

里美は気風《きっぷ》がいいし、肝《きも》が据《す》わっているというか、度胸があるというか、物事に動じない性格だ。森川のビル購入に、まったく反対しなかったのはその現れだが、梅森が銀行に嵌《は》められ、前の事業をたたまざるを得なくなったのを機に、里美は商売のことには慎重を期すようになり、梅森が何かをやろうとすると、決まってこの言葉を口にする。

「それから、ビルの使い道もね」

里美は続けていった。

「お前も一緒にな。だってそうだろ？　俺のものになったら、結局はお前のものになるんだもの」

「そうなのよねえ……」

思案するように、テーブルの一点を見詰める里美だったが、やがて視線を上げると、「私もあのビルの周りを歩いてみたんだけど、あなたがいうように住宅街の中でも繁盛している有名なお店が結構あるのよねえ」

考えがあることを匂わせる。

「そうなんだよ。一旦評判になりさえすれば、立地条件なんか関係ない。客は遠くからでも、足を運んでくれることの証だよ」

「うちがそうなるような店をはじめられたら一番いいんだけどね」

「そう簡単にいかないから、頭を痛めているんじゃないか」

梅森は苦笑した。「それに、あの手の店ってのは、大抵が個人経営だ。長く修業を積んだシェフや職人が開業資金を手当てして、提供する料理がお客様に受け入れられて、それが評判になって、わざわざ足を運んでもらえる店になったんだ。自分の仕事に誇りと自信を持ってる人ばかりだから、店を増やしたあげく、味や接客が疎《おろそ》かになって評判が落ちるくらいなら、無理して店を増やすことはないって考える傾向があると思うんだ」

「でもさ、そうした店で修業を積んでる人だって、たくさんいるわけじゃない。何を目的に修業してるかといったら、いずれ自分の店を持つことを目指しているからでしょう？　そうした人たちにターゲットを絞って、営業をかけるって手もあるんじゃない？」

「確かに、それはあるかもしれないな」

さすがは里美だ。まさに、いわれてみればというやつだ。

「それなら四店舗ぐらい、すぐに集まるんじゃない？」

「四店舗？　どうして四店舗なんだ。ビルは五階建てだぞ」

「ワンフロアーは、私が使うの」

「お前が？」

「食器の保管庫よ」

里美は当然のようにいう。「集めた食器が収まり切れなくなってるの。あそこならちょうどいいわ」

里美には、一つだけ趣味がある。

服や宝飾品には全く興味は示さないのだが、食器集めに目がないのだ。

それも、興味の対象は陶器、塗り物、洋の東西を問わないのだが生活食器に限られる。もっとも、デパートやホームセンターで売っているような安価な代物ではなく、生活食器としては値の張るものが大半だ。

うめもりの経営には直接タッチしない里美だが、店舗で使用する食器は全て彼女の見立てだし、単なる趣味で終わらせないのが里美の凄いところというか、抜け目のないところで、実益を兼ねコレクションを貸し出すビジネスを手がけてもいる。広告や映画、テレビドラマの小道具として結構な需要があるらしく、保管場所を兼ねた3LDKのマンションに事務所を構え、そこで上がる収益を新たな食器購入の原資にしていることもあって、コレクションは増える一方だ。

「まあ、それは最後の手段だな」

梅森はいった。「第一、飲食業にこだわらなければ、いくらでも使い道はあるんだ。麻布って住所を本社所在地にしたい会社はごまんとあるだろうからね。だけど、飲食店をただ入れて家賃を取るだけじゃ、使い道の問題は解決できても、後継者の問題が残ってしまう。やっぱり、これは社員から出てきた企画を、築地うめもりの新しい柱にすることで解決するしかないんだよ」

「会社の新しい柱になる事業か……」

里美は、天井を仰ぎ小さく息をつく。「確かに、お客さんがわざわざ足を運んでくれる店を入れたって家賃取って終わりだし、しかもビルはあの一軒だけだものね。それじゃあ、会社の新しい柱になる事業とはいえないか……」

「そりゃあ不動産業だって立派なビジネスだけどさ。うちがビルを買い増しして不動産業に乗り出すなんて無理だよ」

「そりゃそうよね……」

「だから、うちの新しい柱になる事業は、絶対に飲食関係じゃなけりゃ駄目なんだ」

そうはいったものの、その新しい事業のアイデアが思いつかないのだから、話にならない。

このまま議論を続けても、堂々巡りになるのは明らかだ。

同じ思いを抱いたのだろう。

「もう少し待ってみるしかなさそうね……」

里美はゆっくりと立ち上がると、「なんとかなるわよ。私たちついてるもの。前の事業が失敗した時だって、桶増さんや河岸のみなさんが、手を差し伸べてくれたからこそ、いまがあるんだもの。今度だって、必ず救いの神が現れるわよ」

力強い声でいった。

3

「ジュンペイちゃん、ちょっと……」

夜の営業に向けて包丁を研《と》いでいた順平を、板場に顔を覗《のぞ》かせた籠目が手招きする。

桜から新緑、そしてゴールデンウイークと金沢が春本番を迎えたこの時期は、板場の忙しさもピークとなる。

今日も店は予約で一杯だ。板場では板前たちがすでに出汁取りや煮物の下準備に余念がない。

「はい……」

籠目の呼びかけにこたえた順平は包丁を水で洗い、俎《まないた》の上に丁重に置くと、「マサ、ちょっと外すから。出汁の具合を見てやってくれ」

二番のマサに向かっていった。

「分かりました」

順平が首にかけていた手ぬぐいで濡れた手を拭きながら歩み寄ると、籠目は先に立って社長室に向かう。

「失礼します……」

軽く頭を下げ、部屋に入った順平に、

「そこに掛けて……」

籠目は正面のソファーを目で指した。

しかし、籠目は話を切り出そうとしない。

ただテーブルの一点を見詰め、難しい顔をして沈黙する。

良くない話であることは察しがついた。

堪《たま》りかねた順平は、

「あの……何か……」

恐る恐る問うた。

「ジュンペイちゃん。亜佑子の家に行ったんだって？」

籠目は視線を上げ、順平の顔を覗き込む。「二人がやろうとしているスタイルで、料理食べたんだって？」

「はい……」

「で、どうだった？　重則くんの料理。やろうとしているスタイルに、どんな感想を持った？」

「美味かったすよ。さすがにイタリアで修業しただけあって、料理の腕は確かですし、食材の調理法をお客さんに選んでもらうってのも、面白いと思いました。料理人として、腕の振るいようがあるとも感じましたけど？」

順平は正直な感想をいった。

もちろん客に選んでもらうといっても、調理法は接客係が勧めるのだから、実際はメニューを現物として用意しないだけのことで、必ずしも即興性が問われるわけではないことには後で気がついた。しかし、客はそうは思わないだろうし、その日の食材の全てを客に見せ、口頭で調理法を選んでもらうというのは、プレゼンテーション効果は抜群にある。面白いと思ったのは事実である。

「手回しがいいんだよなあ……」

籠目は参ったとばかりに、頭髪を掻《か》き上げる。

「手回しって何がです？」

「亜佑子のやつ、店の内装とか一切合切、後は場所を決めるだけってところまで、全部決めちゃってるんだ」

「決めちゃってるって……。そんなこと、全然いってませんでしたけど」

「これ見てよ……」

籠目はバインダーをテーブルの上に置くと、おもむろに開いた。

一目見た瞬間、順平は驚愕《きょうがく》の余り、

「あちゃ〜……」

思わず声を漏らした。

そこに描かれていたのは、店のコンセプト図だ。

白いテーブルクロスが掛けられた客席。ふんだんに置かれた生花、観葉植物。壁紙は淡い鴇《とき》色、ガラス張りの壁面から注ぎ込む陽光。それも素人が描いたものではない。明らかにプロの手によって描かれたものだ。

ページを捲《めく》ると、今度はトレース図だ。客席は二人掛けが六つ。四人掛けが十。カウンター席の六席を加えると、満席時は五十八人だから、かなりの大箱である。

「旦那さんの知らないところで、こんなの作っちゃったんですか」

「まあ、やっていいとはいったけどさ……。まさか、こんな短期間のうちに、ここまで突っ走るとはねえ……」

籠目が困惑するのはもっともだ。しかし、その一方で、重則と亜佑子の気持ちも分かるような気もしないではない。

そもそも二人にとって、イタリアンの店を持つのは夢であったのだ。その夢がいよいよ叶うとなれば、誰だって心が沸き立つに決まってる。

「嬉しいんですよ、ほら、マイホームを建てるのと同じですよ。いよいよ夢のマイホームを持てるとなったら、誰だって外装はどうするか、間取りは、家具はって、夢は膨らむばかりじゃないですか。頭の中で想像してる姿を、絵でもいいから見てみたいって気にもなるじゃないですか。

きっと、その程度のノリでやっただけですよ」

「まあ、亜佑子がいうには、あくまでも理想を絵にしてもらっただけで、何もこの通りの店にするってわけじゃない。だけど、まずは理想を可視化することだ。理想の形が明確になれば、後は予算内でどう近づけるか、そこに知恵を絞ればいいだけだっていうんだがね」

「確かに、それは一理ありますが……」

とはいったものの、開店資金は万石のカネである。料亭万石の運転資金だって確保した上でのことになるし、銀行から融資を受けるにしても限度というものがある。いずれにしても、まずは予算ありき。一定の金額内で抑えるべく、構想を練《ね》るべきだという考えも成り立つ。

「ジュンペイちゃん、亜佑子のところでどんな酒を呑んだ？」

篭目は唐突に訊ねてきた。

「どんなって……イタリアンですからワインでしたけど」

「だろ……」

篭目は、またため息をつく。「あいつ、ワインはできるだけ品揃えを豊富にしたいって、ほら、こんなにセラーに大きなスペースを取って……」

篭目はトレースの一点に指を置く。

見ると、四人掛けの席が優に五つは入りそうな枠の中に、「ワインセラー」とある。

篭目は続ける。

「うちもワインを置いているけどさ、白赤それぞれ三種類程度、それも気軽に呑める程度の値段に抑えているのは、品数を増やせば保管スペースが必要になるし、高いワインを置いたってそうそう出るもんじゃない。ただ置いておくだけになって、仕入れのカネが眠ってしまうことになるからなんだ」

「そうですよね。一本何万円もするワインを頼む客なんて、そういるもんじゃありませんからね」

「それを亜佑子のやつ、どんなワインを置いてるかで、店の格が決まるといいやがんだよ」

籠目は、憤懣《ふんまん》遣《や》る方ない様子で声を荒らげる。「東京のような家賃が高い場所で、たかがワインを保管しておくのに、こんだけのスペースを割《さ》くなんてあり得ないよ。ここに保管するワインの総額が、いったい幾《いく》らになるか、そこまで頭が回ってないんだ」

籠目は亜佑子のやつとはいったが、本当は重則に対しても不快感を覚えているのは間違いない。

それに、籠目のいうことはもっともなのだ。

万石で供する酒は、ビール、日本酒、焼酎、ワインの四種類。ビールは四銘柄、日本酒は三銘柄、焼酎は芋、麦、蕎麦、それぞれ二銘柄ずつ。ワインに至っては、籠目がいった通りの品揃えだ。選択肢が限られれば、注文頻度は高くなる。在庫は常に回転するし、仕入れ値だって知れている。回転率が高くなるということは、その分だけ仕入れに要した費用が利益を生む期間が短くなるということを意味する。経営的にどちらのあり方が正しいかといえば、論を俟《ま》つまでもない。

高級ワインを揃えても、滅多に捌けないとなれば、固定費が高止まりしたままになる。それを補って余りある収益を上げるためには、ワインや料理の値段を高額に設定するしかない。東京のような大都市には富裕層がたくさんいるとはいえ、店に対する客の評価は値頃感にある。つまり対価に相応《ふさわ》しいと客が納得するだけの何かがなければならないのだが、少なくとも重則が作る料理にそれを見出すのは無理があるように思う。

「それ、お嬢さんにお話しになったんですか？」

順平は問うた。

「いったさ」

籠目は当然とばかりに頷く。「そしたら亜佑子のやつ、都会の富裕層はワインに詳しい。良質の料理には良質のワインは当たり前。品揃えを減らせば、それだけで店の魅力は半減する。だから、ストックを減らすことはできないっていいやがんだ」

正直なところ、順平のワインに対する知識は皆無に等しい。

万石は料理酒にワインを用いないし、店で客に供するワインは籠目が決める。ごくたまにフレンチやイタリアンの店で食事を摂《と》ることがあってもリーズナブルな店なら種類は限られているし、高級店ならソムリエがいる。ボトルをオーダーすることがあっても、決め手は銘柄ではなく価格である。

「それで、お二人の構想通りに店をやろうと思ったら、いったいいくらかかるんです？」

順平は話題を変えた。

籠目は渋い顔をして首を振る。

「分からないんですか？」

「この通りの店にするってわけじゃない。あくまでも、コンセプトだからって……。これをベースに抑えるべきものは抑えるし、削るものは削るっていいやがんだ。当たり前だよ。こんな店をやろうと思ったら、いくらカネがあっても足りないよ。商売になんかなるもんか」

順平は何と返したものか、言葉を探しあぐねた。

籠目が自分の考えに同意を求めているのは明らかだが、肯定すれば次に何を求めてくるのか。第一、店をやるもやらないも、経営者である籠目と次期経営者である重則の二人が決めること。花板とはいえ従業員に過ぎぬ身になぜ、こんな話をするのか、籠目の真意が順平には見当がつかなかったからだ。

「順番が逆なんだよ」

籠目の声に苛立ちが募《つの》る。「まず、どこでやるのか。真っ先に決めなきゃならないのはそれだろ？　まあ、こんな店をやるとなりゃ東京だろうが、だったらターゲットにする客層は？　客単価は？　同じクラスの店の料金と比較すりゃ、妥当な線が見えてくる。まして、今回は石川周辺の食材をメインに据えるってんだ。食材の原価、物流費。従業員の人件費、その他諸々。そうしたデータが把握できなきゃ店舗作りにかける費用なんて分かるわけがないんだ」

いったい籠目は何をいいたくて、呼び出したのか。

愚痴をいいたいだけなのか。それとも、他に何かあるというのか……。

ますます理由が分からなくなった順平は、嫌な予感を覚え、

「はい……」

気のない返事をして、視線を落とした。

「その辺のこと、いってやってくれないかなあ……」

急に籠目の口調が哀願するようなものに変わり、

「ハア?」

順平は声を裏返させながら視線を上げた。

「いや、仮にも重則くんは、万石の次期社長だしさ。俺が厳しいことというと、なんていうか、重則くんとの関係が気まずいものになるかもしれないだろ。それに、こうした構想を持ってるってことはだ、いずれ重則くんが代を継いだ暁《あかつき》には、やっぱりやると思うんだよね。その頃には花板のジュンペイちゃんは、いまとは比較にならないくらい万石の中では大きな存在になっているはずだもの。ジュンペイちゃんだって、すでに当事者の一人だと思うんだよね」

「いや、旦那さん。そりゃあ、違うんじゃないすか」

やっぱりだ……。予感的中……。

順平は驚愕し、慌てて反論に出た。

「店をやるかやらないかは、旦那さんと若旦那で決めることじゃないですか。確かに、私は花板だけど、花板は板場の総責任者なわけで、経営とは——」

「いまはそうかもしれないけれど、僕がいなくなれば、ジュンペイちゃんは重則くんの右腕、二

人三脚で万石の経営を担っていくことになるんだよ」

籠目は順平の言葉を遮ると、返す間もなく続けた。「それに、僕はどうも亜佑子が苦手でねえ……。あいつは弁が立つし、跡取り娘として大事に育て過ぎちゃって……。重則くんにしたって、イタリアンのオーナーシェフになるって夢を絶たせて、うちの婿養子に入ってもらったって経緯もあるしさ……」

「そりゃあ分かりますよ。分かりますけど、だからって、私が……大体、若旦那になんていえっていうんですか」

「だからあ――」

今度は順平が籠目の言葉を遮った。

「第一ですね、私はお二人からこの構想図を見せてもらってはいないんですよ。そんなこというものなら、何で知ってるんだってことになるじゃないですか。誰の依頼を受けて、そんな話をしてるのか、一発で分かっちゃいますよ」

「あのね、ジュンペイちゃん。僕は何も、やるなとはいっていないんだ。やるんだよ、やるの。だけど、やるからには、商売として成功して欲しいからいってるんだよ」

「だから、分かりますよ。分かりますけど――」

「ジュンペイちゃん、まあ聞いてよ」

そういわれると黙らざるを得ない。

鼻で大きく息を吐き、言葉を呑み込んだ順平に籠目はいう。

「僕はね、あの二人の考えには甘え……というか、危機感が欠けていると思うんだ。そりゃあ万石は繁盛しているよ。百五十年も続いた家業だ。僕も、亜佑子も、経済的には何一つ困ることはなく育ってきたさ。でもね、僕は創業以来はじめて籠目に誕生した男の跡取りだ。そりゃあ厳しく育てられたものだけど、亜佑子は違うんだよ。本当に何一つ不自由することなく、蝶よ花よでこれまできたんだ。そして、婿に入った重則くんにも亜佑子同様、僕は甘く接してきてしまったんだ」

籠目の話は終わってはいない。

順平は黙って話に聞き入ることにした。

「ひょっとして、二人は新しい事業の一つや二つ、失敗したところで万石がどうなるわけじゃない。駄目そうなら大火傷《おおやけど》にならないうちに、さっさと店を閉じてしまえばいい。どこかに、そんな安易な気持ちを抱いてるんじゃないかと思えてならないんだ」

「いや、いくらなんでもそれはないと思いますよ」

否定した順平だったが、二人を庇《かば》うつもりはさらさらない。ただ、そうとしかいいようがないだけだ。

そんな順平の内心はお見通しとばかりに、籠目は続ける。

「重則くんはオーナーシェフになって、自分の店を持つのが夢だった。修業して、一人前になって、自分の店を持つのは料理人の夢だけど、その夢を叶えようとする時に、一番苦労するのが資金だ。資金の手当てに目処がついても、今度は客が来てくれるのか、軌道に乗るまでカネが続くのか。期待と不安に苛《さいな》まれる日々は続くんだ。当然、場所、資金、開業するとなれば、全ての面において慎重にことを運ぶ。特にカネについては、無駄な出費を極力減らす。夢なんかいい出したら切りがないと、まずは早期に黒字化することに知恵を絞《しぼ》るはずなんだ」

籠目の言に反論の余地はない。

「その通りでしょうね……」

「自分の資金で開業するなら、あんな構想図なんか描けるもんか。描いたとしても、僕に見せたりしやしないって」

……だよなあ……。

順平は胸の中で呟きながら、

「だから、嬉しかったんですよ。若旦那にしたって、お嬢さんにしたって、こんな店ができたらいいナ。最終的にはこんな店を持ちたいナ。そう考えてのことですよ。ほら、結婚したばかりの時って、誰しもが甘い夢を抱くし、さっきもいいましたけど、マイホームを持つ時だって同じじゃないですか。やっぱ、それですよ、きっと……」

今度は二人を庇った。

「新しい商売を手がける時は、希望を抱きはするけど、それ以上に恐怖や不安を覚えるものだと思うけどね。実際、僕だって蟹や惣菜をやろうって決めた時には、そうだったもの」

実に説得力のある言葉である。なにもかも籠目のいう通りである。

それだけに、「だったら、自分でいやあいいじゃねえか」。

順平の中で、ますますそんな思いが強くなる。

「分かるよ……」

籠目は、不意に順平に視線を向けてきた。「だったら、自分でいいじゃないか。ジュンペイちゃん、そう思ってんだろ？」

「いや……そんな……」

図星を指されて順平は戸惑った。

「でもね、親にいわれると素直に聞けないことって、ままあるだろ？　まして、僕は経営者、最終的に僕の許可なくして店は出せないんだよ。その僕に、構想を否定されたら、力ずくで否定されたって思うじゃないか。でもね、親や上司にいわれりゃ反発を覚えても、信頼できる友人、知人、同僚ならば、素直に聞けるってことは多々あるんだよ。ジュンペイちゃんに指摘されたとなれば、話は違うと思うんだ」

籠目は、突然ソファーの上で姿勢を正すと、「頼むよ、ジュンペイちゃん。二人を諫《いさ》めてくれないかな。いま考えるべきは、すべきことは、こんなものを用意することじゃない。まずは、いかにしてリスクを軽減するか。最小のコストで、最大限の効果を万石にもたらす商売を立ち上げるかってことなんだって、あの二人に分からせてくれないか」

懇願《こんがん》するようにいい、頭を下げた。

「旦那さん、止めてください。そんな頭下げられたら、私……」

順平は、消え入りそうな声で語尾を濁した。

「ワタシ……なんなの？」

籠目は上目遣いで順平の反応を窺う。

「受けるしかないじゃないすか……」

そうとしかいいようがない。

まんまと嵌《は》められた……。

順平は、内心でため息を吐きながら、

「参ったなあ……」

小さな声で、ぽつりと呟いた。

4

『大江戸《おおえど》不動産』は、築地うめもりに出入りしている不動産会社の一つだ。

主に扱っているのは、事務所がある下町近辺の賃貸アパートやマンションの仲介だが、社長の中里《なかざと》が大手不動産会社からの独立組ということもあって、都内全域のテナントビルの仲介も行っている。

築地うめもりが経営しているのは寿司屋と居酒屋だ。店舗の面積はそれほど大きくはない。小さなビルならワンフロアー、商業ビルなら一区画である。大手の不動産会社にしてみれば、店舗数は多かれど、仲介手数料は僅《わず》かなものだが、従業員僅か六名の大江戸不動産には馬鹿にならない。落ち穂を拾うがごとく、小さな利益を積み上げながら経営を続けている。

出店企画部には、毎日物件情報のファックスが送られて来る。そのほとんどは、興味を惹《ひ》くことなくゴミ箱に捨てられてしまうのだが、中でも大江戸不動産の件数が突出して多いのは、それだけ築地うめもりが重要な顧客であることの現れだ。

「いかがですか。そろそろ次の出店、あるんじゃないですか？　この場所にというのであれば、お探しいたしますが？」

中里太一《たいち》が、卑屈なまでの低姿勢で目の前の瓶《びん》を手にすると、兼重が置いたばかりのグラスにビールを注ぎにかかる。

新橋《しんばし》のガード下の焼きトン屋は、午後七時を回ったこの時刻ともなると、会社帰りのサラリーマンで一杯だ。もうもうと上がる煙、ホルモンとタレの香ばしい匂いが周辺に充満している。

接待のつもりなのだろうが、中里が連れて行く店は、いつもしょぼい。

「築地うめもりさんの方を、お寿司屋さんにお連れするわけには行きませんし、居酒屋もおやりになっていらっしゃいますのでねえ。それに、美味しい物は食べ飽きていらっしゃるでしょうから……」

それが、飲みに誘う時の中里の決まり文句だ。

まあ、兼重にしても日頃の付き合いは中小の不動産業者が相手だし、賃貸契約が成立しても、彼らに入る手数料の額は知れたものだ。豪勢な接待など望むべくもないことは百も承知しているが、同じような場所がこうも続くと、「この程度の場所で、恩を着せるつもりか」と、皮肉の一つもいいたくなる。

喉まで出かかった言葉を、注がれたばかりのビールに口をつけ、胸の中に流し込み、

「都内のめぼしい場所には、あらかた店を出し尽くしましたからねえ。最近の社長の関心は、もっぱら地方で、都内にはあまり目が向いていないんですよ」

兼重は素っ気なく返した。

「いやあ、都内だってまだまだ出せると思うんですよねえ」

中里は、何気ない振りを装《よそお》いながら食い下がる。「寿司処うめもりは、いつも店の外に行列ができているじゃないですか。あれ、見る度に惜しいと思うんですよね。近辺に新店舗を出せば売上げ倍増。いや三倍増だって見込めるんじゃないですかね」

「社長の方針なんだから仕方ありませんね」

兼重はこたえた。「並んででもうちの寿司を食べたい。それが、店にとっては最高の状況なんだ。行列は客を呼ぶものなんだ。そう考えてんですもん。それに、簡単に店を増やせばっていいますが、寿司職人はたくさんいても、腕のいい職人っていうのは、そうはいないんですよ。頻繁《ひんぱん》に店を渡り歩く職人は、わけありが多いし、一店舗でも悪い評判が立とうものなら、いまの時代、あっという間に広がってしまって、客が寄りつかなくなりますからね」

「大手町《おおてまち》……どうですか。実は、いま建設中の新ビルで、入居予定だったテナントからキャンセルが出たらしいんですよ」

中里は、さもとっておきの情報だとばかりに声を潜《ひそ》め、身を乗り出す。

「知ってますよ。でも、あそこは駄目ですね」

兼重は苦笑を浮かべながら、大袈裟《おおげさ》に顔の前で手を振った。「広すぎるし、家賃が高すぎて、とても採算が取れませんよ。第一、オフィス街のど真ん中じゃないですか。接待需要も見込めないわけではないけれど、あのビルに入るのは外資系、それも金融関係がほとんどですからね。日本企業とは違って接待文化はありませんし、ちょっと足を延ばせば銀座に出られますから」

「さすが、兼重さんですねえ。お耳が早い」

さぞや落胆するかと思いきや、意外なことに中里は落胆する様子はないどころか、「広すぎるとおっしゃるのなら、なぜ社長はコンパス通りのビルをお買いになったんですか？」

といい出した。

意表を突かれた兼重は、思わず問い返した。

「どこからその話を？」

「この業界は、広いようで狭いもんでしてね」

中里はニッと笑う。「築地の桶増の物件を、買われたんですよね」

「ええ……まあ……」

「分かりませんねえ」

中里は小首を傾げ、不思議そうにいう。「コンパス通りは、飲食、小売り、店を出しても客が寄りつかない。死屍累々。コンビニでさえ駄目だった、私らの業界では悪名高い場所ですよ。しかも、自社物件を持たないのがモットーの社長が、なんでまた、あのビルを？」

「まあ、これにはいろいろとありましてねえ……」

公募開始からひと月半。反応はさっぱりで、いまだ応募はゼロ。窓口となった出店企画部には、問い合わせのひとつすら入ってはいない。

しかし、兼重は驚きはしなかった。失望も覚えなかった。

いずれ独立する時に備《そな》えて、給料を貰《もら》いながら実務が学べると割り切ってサラリーマンになる人間は少なからずいるだろう。しかし、それならうめもりよりも多くのことを学べる会社は他にごまんとある。職人や調理師に至っては、独立といえば店を持つことだから、会社の新規事業に興味を示すはずがない。興味を覚えた社員がいたとしても、石倉で知れたこと、チャンスだと思いつつ、皆目《かいもく》見当がつかないのが関の山だという。

「あのビルは五階建て。大手町の物件が、広すぎるっておっしゃるのなら、五フロアー全体では、三倍近くの面積になるじゃないですか。御社が寿司屋と居酒屋を開店したとしても、残る三フロアーをどうなさるんですか？　しかもコンパス通りですよ」

中里は案ずるような口ぶりで、購入の意図を探りにかかる。

「その点は、中里さんのいう通りなんですよね……」

話していいものか、兼重は一瞬迷ったが、多くの業界、顧客のニーズに通じているのが不動産屋だ。中里には、何か知恵があるかもしれない。

「実は、社長、あそこで飲食店をやりたいと考えているんですよ」

そこで兼重が事の経緯を話して聞かせると、

「それは、難しいんじゃないですか」

さすがの中里も、俄《にわか》には案が浮かばないと見えて、眉を顰《ひそ》める。「社長個人の物件ですから、家賃の負担はそう大きくはないでしょうが、売上げがさっぱりじゃ、赤字を垂れ流すだけじゃありませんか。もちろん、税金対策と割り切るなら話は別ですが、でもねえ、そこで働く従業員のモチベーションって問題が出てくるんじゃないでしょうかね。社長、その点は考えたんでしょうか」

「モチベーション？」

「当たり前じゃないですか。客が入ろうと入るまいと、給料は変わらないとはいっても、仕事って楽ならばいいってもんじゃないでしょう。忙しければ、忙しいほど、気合いが入る、集中力も持続する。そこにやり甲斐を覚えるもんじゃないですか。それが、年中閑古鳥じゃ、従業員だってやる気なくしますよ。そんな店に回された従業員の身になってみれば、何で俺がって気になるじゃないですか。左遷《させん》されたと思いますよ。味も落ちれば、接客だってなおざりになる。それこそ、御社が恐れている悪評が立ってしまうことになるんじゃないですか？」

まったく中里のいうとおりだ。

築地うめもりの事業が好調なのも、店が繁盛し、業績が好調であればこそ。余計なことなど考えている暇がないからだ。

それに、左遷というのもそのとおりだ。閑職《かんしょく》に飛ばされて奮起する人間は会社組織にそうはいない。やる気をなくし、埋《う》もれていく人間の方が多いのが現実である。

「困ってんですよねえ……」

兼重は、ため息をついた。「このまま、使い道が見つからないなんてことになったら、普通は売却するか、それとも飲食とは別のテナントを入れるかってことになるんでしょうけど、購入の経緯からして、社長はあくまで飲食店にこだわるでしょうからねえ……」

その時兼重は、この問題を解決する使命を負わされることになるのではないか、そんな面倒な仕事に関わるのはまっぴらだ。と声には出さず、胸の中で呟いた。

二人の間に、短い沈黙があった。

「兼重さん……」

やがて中里が口を開いた。「この話、私にも考えさせてください」

「考えさせろって、新規事業のことですか?」

「いえ、そうじゃありません」

中里は、首を静かに振ると、「テナントのことですよ」

「テナント?」

「はっきり申し上げて、あの場所じゃあ、御社がどんな店を出そうと、うまく行く可能性はゼロです。最終的に、テナントを入れるしかないということになると思うんです。かといって、誰がやっても結果は同じ――」

「じゃあ、テナントにしたって、集まらないじゃないですか」

兼重は、中里の言葉を遮《さえぎ》った。

「当たり前に考えればね」

「それ、どういうことです？」

「あの手の立地がかえって好都合って人たちだっているんですよ。それも飲食業で……。ただし、広い意味での……ですけどね」

中里は、意味ありげに言った。

たぶん、新規事業については彼の読みどおりの結末を迎えることになるだろうし、ならばその時に備えておくのは悪い話ではない。しかし、どう転ぶにせよ、最終的に断を下すのは梅森である。

「中里さんの申し出は、心にとめておきますよ」

曖昧《あいまい》にこたえた兼重に向かって、

「それに当たっては、一つお願いがあります」

と中里はいった。「あのビルの間取り図と、簡単なもので結構です、資料が欲しいんです。築年月、メンテナンス状況とか、テナントを集めるにしても、先方にお伝えしなければならない最低限のことは知っておく必要がありますので……」

不動産屋としては、当然の要望なのだろうが、ひょっとして、中里の今日の目的は、あのビルの件にあったのではないか。

兼重は、ふと思った。

5

「ジュンペイさん。どうして、お義父《とう》さんに見せた資料のことを知ってるんですか？　お義父さん、ジュンペイさんにあの資料を見せたんですか？」

おそめのカウンターに並んで座る重則は、不快感を隠そうともしない。

「若旦那と一緒に、店で出す料理を考えるのは君だから、どんな店にしようとしているのか、知っておいた方がいいだろうと、おっしゃって……」

「それで？　わざわざ、ここに呼び出したからには、何かいいたいことがあるんでしょう？」

重則は、ぷいと視線を逸《そ》らし、面白くなさそうに冷酒に口をつける。

「お二人の夢が実現に向けて動き出したんです。理想の店を作ろうって気持ちは分かりますが、どこであろうとあんな豪華な店を出すとなれば、大変なおカネがかかります。本当に客が来てくれるのか、採算は取れるのか。まずは最小限のおカネで、慎重に始めるべきじゃないか。店なんか、後からいくらでも広げられるんじゃないかと思いまして……」

「そんなこと、分かってますよ」

重則は苛ついた様子でいった。「ジュンペイさんが、どう思ったかは知らないけれど、まずは理想を目に見える形にする。それを店の立ち上げに関わる者が共有し、実現を目指す。予算的に削らなければならないものは削りゃいいんだし、こんなものはいらない、ここまでする必要はないってものは削りゃいい。そうすりゃ、理想も現実に近づいていくものなんだってのが、僕たち二人の考えなんです。要は叩《たた》き台ですよ。何も、あの通りの店をやるっていってるわけじゃありませんよ」

「若旦那がおっしゃることは分かります。その上で、敢《あ》えてお訊きするんですが……」

重則は、そこでまた一口、冷酒を口に含むと黙って先を促《うなが》してきた。

順平は問うた。

「若旦那は、やっぱり東京で店をやろうと考えてるんですよね」

「まあ、あのコンセプトでやろうと思えば、地方都市では難しいでしょうからね。客単価のこともあるし、東京で繁盛すれば地方への進出だってやりやすくなりますからね」

「確かに客単価は東京が一番高いかもしれませんが、料理の内容からすると、原価は五、六千円ぐらいにはなるでしょう。場所にもよりますが、料金は一人二万円前後。それに食前酒にワインとなると、東京でもかなりの高級店になりますが？」

「東京には、その程度の店なんて、ざらにあるじゃないですか。それでも、潰れないでやっているってのは、苦も無く払える人間が、ごまんといるってことじゃないですか。むしろ、出ては消えしているのは、大衆店の方が大半でしょ？」

「それは店に実績、知名度があるからですよ」

説得を命じられたからには、順平だって、それなりに調べは行ってある。「海外の有名店の日本進出、あるいは国内の有名店、たとえば京都の有名料亭が東京に支店を出したら、居ながらにしてってことになりますから、黙ってたって客は集まって来るでしょう。でもね、若旦那。そうした店はフレンチはフレンチ、懐石なら懐石と、すでに高い評価を得ている料理を出しているんです。その点、若旦那がお出しになるのは、フュージョン。万石の料理とは全く違ったもので、勝負しようというんです。それで、開店直後から連日大盛況なんてことになりますかね」

重則は、きょとんとした顔で順平をまじまじと見詰めると、

「万石の花板、森川順平監修の懐石とイタリアンのフュージョン料理を売りにするんですよ。わざわざ東京から万石の料理を食べに来るお客さんがたくさんいるんですよ。同じことじゃないですか。むしろ、東京でしか食べられない森川順平の創作料理となれば、魅力倍増ってもんじゃないですか」

冗談じゃないと思った。

花板になったのはつい最近の話で、自分の代になってからの評価が定まるのは、まだ先の話だ。客の大半は、金沢の有名料亭万石の懐石を目当てに来店するのであって、おそらく、ゲンさんの名前すら知らないはずだ。順平の名前を前面に出したところで効果があろうはずもないし、フュージョンを売りにするというなら、イタリアンの高名なシェフの名前も必要だ。しかし、重則の名前など誰も知らない。出したところで、客を呼べないことは百も承知。だから、万石のネームバリューと花板の名前にすがろうとしているのだ。

甘いよなあ……。

胸の中でぼやきながら、

「お客さんは、そう甘くないと思いますけどねえ」

順平はいった。「実際に店や調理場を仕切るのは、若旦那とお嬢さんになるわけでしょう？　あのトレースは理想を描いただけだっておっしゃいますけど、客席数からして調理を若旦那一人でやるのは無理です。ホールだって、お嬢さん一人では無理ですよね」

「従業員は雇うか、万石の人間を連れて行けばいいじゃないですか」

重則はあっさりという。

「そりゃあ、万石の懐石とイタリアンのフュージョンというからには、板場からしかるべき人間を送り込むことになるでしょう。でもね、若旦那、誰を出すにしても、万石の料理人を東京に出すってことは、転勤ってことになりますよね？　引っ越しの費用、住居だって借り上げるか、家賃の援助をしてやらなきゃならなくなるし、場所によっては、通勤費も支給しなければならなくなるんですよ。東京で新たに人を雇うにしたって、高額な料金を取るからには、バイトってわけにはいきません。正社員として採用するなら給与の他に、社会保障費だってかかるんですよ」

多分、そこまで考えてはいなかったのだろう。

重則は、憮然《ぶぜん》とした表情を浮かべ、また一口、冷酒を口に含んだ。

順平は続けた。

「それに、東京で人を雇うとしても、ただ頭数が揃えばいいというものではありません。調理人なら、ちゃんとした腕を持っているかどうかを確かめた上での採用となりますし、ホールにしたってそれは同じです。まして、若旦那の構想では、ワインの品揃えを充実させるようですから、ソムリエだっているじゃありませんか」

「亜佑子は資格を持っていないけど、そんじょそこらのソムリエなんか、足下にも及ばないくらい、ワインについては詳しいんです。飲んできた銘柄も、数も違いますから」

長年の夢が叶おうとしているのだ。前途にバラ色の世界を夢見たくなる気持ちは分かるが、ここまでくると、さすがにどうかと思う。

「そりゃあ、若旦那だってイタリアで修業なさったんです。ワインにも詳しくていらっしゃるでしょうが、小さなお子さんがいらっしゃるんです。亜佑子さんが、毎晩家を空けるってわけにもいかないじゃありませんか」

重則は、またしても押し黙る。

順平は、冷酒に口をつけるといった。

「店を出すのは、若旦那と亜佑子さん。そして万石です。使用人の私が、こんなことをいうのは差し出がましいのですが、いま申し上げたようなことからしても、まず考えなければならないのは、理想の絵を描くことではなく、理想に近づけるための方法なんじゃないでしょうか。だって、そうでしょう。店がうまく行くかどうかなんて、やってみないことには分かりませんからね。大金投じて店をやってみたはいいが、失敗に終わったら、大旦那だって再度新しい店を出そうなんて話には乗りませんよ。だけど、額が小さければ、失敗した原因をとことん分析して、新しい戦略を打ち出せば——」

「ジュンペイさん……」

重則はじろりと横目で睨《にら》みながら、順平の言葉を遮った。「やっぱり、お義父さんに頼まれたんですね。店を出すのを考え直すように説得してくれって。お義父さん、考えを改めたんでしょう？」

「違いますよぉ。ただ私は――」

「やっぱりなあ……。そう来ると思ったよ」

重則は、ため息を吐くと、持ち上げたグラスを見詰めながら続ける。「どこに店を出そうと、僕ら夫婦は金沢を離れることになる。当然、孫も僕らと一緒に出て行ってしまう。お義父さん、孫のことを溺愛《できあい》してますからねえ。そのうち、やっぱり止めろっていい出すんじゃないかと、亜佑子も心配してたんですよ」

「それは違います。大旦那は、お二人のやり方が暴走気味だと心配なさって……」

あっ！　いっちゃった……。

慌てて、言葉を呑んだ順平だったが、もう遅い。

重則は、ふんと鼻を鳴らすと、グラスを傾け、

「ほ～ら、やっぱりそうじゃないですか」

カウンターの先の壁に視線を向けた。「お義父さん、お義母さんには、本当に良くしていただいてますけど、婿養子の悲哀を感じるのは、こういう時なんですよねえ」

重則は、しみじみとした口調でいい、またため息を吐く。「特にお義父さんは、亜佑子には甘いから、強いことがいえない。それに亜佑子は、あの通り弁が立ちますからね。何かいおうもの

なら、返り討ちに遭うのが、お義父さん、分かっているんですよ。だから、何かといえば、僕を使って亜佑子を説得しにかかるんだよなあ」

なあ〜んもいえねえ……。だって、その通りなんだもん……。

順平は、顎《あご》を突き出すように、頭を小さく下げると、冷酒を口に含んだ。

「僕だって、お義父さんのいうことは、もっともだと思いますよ」

重則は唇をへの字に結んで、鼻から深い息を吐く。「僕だって、いずれ自分の店を出すことを目標に、他人の釜《かま》の飯《めし》を食いながら修業してきたんです。もちろん料理だけじゃありません。経営に関することだって学んできたわけです」

「はい……」

そうとしか順平にはいいようがない。

「あれ、描かせたのは、亜佑子なんですよ」

重則は、ぽつりといった。「随分昔の話なんですけどね、亜佑子、僕にこう訊ねてきたことがあったんです。オーナーシェフになった時、どんな店をやりたかったのって……」

「まさか、あのトレースは……」

「僕が話したまんま……亜佑子は、ずっとあの時話したことを覚えてたんですね」

目を細める重則だったが、嬉しいようでもあり、困惑しているようでもあり、思いは複雑なものがあるようだ。

「たぶん、オーナーシェフになる、自分の店で存分に腕を振るいたいって、僕の夢を絶たせて、籠目家に婿養子に入らせてしまったことを、申し訳なく思ってたんでしょうね。支店をっていい出したのも亜佑子でしてね」

「えっ！　そうなんですか」

順平は、はじめて聞かされる事実に、驚きの声を上げた。

「そりゃあ、嬉しかったですよ。でも、同時に恐怖も覚えたんです。ジュンペイさんがおっしゃるように、商売はやってみないことには分かりません。失敗することだってあるわけです。でも、亜佑子がねえ……」

「お嬢さん、どういったんです？」

「どっちにしたって、万石があなたの代になったら、新店を出すんだ。だったら早い方がいいんじゃないか。お義父さんだって、万石に新しい柱ができたら、安心して隠居できるじゃないかって……」

はあぁぁ……と順平はため息を漏らした。

呆れたのではない。その時の重則の思いが分かる気がしたからだ。

「だって、僕は婿養子ですから」

果たして、重則はいう。「夫婦になったとはいえ、やっぱり万石は、亜佑子の物なんですよねえ。法的にどうあれ、籠目家の財産だって、やっぱりそうなんですよ。僕が代を継いだって、この状況は何も変わらない。亜佑子がやるといえば、僕は従わざるを得ないんですから」

そりゃそうだよなあ……。分かる……分かるよ、その気持ち……。

そういって慰めてやりたいところだが、いったところで、重則の惨《みじ》めな気持ちに拍車をかけるだけだと思い、順平は黙ってグラスに手を伸ばした。

「そしたら、話がどんどん進んじゃって、あんなものまで描かせるし……。亜佑子は、お義父さんがどんな反応を示すかなんて、先刻お見通しだし、こういってくるだろうから、その時はこうこたえろって……」

「でも、若旦那だって、あの店をやりたいわけでしょう?」

「そりゃあ、やりたいですよ」

重則は、しっかと順平を見据え断言した。「そのために修業したんだし、コンセプト的にも間違っていないという自信もあります。事業拡張の野心だって持ってるし……。当たり前じゃないですか、実際に商売を大きくするかどうかは別として、大きくしたいって欲がなかったら、最初の店だってうまくいくわけないじゃないですか」

重則のいうことに間違いはない。それに、重則の腕が確かなのは、この舌で確認済みだ。

「でもねえ……。亜佑子にこんな話をしようものなら、どんな反応を示すか……」

重則は心底困ったといった態《てい》で言葉を呑み、項垂れた。

「ですよねえ……若旦那が説得するのは難しいかもしれませんね……」

思わず同調しながら、グラスを口元に運んだ順平に、

「ジュンペイさあ〜ん」

重則は、薄気味悪い声を上げると、「亜佑子を説得していただけませんかねえ」

唐突にいった。

ブッ……。

順平は酒を噴いた。アルコールが気管を刺激し、激しく噎《む》せ返り言葉が出ない。

冗談じゃないと思った。花板とはいえ、亜佑子からすれば使用人の一人にすぎない順平の意見など素直に聞くわけがない。第一、順平だって、亜佑子は苦手なのだ。

「冗談ですよ。冗談……」

重則はいった。「夫婦の間で決着をつけなければならない問題を、ジュンペイさんにお願いするのは筋違いってもんですからね」

そこで、重則は覚悟を決めたとばかりに続けていった。

「この件に関しては、折りを見て、亜佑子と話してみますよ。お義父さんにも、僕の方からそう話しておきますので……」

そういうと、冷めたおでんに箸を伸ばした。

6

ナップザック一つの軽装でも、坂道を十分も登り続けると、さすがに足が重くなる。

目的地までは僅《わず》かな距離だが、由佳は足を止め、一息つくことにした。

眼下に夕暮れ時の大海原が見える。若葉が芽吹き始めた木々に覆われた山々が美しい。

静謐《せいひつ》にして、平和そのものの光景だが、そこに由佳の記憶に残る故郷の姿はない。かつて町があった場所は、雑草が生《お》い茂《しげ》る荒れ野と化し、沿岸部には巨大な防潮堤《ぼうちょうてい》が建設されている。真新しいコンクリートの壁を目にすると、あの惨劇に見舞われた日の光景が、脳裏に鮮明に蘇《よみがえ》ってくる。

経験したことがない凄まじい揺れが大きさを増していくうちに、由佳は下校しかけていた同級生たちと一緒に校庭でうずくまった。校舎の窓ガラスが割れ、悲鳴が上がった。校舎から飛び出してきた先生の、「落ち着いて！　校舎から離れて！」という叫び声がそれに交じった。

長い揺れがようやく収まると、「しばらく、このまま！　先生の指示があるまで、学校にいるように。津波が来るかもしれないから、絶対に家に帰らないように！」といわれた。

三陸は何度も津波による甚大な被害を受けた地域だ。小学校の授業でも、津波の恐ろしさは学んでいたし、実際に被害を経験したお年寄りも町にいる。それに、津波が来ても、町は強固な防潮堤に守られている。きっと大丈夫だ。津波が来ることの恐怖より、揺れが収まったことへの安《あん》堵《ど》の気持ちを覚えた。

しかし、それから、程なくして町を襲った津波は、由佳の想像を絶するものだった。防潮堤を易々と乗り越え、町を呑み込んでゆく津波……。

いや、これは波じゃない。海が膨《ふく》らんだと思った。

みるみる間に、水量を増していく一方の光景を目の当たりにした時、そう思ったことを由佳は忘れない。

流される家々がぶつかり合う轟音《ごうおん》、そして破壊の音、人々の悲鳴、絶叫、泣き声……。いつになっても、流れ込む一方の海水。あれは、まさに地獄絵図そのものだった。

いま、この瞬間にも、あの時の光景が脳裏に蘇ると、いつの間にか拳を握りしめた手に力が入り、微《かす》かに震えていることに由佳は気がついた。

由佳は、町に、海に向かって暫《しば》し黙禱《もくとう》を捧《ささ》げると、また坂を登り始めた。

ゴールデンウイークも後半に差し掛かったこの日、帰省することにしたのは大学卒業後の進路、つまり就職先に目処がつきつつあったからだ。

チャンスはどこに転がっているか分からないというが、それは本当のことかもしれない。

大学に留学しているアメリカ人の友人女性が、父親が日本に出張して来るので、一緒に夕食を摂《と》らないかと誘ってきたのだ。聞けば、彼女の父親は、アメリカのコンサルタント会社で役員をしており、来日することも頻繁で、日本食、それも高級な料理は食べ尽くし、日本人が普段気軽に食するもの、いわゆるB級グルメに興味津々なのだという。

由佳は酒がイケる口である。日頃慎《つつ》ましい生活をしているとはいえ、そこは大学生だ。コンパもあれば、気心の知れた友人や、時に留学生に請《こ》われてその手の店を案内することもある。そこで、彼女の父親が滞在しているホテルの近くにある新橋の焼きトン屋に案内したのだが、それが大当たり。

タン塩を頰張《ほおば》っては、「美味い！」と目を丸くし、レバーは「フォアグラとは大分違うが、この舌に絡みつくような食感がいいね」といい、シロに至っては、「いや、これは……」と絶句し、「もの凄く美味い！　嚙めば嚙むほど、旨味が滲み出てくる。どうしてアメリカ人は、こんな美味いモノを食わないのかなあ」と大絶賛する。

案内役の面目躍如《めんもくやくじょ》といったところだったのだが、同時に絶賛されたのは由佳の語学力だ。豊かなボキャブラリー、完璧な発音。そして多彩な話題。食事が終わりに差し掛かった頃には、すっかり感心した彼女の父親が、「日本法人にも君のような社員はそうはいない。これから、就活をするのなら、我が社に来ないか。私が推薦する」といい出したのだ。しかも、入社後の働きぶりによっては、アメリカ本社の正社員として採用される道もあるという。

酒の席での話である。話半分に聞いてはいたのだが、それから数日して、その友人と昼食を共にした際、「実は、ユカのこと、父に推薦したのよ。だいぶマシになってきたとはいえ、日本企業はまだまだ女性は働きにくいところがあるって聞くし、外資だって上司が日本人だとあまり変わらないところが多いようだからさ。あれ、お父さん、本気でいったんだからね」といわれたのには、驚いた。

海外を舞台に働くのが、由佳の夢だ。そのために必死に勉強し、英語力に磨《みが》きをかけてきたのだが、その夢が思いもしなかった形で実現しようとしている。

しかし、今後の展開次第では、両親と離れて遠い外国で過ごすことになるかもしれない。しかも、あの津波で弟を失ってしまったいま、由佳はたった一人の子供である。だから、両親には、自分の進む道を、事前に話しておくべきだ、と考えたのだ。

やがて、行く手に坂の頂上が見えてくる。

高台にできた平地に建つのは、かつて海沿いにあった家を津波に流され、移転を余儀なくされた人たちのものだ。当然、新築ばかりなのだが、分譲地には、空いた区画もかなりある。それも当然のことで、家を新たに建てようにも、資金がない町民はたくさんいるし、あったとしても、流された家に住んでいたのは高齢者。子供も震災前に町を出てしまっている家庭も多かったはずで、新築したとしても、この先何年住むのか分からない。自分たちがいなくなってしまえば空き家になるだけなのだから、いまさら新築しても無駄になってしまうからだ。

震災以前から、過疎《かそ》高齢化が進み、町はすっかり活気を失い、商店街には廃業した店舗が目立つようになってはいたが、この新しい住宅地の寂しさはその比ではない。商店らしきものはほとんどなく、連休の最中だというのに、人の姿は全く見えない。

自宅にたどり着いた由佳は、ドアを開けた。

「ただいまあ」

２ＬＤＫの復興集合住宅が、由佳の両親の住まいである。

流されてしまった家に比べれば随分狭いが、普段は両親の二人暮らしである。それに新築だし、家賃も安い。何よりも、ここに入居する以前に暮らすことを余儀なくされた仮設住宅のことを思えば、雲泥《うんでい》の差《さ》だ。

「おかえりぃ」

母の声が台所から聞こえた。

由佳が靴を脱ぐより早く、母の登喜子《ときこ》が現れた。

「疲れたでしょう?　さあ、早く入って。すぐお茶を淹れるから」

正月に帰省して以来の再会だ。

登喜子は、心底嬉しそうに満面の笑みを浮かべる。

台所から漂ってくる匂いは、煮魚のものだ。

「やったあ!　この匂いはカレイでしょ?」

由佳は靴を揃えながら訊ねた。

「市場を覗いたら、ちょうど真ガレイの美味しそうなのがあったから。由佳はカレイを煮たのが好きだから」

「なんだか、急にお腹が空いてきた」

「お父さんは、帰りが遅くなるから、二人で先に済ませちゃおうか」

「うん」

栄作は今日も出張販売で仙台に出かけている。

休日はデパートも客で賑わうから、会社にとっても書き入れ時だ。本来ならばゴールデンウイークの間中、仙台に宿泊して販売に専念するところだが、由佳が帰って来るというので、今日の販売が終わり次第、片道四時間もの時間をかけて戻って来るという。

由佳は洗面所で手を洗うと、居間に入った。

六畳の一角に、小さな仏壇がある。

そこには津波で命を失った、弟と祖父母の遺影と位牌《いはい》が置かれていた。

線香に火を灯《とも》し、鈴《りん》を二度鳴らした。

両手を合わせ瞑目《めいもく》する。

改めて、三人の遺影にしばし見入った後、由佳は台所に入った。

「お正月に来た時から、町、あんまり変わってないね」

由佳は、食器をテーブルの上に並べながらいった。

「復興工事もあらかた済んだし、住宅だって、もうこれ以上は建たないだろうからね。どうせ家を建てるなら、他所《よそ》に建てるって人たちだって多くいたし、津波の被害に遭わなかった家だって、九年のうちに、住んでいた人が亡くなったってところも少なくないからね。家はあっても、人がいないってところが、増え続けてるんだ……」

台所に立つ登喜子は、寂しげに声を落とし、小さなため息をついた。「それにさ、震災直後から、家族が流されて命を失った場所で生活し続けるのは辛いっていう人もいたし、職場がなくなってしまった人たちだって、大勢いたもの。いま、ここに残っているのは、お父さんの会社のように、歯を食い縛って漁業を再開した漁師さんか、小さいけど商売してる人か、お母さんのような公務員がほとんどだもの。寂しくなる一方……」

町の実情は、被災直後から知ってはいたが、それでも復興事業が本格的にはじまると、町には多くの作業員がやってきた。時が経つにしたがって、とてつもなく大きな防潮堤や橋が形を成し、家屋が建っていくに連れ、町が復興していくという実感を覚えたものだ。東京に出てからは、帰省するのも盆と正月の二回だけ。復興工事の進捗《しんちょく》ぶりを日々目にすることがなかっただけに、その間の変貌《へんぼう》ぶりに、目を見張ったものだった。だが、それも無から有を成す過程のことだ。復興事業が一段落してしまうと、そこに待ち受けているのは厳しい現実である。

「どうするの？」

思わず漏らした由佳に向かって、

「どうするのって、町のこと？」

登喜子は問い返してきた。

「そうじゃなくて、お父さんとお母さん……。ずっと、ここに住み続けるつもりなの」

「家のことなら、お父さんと時々話すことがあるんだけどね……」

登喜子は野菜を刻んでいた包丁を止めると、「新築してもいいんだけど、由佳だって、やりたい仕事があるんだろうし、ここに家を建てれば、後々面倒を掛けることになるからねえ……。ずっと、この住宅で暮らすのも、ありかなって、考えてるんだ」

「後々って？」

「私たちが、死んだ時のことよ」

登喜子は、一転して明るい声でいい、包丁を動かしはじめる。「使い道のない家なんか残されたら大変だもの。さっき、空き家が増えてるっていったでしょ？」

「うん……」

「人が住まないようになっても、所有する限りは固定資産税を払わなきゃならないし、空き家は傷みが来るのが早いから、そのままってわけにもいかないの。解体するんだって、馬鹿にならない費用がかかるし、上物がなくなったって、土地は残るでしょ？　買い手が現れない限り、延々と固定資産税を払い続けなきゃならないんだもの。それ全部、由佳の義務になっちゃうのよ」

「この辺りの土地の値段なんて、知れたものでしょう？」

「知れたものでも、おカネはおカネ。塵《ちり》も積もればなんとやら。何十年って払い続けてたら、馬鹿にならない額になるでしょ？」

そういわれると、返す言葉に詰まってしまう。

流された家の固定資産税が幾らであったかは知らないが、仮に二万円だったとして、十年で二十万。二十年なら、四十万円だ。確かに、馬鹿にならない額ではある。

「実際ね、空き家を買わないかって話は、いくつかあったの」

登喜子は続ける。「そりゃあ、一刻も早く手放したいんだから、値段はかなり安かったんだけどさ。買ったらいまいったようなことになってしまうでしょう？　こういっちゃ申し訳ないけど、それじゃババを引くようなものだもの」

確かに、それはいえている。

しかし、ババを引いてしまうことになるかどうかは、その家に引き続き住む人間がいるかどうかで違ってくる。つまり、両親は娘がこの町に戻ってくることはないと見越しているのだ。

「お母さんのような仕事をしてるとさ、町が寂《さび》れて行くのが本当によく分かるのよ」

登喜子は包丁を置き、煮魚の具合を確かめにかかる。「本来保健師の仕事って、乳幼児や妊婦、成人、高齢者、障害者と、対象は幅広いんだけど、いまじゃ高齢者の仕事がほとんどだからね。第一、若い人がいないから、子供なんてまず生まれないし……」

「そんなに、酷《ひど》いんだ……」

頭では分かっていたものの、現状をつぶさに目の当たりにしている母の言葉だけに、町が置かれた厳しい状況を、改めて知った思いがして、由佳は声を落とした。

「だから、お父さんも、このままじゃ駄目だ。何とかして、町の産業を活性化させなきゃって、一所懸命なのよ」

「お父さんが？」

「この町を活性化させるためには漁業しかない。それも、ただ魚を獲って出荷するだけじゃ駄目だ。ここで獲れた海産物を加工して、高い商品力を持つ製品に育て上げるしかないって。だから、お父さん、最近じゃ社長さんや漁協の人たちと一緒になって、出張販売のない日は、新製品の開発に夜遅くまで一所懸命なの」

過疎化、高齢化が進む町の現状を打開するために、必死に知恵を絞《しぼ》っている父の話を聞いてしまうと、由佳は外資系のコンサルタント会社に就職が決まるかもしれない、アメリカで働けるようになるかもしれないなどとは、とてもいえない気になってきた。

もちろん、話を聞けば、二人は喜んでくれるだろう。背中を押してくれもするだろう。しかし、家のことにしたって、自宅を持つことを躊躇《ちゆうちよ》している最大の理由は、娘に面倒をかけたくはない。その一心からだ。

まだ、実感としては湧《わ》かないが、自分だって結婚するかもしれないし、子供を持つことになるかもしれない。相手は日本人とは限らないし、住む場所だって日本とは限らないかもしれない。若いということは、それだけ前途にあらゆる可能性が広がっているのだが、自分のライフスタイルや生活基盤が一旦固まってしまうと、今度は環境の変化に対応するのが困難になるものだ。

その場合の環境変化で対応が最も困難なのは、両親が老いた時のことだ。

町に戻るのは難しい。かといって、父を、母を、その時、由佳が生活基盤を置いた街に呼び寄せられるかといえばこれも簡単な話ではない。なぜなら、過疎化していくとはいえ、町には長年親しくしてきた友人、知人もいれば、慣れ親しんできた環境というものがあるからだ。仮に東京に住まわせたとして、友人、知人がいるわけでもなし。その時、自分に仕事があれば、日がな一日、親は何をして暮らせばいいのだろう。そんな日々を送るのが、幸せなのかといえば、決してそうではない。まして、その頃、アメリカにでも住んでいようものなら……。

やはり、とてもいえたものではない。もっと、いろいろなことを考えて、判断すべきだと、由佳は思った。

「由佳、お皿ちょうだい。いい具合に煮上がったわよ」

登喜子の呼びかけに、由佳は慌てて皿を差し出した。

ふっくらと、飴《あめ》色に煮上がったカレイを皿に載せながら、

「ところで由佳。お父さんから、バイトやってるって聞いたけど、大丈夫なの？　連休中って、お寿司屋さんは忙しいいんじゃないの？」

と訊ねてきた。

「忙しいことは忙しいんだけど……ほら、六月には就活がはじまるでしょう？　夏休みまで続くかもしれないし、そうなれば今年はお盆には帰ってこられなくなるかもしれないから、それでいましかないかなって思って」

由佳は咄嗟《とっさ》に嘘をいった。

第四章

1

「お別れでございます」

係員が告げると、棺《ひつぎ》の小窓が閉じられた。

白菊の花に埋もれた父親の顔が見えなくなった。

係員の動きに無駄はない。いささかの余韻も残すことなく棺を窯《かま》の中に押し入れる。

直後に扉が閉じられ、制帽を取った係員が窯に向かって頭を下げたその瞬間、はじめてひとりの人間の死を現実として受け入れたかのように、悲しみに包まれていた部屋の空気が弛緩《しかん》した。

窯に向かって手を合わせていた母が、

「あ〜あ……いっちゃった……」

ぽつりと漏らすと振り向いた。

「いっちゃったね……」

順平は閉じた扉に目を向けたままいった。

それは、あまりにも突然の出来事だった。

河岸で働く人間の夜は早い。

長年の習慣は簡単に改まるものではなく、現役時代そのままに、父親が夕食を兼ねた晩酌《ばんしゃく》を摂り、床に就《つ》いたのが午後七時。後片付けを済ませ、一息ついた母親が寝室に入ったのが午後九時。いつもなら大鼾《おおいびき》の音が聞こえるはずなのに、部屋の中は静まり返っている。

異変を感じた母親が、慌てて呼びかけても返事はなく、父親はすでに事切れていたという。

死因は脳溢血《のういっけつ》。

訃報《ふほう》は、すぐに順平に知らされた。

板場の後始末を中断し、翌日の仕入れを二番のマサに任せ、ただちに東京に向かおうとしたものの、新幹線はすでにない。自動車で向かったのでは到着時間にそれほどの違いはない。自宅に戻り、葬儀の身支度を整えて、妻子共々、朝一番の新幹線で東京へと向かったのだが、それからは河岸の仲間に取引先と、弔問客が引きも切らずで肉親を失った悲しみに暮れる暇もない。それに、これも超高齢社会の現れというものか、葬儀場はどこも満杯で、通夜まで三日、そしてようやく四日目にしての火葬である。

「母さん、座ろうか……」

順平は母親を促《うなが》すと、焼き場と廊下続きになっている待合室に向かった。

先に席についていた参列者に頭を下げながら、椅子に座ると程なくして、

「順平さんですね」

背後から声を掛けられて、順平は立ち上がりざまに振り向いた。

「私、梅森です……」

深く頭《こうべ》を垂《た》れると、「ご挨拶が遅れまして……。突然で何と申し上げていいか……。お父さんには、生前、大変お世話になりまして……。本当に残念です……」

梅森は、悔しさと悲しさで顔を歪め、唇を嚙《か》んだ。

「いや、お礼を申し上げなければならないのは、こちらの方です。本当に、父がお世話になりまして……」

梅森の名前は知っているが、言葉を交わすのは、これがはじめてのことだ。

順平は立ち上がり、丁重に頭を下げた。

「梅森さん。どうぞ、そちらにお座りなさいな……」

母親が、梅森に椅子を勧める。

テーブルを囲むのは母親と順平だけである。親族は別のテーブルを囲み、早くも茶で喉を潤している。

「お忙しいのに、一番に駆けつけてくださって。その上、通夜に葬儀、火葬場にまで……。梅森さん、本当にありがとう。あの人、きっと喜んでますよ」

母親は、改めて礼をいった。

「桶増さんには、大恩がありますので……。最後までお見送りをさせていただこうと……」

短い言葉を発するうちにも梅森は声を震わせ、そっと目尻を拭った。

「あの人、店をたたんでからは、江戸前の会に出るのを、そりゃあ楽しみにしてたのよ。河岸の人たちと呑む酒は美味いが、梅森さんと呑む酒は、また格別だっていってさ」

「私も桶増さんと呑むのが、本当に楽しみで……」

「それに、梅森さんは、何かというと、うちの人に大恩があるっていうけどさ、うちだって梅森さんには、恩ができたんだもの。もう相子《あいこ》だよ」

母親は、そこで順平に向き直ると、「お前には、まだ話していなかったんだけどさ、麻布のビルね。あれ、梅森さんに買ってもらったんだよ」

申し訳なさそうに梅森を見た。

「えっ……。そうなの？」

当てにしていたわけではない。

むしろ、あんなビルを、なぜ梅森に売ったのか。なぜ梅森が買ったのか。そのことに順平は驚きを覚えた。

「先代が、何かの時の足しになればって残してくれたビルだけどさ、なにしろバブルの真っ只中《ただなか》で、高値で摑《つか》んじまったもんだからね。店子が入っても、客が入らなくてすぐに出ちまうし、空いたままになっていた階の方が多かったんだよ。それをよりによって、梅森さんに売りつけるんだから、まったくあの人ときたら――」

「いや、奥さん。別に私は桶増さんに頼まれたから、あのビルを買ったんじゃないんですよ。私なりに考えがあってのことなんです。だから、相子だなんて……」

「うちの人に何ていわれたのかは知らないけどさ、死んだら終わり。事務所として貸しに出すなり、さっさと売っちまうなり、梅森さんの好きにして構わないんだよ」

母親は、いかにも河岸の女将《おかみ》らしく、べらんめえ口調でいう。

「ですから奥さん、私には考えがあって買ったわけですから」

梅森は、困惑した表情を浮かべる。

父親にどんな恩義を感じているのか知らないが、母親があのビルの存在に頭を痛めてきたことは紛れもない事実だ。

巷間《こうかん》、孫は特別な存在だといわれるが、それは両親の場合も例外ではなく、特に母親の溺愛《できあい》ぶりには尋常ならざるものがあった。

なにしろ、生まれた直後から、幼稚園に上がるまでは、月に一度は飛行機を使って金曜日の夜に金沢にやってきて、日曜の夜に東京に戻るという凄まじさだ。金沢での宿泊先は順平一家の住まいだし、母親はイケる口だから、孫を寝つかせると順平の手料理を肴《さかな》に、大人三人で長い夕食となるのが常で、その際にビルの件での愚痴を何度聞かされたことか。

「家賃収入以上に固定資産税の方が多い」。「飲食に拘《こだわ》らなけりゃ、借り手はいくらでもいるだろうに」。「最近じゃ、借り手がさっぱり現れない。引き合いすらない」と、不採算性を憂《うれ》い、飲食店に固執《こしつ》する父親の頑固さを嘆くのは毎度のことなのだが、一度だけ、しんみりとこういったことがある。

「父さんはね、兄さんが会社を継いで、いつかお前が東京に戻ってきたら、あの場所に桶増の魚を使った店を出すのが夢だったんだよ……」

あの言葉を聞いた時には、心底驚いたし、後ろめたい気持ちを覚えたものだったが、兄の恭平《きょうへい》が死んだ時、桶増を継ぐといった順平を「お前の決意は、そんなもんか」と叱り、頑《がん》として撥《は》ねつけたのは誰でもない、父親である。仮に店を出したところで、飲食業に向かない立地なのは、母親が漏らす愚痴を聞けば明らかだ。それに、気がつけば、いまや万石の花板である。

突然の父親の死に、ビルのことまで頭が回らなかったが、もし梅森が買ってくれていなかったら、どうするかを自分が考えなければならないところだったのだ。

桶増を存続させるとしても、母親が亡くなれば継ぐのは自分だ。その間も固定資産税は支払い続けなければならないのだから、店子が入らなければ赤字を垂れ流すだけとなる。となれば、店子を探すか、あるいはビルを売却するかしかないのだが、いずれにしても万石の花板を続けながらとなると、あまりにも労力がかかり過ぎて現実的には不可能だ。

梅森が、あのビルを買ってくれなければ、厄介事を抱えることになっていたところだが、そこに思いが至ると、母親のいうように、梅森は父親から受けた恩とやらに報いるために、あのビルを買ったのではないだろうか、と順平は思った。

そうなると、今度は梅森の考えとやらが気になってくる。

「お考えがあると梅森さんはおっしゃいましたが、やはり飲食をやるつもりなんですか？」

「私の本業ですから」

梅森は躊躇する様子もなくこたえた。

「それは、どんな?」

梅森は、含み笑いを浮かべると、

「いやいや、それはいくら順平さんでも、お話しできませんよ」

顔の前で手を振った。

嘘だ、と順平は思った。

梅森の反応や仕草に疑念を感じさせるような点は微塵《みじん》もなかったが、それが逆に不自然に思えたからだ。

あまりにも素っ気ない返事をしてしまったとでも思ったのか、梅森は続けた。

「まあ、ひとつだけいいますとね、客が来ないというならば、客を呼べる店をやればいいと考えていましてね。万石さんだってそうじゃないですか。金沢へ行ったからには、名料亭の誉れ高い万石の料理をと、全国各地からお客さんがいらしてくださるわけでしょう?」

「いや、うちのお客さんは、観光目的で金沢を訪ねたついでに訪れてくださるんです。それとはちょっと……」

違うんじゃないか、と続けようとした順平を遮って、

「あの場所だって同じですよ」

梅森はいった。「六本木から、僅《わず》か十分そこそこ。金沢に行くことを考えたら遥かに近いじゃありませんか。要は、どうしてもあそこで、という店にすることができれば、立地なんてどこで

もいい。あの場所は、新しい柱となる事業を試すためには、絶好の立地なんですよ」

梅森がいうことはもっともなのだが、料理人も経営者も、いかにしてそういう店にするかに頭を痛め、腕を磨《みが》くべく精進を重ねているのだ。それだけに、梅森の言葉は、理想論に過ぎないような気がする。

「ところで順平さん。花板になったそうですね」

突然、梅森が話題を変えた。

「ええ……」

「大したもんですねえ」

梅森は目を細め、改めて順平を見ると、「うちの職人だって、店を任せるとなれば腕はもちろん、人柄も見ますからね。百五十年の歴史を持つ万石となれば、尚更でしょう。板前さんだってたくさんいるでしょうし、万石の伝統の味を守り、その上でオリジナリティーを出し、さらには修業中の板前を一人前に育てあげなければならないんです。現場の第一線でばりばり働きながら、その一方で管理職もやらなきゃならないんですから、これぞと見込まれた人間じゃなけりゃ、花板にはなれませんよ」

いかにも経営者らしい言葉を口にした。

肯定するのは不遜《ふそん》に過ぎるし、こうも褒《ほ》められると、なんだか気恥ずかしくなったせいもある。

「はあ……」

間の抜けた返事をした順平に、

「桶増さんは、口にこそ出しませんでしたけど、さぞやお喜びだったと思いますよ。私には子供がいませんが、我が子が自分で決めた道で名実ともに一人前になった。しかも、老舗の料理を任されることになったんだもの。親にとって、こんな嬉しいことはありませんよ。最高の孝行をなさいましたね」

梅森はしみじみといった。

孝行か……。

その言葉に順平の胸が疼《うず》いた。

料理人の道を歩むことができたのも、花板になれたのも、口ではなんのかんのといっておきながら、最終的には子供が歩むと決めた道を父親が認めてくれたからだ。兄が死に、桶増を継ぐといった時にも、内心では継いで欲しいと思っただろうに、頑として許さなかったからだ。

それもこれも、常に子を思う親の気持ちの表れというものだが、ならば、自分はどうだったのか。父親のことをどれほど思い、どう報いてきたのか……。

いまにして思えば、父親には孝行らしきものは何ひとつとしてしたことはない。ただ、ひたすらに自分が決めた道を歩んできただけではなかったか。

そういえば、子供が目指した道を究《きわ》めて見せる、それが親にとっては最高の孝行なのだと諭されるだろう。その通りなのかもしれないが、それでも順平は、いまさらながらに後悔の念を覚えた。

「順平さん」

梅森の声で我に返った。

「はい……」

「お母さんがおっしゃったように、私は、お父さんには返しきれないほどの恩を受けました。いま、こうして会社を続けていられるのも、お父さんなくしてはあり得なかったんです。もし順平さん、いや、万石さんでも構いません。何か、私で役に立つことがあったら、何でも相談してください。大衆店と、高級料亭じゃ、随分格が違うけど、できることは、協力させてもらうから」

優しく言葉をかけてくる梅森に、順平はこくりと頷いた。

2

「そうですか。いまに至っても、企画書のひとつも出てきませんか」

歌舞伎《かぶき》町のタイ料理店で、ビールが入ったグラスに手を伸ばしながら中里がいった。

土地柄、雑然とした感はあるものの、中里がまともな店を接待の場に選ぶのははじめてだ。テーブルの上には、運ばれてきたばかりのタイ風さつま揚げのトーマンプラーと、春雨サラダのヤムウンセン、どうやら中里はこの店の常連であるらしく、キープしてあったタイのウイスキー『メコン』が並んでいる。

「まあ、どう考えたって企画書なんか出てきませんよ。どの店舗にも公募の回章がまだ貼ってあるようですけど、アイデアがあるのなら、とっくの昔に出てますって。いまや、誰も見向きもしないでしょう」

兼重は嘲笑《ちょうしょう》を浮かべると、ビールを口に含んだ。

「企画が出たとしても、店子を募集するような案なら、最終的には駄目になるでしょうし」

グラスを置いた中里は、聞き捨てならぬ言葉をさらりといい、トーマンプラーに箸を伸ばす。

「最終的には駄目になるって、それどういうことです？」

ビルの仕様書は先週渡したばかりだが、何か問題でもあるのだろうか。

兼重は、思わず問うた。

「あのビルには、ふたつほど大きな問題がありましてね」

「それはどんな？」

「築三十五年と物件がいささか古いので、しょうがないことなんですが、ひとつはエレベーターです。あそこで客商売をやるとなると、入れ替える必要がありますね。もっとも、これはカネをかければ済む話ですから、大きな問題とはいえないかもしれません。でも、もうひとつの問題もカネをかければ済む話なんですが、こっちはちょっと厄介ですね」

兼重はそこで言葉を区切ると、もったいをつけるかのように、トーマンプラーを頬張った。

兼重は、再びビールに口をつけながら次の言葉を待った。

「耐震補強です」

中里はいう。「東日本大震災を機に、ビルの耐震基準が変わりましてね。義務ではありません。新基準に適応するのが望ましいといった、いわば努力目標なんですが、あのビルは、どうもそれをやっていないみたいなんですよね」

「義務じゃないなら、問題ないでしょう」

「そんなことはありませんよ」

中里はとんでもないとばかりに首を振る。「貸す際には、耐震補強をしていない旨を相手に告知しなければならないんです。それを承知の上での賃貸契約でなければ、万が一大きな地震がきて、店子に人的、物的被害が出ようものなら、貸主が全面的に責任を負わなければならなくなるんです」

「えっ……そうなんですか？」

うめもりグループの店舗はほとんどが地上階にある、いわゆる路面店が多いのだが、それらは店舗数が増える初期の頃に賃貸契約を結んだもので、最近では新築ビルにテナントとして入る物件ばかりとなっていたこともあって、迂闊《うかつ》にも耐震基準のことを兼重は知らなかった。

「まあ、古いビルの耐震補強なんてことをいいはじめたら、マンションやアパートをどうすんだってことになりますし、持ち家にしたって、同じですからね。ほとんどの人は知りませんし、あまり気にしちゃいませんが、新たに賃貸契約を結ぶとなると告知は義務です。耐震補強がなされていないことを話すと、それまで借りる気満々だった人の態度が一変することが結構あるんですよ」

中里は深刻そうにいい、グラスの中のビールを一気に飲み干した。

タイのビール『シンハー』は、小瓶程度の容量だ。中里は空いたグラスを傍《かたわ》らに置き、メコンのボトルに手を伸ばしながら続ける。

「そりゃあ、そうですよね。耐震補強をしてない住宅なんて、世の中にはごまんとありますが、それは自宅だからですよ。だってそうじゃありませんか。必要性は認識していても、耐震補強を施そうとしたら、馬鹿にならないおカネがかかります。いままでも大丈夫だったし、いつくるか分からない天災に備えて、大金かけようって人はそうはいません。だけど、借りるとなると話は違うんです。ほら、事故物件と同じですよ。自殺があった、殺人があったって物件を、借りようって人はそうはいませんでしょ？」

事故物件という言葉が、妙に腑《ふ》に落ちて、

「そうかもしれませんね……」

兼重は、相槌を打った。

「社長は、そのことをご存じの上で、あのビルを買ったんでしょうかね」

「さあ……」

そんな話は聞いたことがない。

小首を傾げた兼重に向かって、

「借り手だって、耐震補強がなされていないとなれば、それを理由に家賃を叩きにかかるでしょうし、五フロアーですからね。全て埋めるのは並大抵のことではないでしょうし、ましてコンパス通りです。虫食いっていうのもまずいでしょう」

中里は悲観的な見解を口にする。

その通りだ。

兼重は、返す言葉が見つからず、ぐいとグラスを傾け、ビールを一気に飲み干した。

「私は、これに変えますけど、兼重さんは？」

そう訊ねてくる中里に、

「じゃあ、私もそれを……」

と兼重がこたえると、いま作っていたメコンのソーダ割りが差し出された。

「それでね、兼重さん。私、声をかけてみたんです」

「声をかけたって誰にです？」

「決まってるじゃないですか。私のお客さんにですよ」

中里は、ニヤリと笑った。「店をやりたいっていう人は、たくさんいますのでね。それで、あのビルのこと、話してみたんです」

そういうからには、借りたいという客がいたのだろう。

「で？」

兼重は先を促した。

「借りたい、それも五フロアーをまるごと借りたいっていう客がいましてね」

中里はぐいと上体を乗り出し、声を潜めた。

「五フロアー全部ぅ？」

さすがに驚き、兼重は声を吊り上げ、「あのビルを丸ごと借りて、いったいどんな商売をやろうってんです?」

思わず問うた。

「クラブとか、サロンとか、食よりも飲みに重点を置いた店です」

「クラブって、どっちのクラブです? 銀座のようなおネエチャンがいる方ですか? それともDJがいる——」

「そこまでは分かりませんけど、その中間ってところじゃないですかね。隠れ家的な店をやるには、最高のロケーションだっていってましたから」

一言で飲食業といっても形態や客層は様々だ。

不特定多数をターゲットにする商売もあれば、極《ごく》限られた客層をターゲットにする商売もある。あのビルの周りには、隠れ家的に使われるレストランが散在しているのは事実だが、それにしてもクラブやサロンをやりたいという人間が、こうも簡単に見つかるものなのだろうか。

「どんな人たちなんです? いくらコンパス通りとはいっても、麻布ですよ? 家賃だってそれなりに張るし、内装やなんやかやで、初期投資だってかなりかかるでしょう。しかも、五フロアーってことは、五人もいるってことですよね。店子がそんなに簡単に見つかるなんて、ちょっと信じられませんね」

疑念を呈《てい》した兼重に、

「違いますよ。借り主は五人じゃありません。一人です。その人がまるごと借り上げたいといっているんです」

ますますわけが分からない。

「いったい、どんな人なんです？」

そう訊ねた兼重に向かって、

「借り主がどんな人なのか、いまの段階ではお話しできませんが、早い話が金主《きんしゅ》なんですよ」

中里は妙なことをいい出した。

「きんしゅ？……」

「いつか自分の店を持ちたいと夢見ている人間は、世の中にたくさんいますけど、大半は先立つものがなくて、店を持とうにも持てないでいるわけです。銀座のホステスさん、クラブの黒服にしたって、どれだけ太い客を摑んでいても、一等地に店を出そうと思えば、とてつもないカネが必要ですからね」

そりゃそうだ。店を持とうと思えば、銀座なら居抜きでも安くて千万単位。それも億に近い資金がいるだろう。売れっ子とはいえ、それだけの資金を個人で用意するのは容易なことではあるまいし、ましてクラブの黒服ではまず不可能だ。

黙って頷いた兼重に、中里は続ける。

「その人、高齢になるのに、家族がいないんですよねえ……。いろいろ事業をおやりになって、唸るほどおカネを持っているのに、あの世まで持って行けないといいましてね。それで、自分の店を持ちたいっていう人のプランを審査して、いけると踏んだ人間に、資金を用立ててやろうと考えてるんです」

「そんな人、いるんですか?」

俄には、信じがたい話だ。

兼重は、思わず問うた。

「そりゃあ、唸るほどのおカネを手にするまでには、いろいろあくどいこともやったみたいですよ。でも、それも血気盛《さか》んな頃の話でしてね。先が見えてくると、過去を振り返り、いろいろと考えるところがあるんじゃないですか。資金がないばかりに、一花咲かせずにいる人間にチャンスを与えてやりたいといいましてね」

「でも、金主というからには無利子、ある時払いの催促なしっていうわけじゃないんでしょう?」

「もちろんですよ。そんなことやったら、店を持たせてやったところで、必死に取り組むわけがないじゃないですか」

中里は当然のようにいい、「月々の支払いは、店の売上げの三十パーセント。開業時にかかった費用の返済が終わるまで、支払い続けることが条件です」

メコンのソーダ割りに口をつけた。

「三十パーセントって、高くないですか」

「そんなことはありませんよ。利益分配方式のフランチャイズの中には、その程度のロイヤリティを取っているところもありますからね。それに、先ほどもいいましたが、出資するのは酒がメインの店で、料理を売りにするわけじゃありません。食材を仕入れる必要はほとんどありませんし、調理師だっていらないわけです。まして、隠れ家的に使うのは、芸能人や著名人、おカネに余裕がある客ばかり。銀座のクラブで、ワインを一本開けようものなら、市価の三倍、四倍じゃ済まない店なんて、ざらにありますからね。高いどころか、むしろ安いくらいですよ」

もちろん、兼重は銀座のクラブになんか、行ったことはない。

座っただけで何万円という話はよく聞くが、商売として成り立っているのは、法外な料金を払ってでも客が居着いていることの証左である。

「じゃあ、ビルの借主はその人ってことになるわけですか」

兼重はいった。

「もちろん、開業資金を返済した後も家賃は発生しますが、たぶん、その人は御社にお支払いする家賃に、少しばかりイロはつけて貸すんだと思いますよ」

「それ、又貸しじゃないですか」

「別に御社が、困るような話じゃないでしょう。貸借契約に、その旨を盛り込んであれば、いいだけの話なんですから」

中里はこともなげにいう。「それどころか、耐震の件は現状のままでかまわないし、エレベーターもこちらでリニューアルする。その費用は全て負担するっていうんです」

そんなうまい話があるのか？

「どうしてそこまでするんです？　改善しなければならないところがあるのなら、普通家主にやらせるものじゃないですか。エレベーターは建物の一部、つまり家主の資産ですし、出て行く時には原状回復。つまり備品や内装も含め、借りた時の姿に戻さなければならないわけです。古いエレベーターを処分しちゃったら、元通りになんてできないじゃないですか。どーすんですか、いったい」

俄には信じがたい申し入れに、兼重が訊ねると、

「その時は、置いていく。買取も不要だっていうんです」

中里はあっさりこたえ、「要は、好きにやらせてくれってことですよ」

と、いいながらグラスを置いた。

ますますわけが分からない。

「置いていくって――」

「兼重さん……」

中里が兼重の言葉を遮った。「最初にいいましたよね。ターゲットは芸能人や、著名人だって。あの手の人たちは、人の目を気にすることなく、呑める場所を常に探しているんです。考えてもみてください。誰しもがカメラ付きのケータイを肌身離さず持ち歩いている時代なんですよ。VIPルームだって、どこにカメラの目が光っているとも限らない。一億総カメラマンのようなもんなんです。あの人たちだって人間です。酔って醜態を晒《さら》すこともあれば、人目に触れたくはないひとときだってある。普通にしてたって、ある瞬間だけを切り取れば、スキャンダルをでっち上げることだってできるんです。だから仲間内しか利用できない、安心して利用できる隠

れ家的店への需要は確実にあるんです」

そういわれると、中里のいうことももっともなように思えてくる。

世間に名を知られた人間のスキャンダルを虎視眈々《こしたんたん》と狙っているのは、いまやマスコミだけではない。ＳＮＳが発達したいまの時代、誰しもが情報を発信する環境が整っているのだ。

何かを得れば、何かを失う。誰の言葉かは忘れたが、たぶん、それは本当のことなのだろう。功成《こうな》り名を遂《と》げ、大金を手にしても、今度は衆目の監視に晒される。一度スキャンダルとして情報が発信されれば、一転して地位も名声も失うことになりかねない。そのストレスたるや想像を絶するものがあるのだろう。

「あのビルは隠れ家として使うのに、全ての条件が揃っているっていうんですよ」

中里は続ける。「外見は古いし、なんたってコンパス通りは、昼間でさえ人通りが少ない。夜になればもっと減る。もっとも、その手の人を対象にするからには、店もそれなりにカネをかけなければなりませんし、エレベーターも古いままってわけにもいきません。客層に相応しいものを設置しなきゃっていいましてね」

「外見は、ただのビル。ドアを開けた瞬間から、世界が一変するってわけですか」

「その通りです」

中里は、顔の前に人差し指を突き立てると、グラスに手を伸ばした。「もちろん、中に入れるのは会員限定。インターフォンで解錠させるもよし、カードでロックを解除してもいい。それに、五階全部に店を入れれば、シャワー効果も見込めます」

「シャワー効果？」

「河岸を変えるにしても、ビルの外に出ることなく、中の移動で済むってことですよ。実際、銀座にはビルのテナントはクラブだけ。全階梯子《はしご》するって人たちも結構いるんですよ。一人、一組の客が、二軒三軒と梯子してくれたら、資金を出してやった店の売上げも上がるじゃないですか」

そこまで聞くと、中里の説明にも納得がいく。

何よりも、この提案は、いま築地うめもりが抱えているビルの使い道という問題を一気に解決できるという点では、決定打になり得る。しかも、築地うめもりが、びた一文のカネを出すこともなくというのがいい。

いまに至ってもなお、企画のひとつも上がってこないことからすれば、梅森だってあのビルで飲食をという考えを改めるに違いない。その時、解決策を自分が提示すれば……。

すっかり乗り気になった兼重だったが、まだ一つ訊かねばならぬことがあるのに気がついた。

「それで、耐震補強の方は？　まさか、それも金主が自己資金でやるというんじゃありませんよね」

そう訊ねた兼重に向かって、

「やりませんよ、そんなもの」

中里は、あっさりという。

「やらないって……。だって、客はＶＩＰばっかりなんでしょう。万が一のことがあったら

「……」

「確かにあのビルは古い。でもね、東日本大震災の時だって、東京では地震で潰れたビルはほとんどなかったじゃないですか。もし、東京が大地震に見舞われて、あのビルが崩壊するって時は、東京中が潰れたビルだらけになってますよ。そんなことになろうものなら、東京は終わりです。責任云々になるわけないじゃないですか」

中里は、傲然《ごうぜん》といい放つと、メコンのソーダ割りを美味そうに呑んだ。

3

「どうだ。就職活動はうまくいってんのが？」

栄作が訊ねてきたのは、赤羽駅の近くにある町中華の店でのことだ。

今年二度目の東京での催事販売も、明日が最後。日曜日の夜ともなると、さすがに外食をする客の姿はほとんどなく、店内には由佳と栄作の他に、二組の客がいるだけだ。

「うん……まあ、ぼちぼちというところかな」

「ぼちぼち？」

生中を口元に運んだ栄作の手が止まった。「由佳にしては、頼りねえ言葉だな。あんまり芳《かんば》しくねえのが？」

「そんなことないよ。今はどこも人手不足だから、新卒は引く手あまただもの」

「だったら、ぼちぼちはねえべさ。いいと思う会社があったら、世話になればいいんでねえが?」

「だからこそ慎重にならないといけないと思うんだよねえ」

由佳がジョッキに手を伸ばすと、「売り手市場ってのは、学生には有り難い環境なんだけど、企業の側は、とにかく人が欲しいんだもの、そりゃあ甘いことをいって、頭数を揃えようとするわよ。よくよく吟味しないと、入ってからこんなはずじゃなかったって後悔するはめにならないとも限らないし……」

ビールをちびりと口に含んだ。

「そすたら、内定を貰った会社もあるわけだ」

「まあ、ふたつほど……」

由佳は嘘をいった。

六月も半ばを過ぎ、就活戦線は早くも終盤だが、由佳はただの一社すら、会社を訪問していなかった。

留学生の友人から持ちかけられた、アメリカ企業への誘いは一旦は断ったものの、「父の会社は通年採用だから、返事は伝えずにおくわ。よく、考えてみることね」という言葉に甘えて、ペンディングになっているせいもあったが、それ以上に、ゴールデンウイークに目にした故郷の寂れよう、両親の今後のことを考えると、東京に、まして海外の職を求めることに後ろめたさを覚えたせいもあった。

「まあ、そんならいいんだげんともさ。返事を長引かせると、なんぼ人手不足だがらって、相手だっていつまでも待つわけでねえがらな。迷惑や不義理になるようなごどはしねえごどだ」

栄作は諭すようにいい、ジョッキをテーブルに戻した。

「分かってる……」

就活の話をすれば、嘘を重ねることになる。「ねえ、お父さん……」

由佳は話題を変えにかかった。

「ん？」

「あのさ、ゴールデンウイークに帰った時、お母さんから聞いたんだけど、お父さん、会社や漁協の人たちと、新製品の開発に取り組んでるんだって？」

「ああ、やってるよ」

「それ、どうなの。なんとかなりそうなの？」

「う〜ん……」

栄作は、汗が浮いたジョッキを見詰めながら短く唸ると、「いろいろやってるす、催事販売でも人気になってる商品も出てきてるんだけどな、いまひとつ狙い通りにはいがねえんだよな」

眉間に浅い皺を刻み、ほっと息を吐いた。

「ネット通販はどうなの？　催事販売をやると、ネットの売上げが伸びるっていってたじゃない」

「伸びることは伸びるよ。でもな、会社や漁協さカネは落ちでも、町さカネが落ちるかっていえば、そんなごどはねえ。潤うのは一部の人たちだけだがらな……」

「新鮮な海の幸を使った加工食品で、地域の活性化を図るのが狙いなら、会社の売上げが上がれば雇用だって生まれるし、いずれ町も活性化していくんじゃないの？」

「それじゃあ、いづのことになるか分からねえもの。その前に、町が廃れてすまったら、どうしようもねえべさ」

栄作はいう。

既に廃れた町の光景を見ているだけに、由佳は返す言葉が見つからず、押し黙った。

「なんだかさあ、最近催事販売さ出るど、ギャップを感じて空《むな》しくなるんだよなあ」

「ギャップ？」

「んだ」

栄作は頷く。「催事販売をやるど、本当によく売れる。お客さんの評判もいい。高齢者はネットが使えねえがら、俺だずが来るのを楽しみにしてくれるお客さんもいっぱいいる。それは何も、催事販売ばかりじゃなくてさ、都会で食品関係のイベントさ町の店が出店するど、お客さんがいっぱい集まってくんのさ」

岩手は食材の宝庫だ。

なにしろ、北海道を除いて一県あたりの面積は日本一、四国四県に匹敵《ひってき》する広さである。沿岸部は三陸《さんりく》の豊かな漁場に恵まれ、内陸に少し入れば山また山。中央には平地もある。山菜、野菜、果物、米も豊富に採れるし、酪農、畜産業も盛んで、全国に名を知られるブランド肉が数多くある。

「町さ残る若い人は減る一方だげんと、それでも故郷が廃れていくのをなんとかせねばならねえど、必死に町興しさ取り組んでいる人たちもいるんだ。望洋楼《ぼうようろう》の清《せい》ちゃん、知ってるべ?」

「うん、確か望洋楼、建て直したんだよね」

望洋楼とは、町にある老舗旅館のことで、岬の突端から太平洋が一望できることから名づけられたという話は聞いた覚えがある。震災前は、夏は海水浴客、秋は紅葉、春は新緑、冬の間こそ客足は多少落ちるが、新鮮な海の幸や山の幸を使った料理が評判で、それ目当てのツアー客で賑わっていたものだ。

清ちゃんとは、そこの跡取り息子で、確かもう四十歳を超しているはずだ。

「津波の被害からは逃れたげんとも、建物も傷《いた》んだす、そろそろ建て替えを考えねばど思ってだ矢先のごどだったがらな。それに、町は壊滅状態だ。高台移転が済む間は、お客さんも来ねえべす、清ちゃん、望洋楼を建て替えることにすたんだげんともさ……」

話の展開からして、望洋楼がどうなっているかは察しがつく。

由佳はいった。

「お客さん、あんまり入ってないのね……」

「やっぱり、前のようにはいかねえんだよなあ……」

栄作は深刻な顔をして、ため息をつく。「望洋楼ばかりでねえ、町にあった料理屋の中にも、再建した店はあんのだげんとも、どこも客の入りが思わしくなくてな、それで全国各地の食のイベントさ出店したり、町でも様々なイベントをやったりしてたんだけんとも、なかなか客足が続かねえんだよな……」

「続かないってことは、イベントには人が集まるのね」

「評判はいいんだよ」

栄作は、ジョッキに口をつける。「都会の食フェスでは主に、海鮮丼、ウニ丼、イクラ丼、それに銀鮭の養殖が盛んだから、サーモン丼も好評で、長い列が出来るし、牡蠣《かき》の養殖も回復したがらな。焼き牡蠣やフライも好評だす、最近ではラム丼も大人気でな」

「ラム丼?」

そんなメニューを耳にするのははじめてだ。

思わず問い返した由佳に向かって、

「俺が考えだんだ」

栄作は、ちょっと自慢げに胸を張る。「ジンギスカンといえば北海道のイメージが強いげんとも、岩手だってよく食べるす、タレの味が違うんだよな。それにラム肉は、なぜかなんぼでも食えるがら、ジンギスカンをやるとなると、つい肉を買いすぎてしまうのさ。で、余したところでしょうがねえがら、肉は焼いてすまって、タレと生ニンニクで漬け込んで、次の日の朝に食べるど、これがまた最高に美味いつうごどを思い出してな。一回、試しにやってみだらっていったのさ。そすたら、これが大受けでさあ」

ジンギスカンは、由佳の大好物だ。

　それも、タレにパンチのある岩手のジンギスカンに限ると思っている。実家で暮らしていた頃は、よく食卓に上ったものだが、さすがに二食も続けたことはない。

「なんだか、それ凄く美味しそう」

「いや、実際美味いんだ。ラム丼だけでねえ、他の料理にすたって、みんな一口食べた途端に、目え丸くして美味しいっていってけんだ。だども、問題は盛り上がんのもイベントの間だけ。町さ足を運ぶ動機には繋がらねえつうごどなんだよな……」

「そうよねえ……調理が必要な料理を、ネットで販売するってわけにはいかないものね」

「町でやるイベントも同じでさ。漁協が開催する海の幸のイベントには、周辺の町から人が集まって、大変な盛況ぶりなんだげんとも、終わってすまうどさっぱりになってすまうんだよな。最近では、浜も大分回復したどごろもあって、サーフィンをやる若い人もやってくるようになったす、魚影も濃いがら釣り客も増えてもきてる。活用できる観光資源は、たくさんあるのに、来るのは日帰りで済む、近隣地域の住民ばっかりなんだよな」

　いわれてみれば、ローカル食を知らしめることで、地域の活性化に繋げようと考えている過疎に悩む町は多い。

　実際、そうした食べ物を一堂に集め、覇権を競わせるイベントも数多く開催されているのだが、たとえグランプリを獲得しても、効果は一時的なものだし、狙い通り、地域活性化の起爆剤になったという話は聞いたことがない。

「サーファーだらけの海でサーフィンやるなら、町さ泊ってゆっくりサーフィンやればいい。釣りにしたってそれは同じだど思うんだよな。東京近辺にも、いい漁場があるべげんとも、三陸は魚の濃さが違うがらな。東京の人は、ヒラメなんか釣り舟一艘で一枚上がれば上等だど語っげんとも、三陸じゃそんなもんじゃねえがらな。思う存分遊んで、夜は美味いもん食ってってした方がなんぼいいがと思うす、できる環境は整ってんだげんともなあ」

栄作は心底残念そうにいう。

「イベントの時に、そうしたアピールをしたらどう？」

由佳は、思いつくままにいった。

「広告ビラを配布したりもしてんだけどさ、イベントには店が一杯出るがらな。しかも、期間限定だもの、お客さんだって美味い物をできるだけ多く食べたいと思うべさ。あんまり関心を寄せないんだよなあ」

これもまた、いわれてみればというやつだ。

日本最大の食のイベントといえば、東京ドームで行われる『ふるさと祭り東京』だが、確か十日間の開催期間中に四十万人を超す来場者が押し寄せると聞いた記憶がある。あの広いドーム球場を埋め尽くすほどの店が軒を並べるとなれば、人気を博しても知れたものだろうし、客だってこの時とばかりに、店を梯子するだろうから、好印象を抱いたとしても薄れてしまうことだろう。

「それでな、清ちゃん、町で店をやってる人たちと共同で、仙台とか東京とか、大きな街に店を出すことを考えたんだ」

「店？」

「町の漁港に揚がる海産物とか、食材を使った店さ。イベントで評判になった料理だけじゃなく、本格的な海鮮料理や肉料理、郷土料理を出す店でな。そこを使って、町の魅力をアピールしようっていうわけさ。要はアンテナショップだな」

「ちょっと待ってよ、お父さん。そんな店、東京でやろうと思ったら、大変なおカネがかかるわよ」

問題点はいくらでも思いつく。「アンテナショップだって、自己資金でやるのなら、経営として成り立たなければ、大変なことになるわよ。調理師だっているし、従業員だっているわけじゃない。それに、客の入りが見込める場所なら、家賃だって高額になる。催事の販売とはわけが違うわ」

「それで、いま清ちゃんから相談受けてんだよ……」

栄作は困惑した様子でいう。「父さんの会社、しょっちゅうデパートで催事をやってるから、この仕組みを応用して、飲食店をやれねえもんだろうがって……」

「それ、どういうこと？」

「地方の物産展に客が集まるなら、地方の料理を期間限定で出す飲食店があっても面白いんじゃねえがって。実際、県でやってるアンテナショップの中には、飲食店を増設したどこもあるしな」

「県がやってるアンテナショップに出店するとなれば、場所を変えなきゃならないじゃない。それに、催事場や食料品売り場には、調理場はないわよ」

「デパートの最上階は、レストラン街ど決まってっぺ？」

「じゃあ、そこで、期間限定の飲食店を出せばっていうの？」

「清ちゃんが語るには、どこのデパートさ行っても、寿司、天ぷら、イタリアンに蕎麦屋。まあ、そんなどごが精々だ。それなら、期間限定で地方の食材を使った料理の店や、ローカルフードの店を出せば、独自色も出せるし、客だってもっと頻繁にデパートを訪れるようになるんでねえがって……」

「で、お父さん、なんていったの？」

これもまた、問題だらけのアイデアだが、いきなり否定するのも気が引ける。

由佳は問うた。

「はっきり語って、ちょっと虫が良すぎるというが、デパートの側には、メリットのある話だどは思えねえんだよな」

栄作は苦い顔をしてビールを口に含む。「デパートが催事に熱心なのは、それ目当てのお客さんが集まるし、量も捌ける、つまり売上げも見込めるがらさ。そして、そのお客さんが、他の売り場に足を運べば、そこで何かを買ってけっかもせねがらだ。食堂街さ、地方の店を出したって、席数ってもんがある。食事をするどなれば、滞留時間だってそれなりに長くなる。催事販売のように右から左に代金と引き換えに商品渡して、はい終わりってわけにはいがねえす、客単価だって、催事の方が高いべさ。デパートには何一づどして、メリットはねえんだよな」

栄作は、由佳が直感的に思った問題点を上げてきた。

「だよねえ……」

由佳は頷き、「お父さん、それ清ちゃんにいったの?」

と栄作に問うた。

「それがなあ……」

「いってないの?」

「いえねえんだよ……」

栄作は、弱々しい声でこたえながら視線を落とした。「みんな、なんとかせねばならねえど、必死なんだもの。藁《わら》にもすがる思いで、考えた案だもの。清ちゃんだって望洋楼の経営者だ。こんな虫のいい話が通るわけがねえごどは、ちょっと考えれば分がるのに、そこさ考えが回らねえほどに、切羽《せっぱ》詰まってすまってんだよな」

「じゃあ、お父さん、どうするの?」

「清ちゃん、デパートの方さ、この案を持ちかけてみてくれねえがと語ってさ……」

「それ、受けたの?」

「駄目なのは、分がってる。それでもな、訊くだけは訊いてみべと思ってんだ。俺がそう思っても、デパートの人が、そのままでは駄目だげんとも、こんな方法ならできるんでねえが。別の案を出してけねえども限らねえす……」

間違いなく、そんなことにならないことは父親も分かっている。

百も承知で訊いてみるのは、町の活性化に心血を注いでいる仲間たちの熱意に、少しでも力になれれば、僅かでも望みがあるのなら、やってみるべきだという心情の表れだ。

思いがそこに至ると、由佳は切なくなった。そして、無力感を覚えた。

苦しんでいる町の人の力になることができない。これなら、という策の一つも浮かばない。そんな自分が、情けなく思えてきた。

二人の間に、短い沈黙があった。

「なんだか、つまんねえ話になってすまったな……」

そんな由佳の気配を察したものか、栄作は口を開くと、「まあ、町のことは、町の人さ、まかせておけばいい。ところで、どうだ、バイトの方は」

一転して明るい声で訊ねてきた。

第五章

1

「どう?　実家の方は落ち着いた?」

万石の近くにあるバーのカウンターで、隣に座る籠目が訊ねてきた。

「お陰様で……」

順平は軽く頭を下げた。「会社が残っていたら大変なことになっていたでしょうが、親父が生きている間に整理してしまいましたからね。ホント、やることが何もないんですよ。築地の移転がきっかけだったとはいえ、こうも綺麗さっぱり片づいていると、なんだか自分の死期が近いことを悟って、終活をしてたんじゃないかと切なくなっちゃって……」

それは紛《まぎ》れもない順平の本心だった。

父親の葬儀には、籠目と重則が金沢から駆けつけた。生花も万石とは別に、籠目、重則の両名の名前で出してくれた。店を休業するわけにはいかず、葬儀への参列が叶わなかった万石の従業員も、生花を出してくれた。

結局、順平は一週間ほど万石を休むことになってしまったのだが、両親は東京、順平は金沢と、それぞれが離れて暮らしていても、その程度の期間で済んだのは、厄介事が一切なかったからだ。

「終活かぁ……」

籠目はしんみりという。「ご立派だよなあ……。立つ鳥跡を濁《にご》さずというけどさ、これが簡単にはいかないもんなんだよなあ。特に一家の主ともなると尚更だ。本人が始末したつもりでも、会社や資産はそう簡単には処分できないからね。僅かなカネでも、実の兄弟姉妹が入り乱れての争奪戦がはじまるのが世の常だ」

「うちは、兄貴が早くに亡くなったので、子供は私しかいませんので……」

「そうか……そうだったね……」

籠目は、ちょっと気まずそうにいい、

「うちも、亜佑子一人だから、その点は心配しなくて済むんだが、ジュンペイちゃんの場合、問題はお母さんだよな。葬儀でお会いした時はお元気そうだったけど、いずれジュンペイちゃんが面倒を見ることになるんだもんな」

閉店間際に「一杯やりにいかないか」と声をかけてきたのは籠目だったが、誘った狙いが読めてきた。

「いますぐにどうこうするつもりはありません。お袋だって、一人暮らしができるうちは東京で暮らすというでしょうし、いよいよとなったら、金沢に呼び寄せるつもりです」
「お母さん、江戸っ子だったよね？　他所《よそ》の土地で暮らしたことがないのに、東京を離れること
に同意するかな」
「願い通りの老後を送らせてやりたいのは山々ですけど、順番からいえば、お袋が先にいなくな
ってしまうんです。冷酷に聞こえるかもしれませんが、私の人生は私のものですから……」
籠目はショットグラスに手を伸ばし、正面の壁を遠い目で見詰めながらスコッチを啜ると、ホ
ッと息を吐く。
「そうだよな……。子供の人生を変えてまで、思うがままの老後を過ごしたいなんて親はいない
よな……」
「それにお袋、金沢には何度も来てますし、むしろこっちで暮らすことを望むんじゃないかと思
うんです。築地の場内が残っていたら別でしょうけど、跡形もなく消えちゃったし、豊洲には築
地のおもかげなんか、これっぽっちも残っちゃいません。その点、金沢の中央卸売市場って、ど
こか築地の雰囲気に似てますからね」
「じゃあ、ジュンペイちゃんは、ずっとうちにいてくれるわけだ」
「もちろんです。万石に骨を埋めるつもりでやってきたんですから」
思った通りだ。
籠目はいずれ自分が万石を去るのではないかと心配し、今後の方針を探るためにここに呼び出
したのだ。

順平はショットグラスに手を伸ばすと、

「辞めてくれといわれない限りは」

冗談めかした口調で、目元を緩ませた。

「そういってくれて、安心したよ……」

籠目は、そこでまたひとつ、ホッと息を吐いた。

おや……と思った。

話の展開からすると、安堵のため息のはずだが、どうも違う。難題でも抱えているような重苦しい息のように感じられたからだ。

果たして籠目はいう。

「ジュンペイちゃん、例の支店のこと、僕の考えを重則君に話してくれたんだってね」

「ええ……。若旦那は私の話……旦那さんが抱かれている懸念をよく理解してくださったようでしたけど？」

「揉めてんだよなあ……」

籠目は、困惑した様子で頭を抱えながら上半身をのけぞらせ、天井を仰《あお》いだ。

「揉めてる？」

「重則君、亜佑子にそれとなくいったっていうんだ。最終的に目指す店のコンセプトは決まった。そろそろ現実的なプランの作成に取りかかろうって……。そしたらさ、亜佑子のやつ烈火のごとく怒り出したそうでね」

「どうしてです？　あのプランはあくまでも叩き台で作ったもので、あの通りの店を作るっていうわけじゃない。若旦那、そういってましたけど？」

「亜佑子も最初はそのつもりだったらしいんだけどさ……。ただのトレースとはいえ、実際に夢の形を見ちまうとさ……」

籠目はそこで語尾を濁すと、「まるで、ワンランク上のモデルルームを見ちまった客の反応だよ」

苦々しい顔で漏らした。

「それ、どういうことです？」

意味するところが理解できず、順平は問うた。

「マンションのモデルルームってさ、平均販売価格帯よりワンランク、ツーランク上の価格帯のものを用意するだろ？」

「いわれてみると、そうかもしれませんね」

「マンションを買うなんて一生に一度のことだからね。あと数百万出せば、こんないい部屋で暮らせるのかと思うんだろうな。どうせ買うならと、ワンランク上の物件の購入を考えはじめる客が結構いるって、不動産会社の人間から聞いたことがあってね。そして、大抵は嫁さんの方だって……」

「それが、亜佑子さんに当てはまるってわけですか？」

「家計を握っているのは、大抵嫁さんだ。オーバー分のローンをどうやって捻出《ねんしゅつ》するかを考えはじめる。子供の教育費は減らせないけど、自家用車をカーシェアリングに変え、食費を切り詰め、旦那の小遣いを減らせばなんとかなるんじゃないかって……」

「旦那の小遣いって……そりゃあ、ないすよ。ローンを支払い終えるまでの何十年もの間、満足に小遣いも貰《もら》えない境遇《きょうぐう》に耐えろだなんて、むご過ぎますよ。第一、マンションのローンなんて、ほとんどの人が支払えるギリギリの線で組むわけじゃないですか。数百万も上回ったら、銀行の審査が——」

通らない、と続けようとした順平を遮って、

「もちろん、審査が通ればの話さ」

籠目はいった。「通らなきゃ、嫁さんも諦めるだろうが、通れば支払い可能って銀行のお墨付きを貰ったことになる。不動産屋の営業マンも、その辺を見越した上でワンランク上の物件を薦《すす》めることも、結構あるらしいんだよ」

そんな話ははじめて聞くが、あり得ない話ではないかもしれない。

営業マンの評価が売上額にあるのは不動産業界に限ったことではない。そして、営業マンは例外なくノルマを課されている。一生に一度、最高に値が張る買い物という客の弱みにつけこみ、ダメ元でワンランク上のより高い金額の物件を勧めにかかるのはあり得る話ではある。

「でも、今回の計画では、いわば旦那さんが銀行になるわけじゃないですか。審査の結果、満額融資には応じられない。もっと身の丈《たけ》に合った、物件、規模でね。夢の店を出すのは、商売が順調にいった時点で、改めて実現に向けて動き出せばいいじゃないか。そうおっしゃれば済む話で

しょう」

確かに籠目は亜佑子に滅法《めっぽう》甘い。亜佑子もまた、跡取りの一人娘として育てられただけに、お嬢様気質を隠せない。一度いい出したら、自分の意向は決して曲げることがない頑固者でもある。従来の籠目家の方針ならば、亜佑子には万石の後継者として経営の才に長《た》けた、これぞと見込んだ婿《むこ》を迎えるところが、料理人、それもイタリアンのシェフである重則を迎えたのもその現れだ。

こんな籠目の姿を目の当たりにすると、経営者としてどうかとは思わないでもないが、亜佑子だって生まれたその時から、万石の経営者となることを宿命づけられてきたのだ。そして、百五十年も続いてきた万石を引き継いでいく重圧を熟知しているのは誰でもない、籠目である。親として、籠目の心のどこかに、亜佑子にそんな人生を歩ませることへの、申し訳ない気持ちがあり、それが甘さに繋がっているのかもしれないのだが、それにしてもだ……。

順平の厳しい指摘に、籠目はすぐに言葉を返さなかった。

二人の間に沈黙が流れた。

やがて籠目は、スコッチを口にすると、グラスをカウンターの上に置きながら口を開いた。

「ジュンペイちゃんの家の不幸を引き合いに出すのもなんだけどさ。僕だって、いつ何があっても不思議じゃない歳だからね。僕がぽっくり逝《い》っちまったら、亜佑子のことだ。絶対にあのプランを実現するに違いないんだ」

「そんな、縁起でもないことといわんでくださいよ」

慌てて言葉を返した順平だったが、籠目はそれを無視して続ける。

「あんな店を東京に出そうものなら、いくらかかるか分からない。失敗しようものなら、万石は間違いなく危機に直面する。もし、倒産なんてことになったら、従業員全員の生活が崩壊してしまうことになってしまう」

確かにトレースを見ただけでも、洒落《しやれ》にならないほど多額の資金が必要になるのは明らかだ。まして、万石は懐石料理の料亭だ。昼のランチは、万石の味を知ってもらい、夜の部に繋げるのが目的だから、客単価はそれほど高くはないし、利益率もそう高くはない。それに懐石はコース料理で一品ずつ出すものだから、客の滞在時間は長くなる。つまり収益率を高めるためには、店を拡大して、客の回転数を上げるしかないのだから、籠目の心配も杞憂《きゆう》とはいえない。

嫌な予感を覚え、順平は身構えた。

こんな話をするからには、何か頼みごとがあるに違いない。いや、絶対にある。そのつもりで、俺をここに呼び出したのだ。

「それでね、ジュンペイちゃん……」

ほ〜ら、やっぱりそうだ。

「な……なんすか……」

「ジュンペイちゃんに頼みがあるんだよ」

「まさか、亜佑子さんを説得しろってんじゃないでしょうね」

順平は慌てて返した。「そんなの無理っす。若旦那や旦那さんに説得できないものが、私なんかに――」

「そうじゃないよ」

籠目は順平の言葉を遮ると、「亜佑子のやつ、重則君にこういったんだそうだ。このとおりの店をやるのが無謀《むぼう》だっていうなら、その現実的なプランてやつを作って見せてくれって……」

反応を窺うような眼差しを向けてきた。

「まさか、それをやれっていうんじゃ……」

一難去ってまた一難とはまさにこのことだ。

支店を出すか出さないかなんて、社長のあんたが決めることじゃないか。なんで、一従業員に過ぎない自分がそんな役目を仰せつからないとならないんだ。

そう返したいのは山々だが、籠目は社長である。一従業員だからこそ面と向かっていえないことがある。

「頼むよぉ、ジュンペイちゃん」

籠目は顔の前で手を合わせ、懇願《こんがん》する。「重則君も困り果ててんだ。重則君も助けを必要としてるんだよ。僕がやれば、押さえつけたことになっちゃうし、亜佑子は心から納得しないと思うんだ。それに、あっというようなプランをつきつけて、一度亜佑子をぎゃふんという目に遭わせてやらないことには、人の意見に耳を貸すようにはならないとも思うんだ」

「だから、それ、どうして私が――」

やらなきゃならないんですか、と続けようとした順平を遮って、

「ジュンペイちゃん、万石に骨を埋めるつもりだっていってくれたじゃない」

といい、止《とど》めの言葉を吐いた。「だったら、ジュンペイちゃんにとっても、この話は他人事《ひとごと》じゃないだろ？　万石にもしものことがあったら、ジュンペイちゃんにとっても一大事じゃないか」

「そりゃ、そうには違いありませんが……」

「頼む、この通りだ！　お願いだからさ」

再び、頭を深く下げ、懇願する篭目を目の当たりにすると、もはや断ることはできない。

順平は、ため息をつきたくなるのを堪え、

「分かりました……。私も、考えてみます……」

ショットグラスに残ったスコッチを一気に飲み干すと、「でも、お嬢さんを納得させられるプランが浮かぶかどうか、自信はありませんがね……」

順平は、篭目の頭越しに念を押した。

2

二人連れの外国人が『寿司処うめもり』六本木店にやってきたのは、閉店時間が一時間後に迫った午後十時、少し前のことだった。

東京には不夜城と称される繁華街がいくつもある。六本木はその代表的な街だが、さすがにこの時間ともなると客足は鈍くなる。

バイトとして働きはじめた直後から、外国人の接客は由佳の担当となっていた。最近では東京の観光情報を伝える英文サイトに、『寿司処うめもり』六本木店には、英語でフルコミュニケーションが取れる素晴らしく親切なウエイトレスがいると評判になっていたこともあって、来店早々旧知の仲のように由佳に話しかけてくる外国人も頻繁に来店する。

今日のカップルもその例に漏れず、席につくなり女性が、

「あなたが、ユカ?」

いきなり名前を問うてきた。

「ええ」

由佳が笑みを浮かべながらこたえると、

「私、リサの友達でゲイル。新婚旅行で訪れた日本で、素晴らしい寿司と、ホスピタリティ精神に溢れるサービスを提供する店に出合った。しかも英語が不自由なく通じるのよって熱く語るものだから、絶対行かなくちゃって真っ先に訪ねてきたの」

歳の頃は三十代半ばといったところか。長い黒髪を後ろに束ねたゲイルがいった。

一度来店しただけだが、リサのことはもちろん覚えている。

「リサはお元気ですか?」

由佳が訊ねると、

「もちろん！　まだハネムーンの真っ只中《ただなか》ですもの」

ゲイルはウインクをしながらクスリと笑い、「実はね、新婚旅行先に日本を勧めたのは私なの。安全だし、清潔だし、飛び切り美味しい食事に素晴らしく親切な人たちがいて、伝統と近代美が見事にマッチしている国だから、是非行くべきだって」

少しばかり誇《ほこ》らしげにいった。

このバイトをやって良かったと思うのは、こういう言葉を聞く時だ。

来日する外国人観光客が激増しているのは事実だし、ネットの反応を見れば好意的どころか日本を絶賛するコメントがやたら目につく。それだけでも嬉しいのだが、やはり自分の接客を賞賛《しょうさん》する言葉を直《じか》に貰うと喜びも倍増する。

「そういっていただけるのは、本当に光栄です」

丁重に頭を下げた由佳に向かって、

「私は今回七度目の来日なんだけど、本当に奥が深い国よねえ」

ゲイルはいう。「東京のような大都市から地方に行くと、自然も気候も文化も食べ物もがらりと変わる。季節によって景色も一変するし、その土地ごとに伝統的なお祭りや食べ物があって、本当にバラエティに富んでるの。もう、来る度に驚きの連続だわ」

いかにもアメリカ人らしく、ゲイルは大袈裟《おおげさ》に目を丸くし、驚きぶりを強調する。

「日本は島国で交通手段が発達する以前は、人の移動があまりありませんでしたから、その土地ごとに、独自の文化や慣習が根付いていているんだと思います」

「日本は多様性に乏しい国だっていう人もいるけど、それは大間違いだわ。そりゃあ目に見える形での多民族国家じゃないけれど、アメリカに比べれば、よっぽど多様性に富んでいるわ」

「ゲイル、そんな話は後にして、まずは食事だ。ぐずぐずしてると閉店になってしまうよ」

その時、隣の席に座っていた男性が口を挟んだ。

年齢は彼女とほとんど同じ。口の周りに髭《ひげ》を生やしている一方で、頭の頂点は見事にはげ上がっている。

「こちらは私の主人」

「ケント・グッドマン。はじめまして」

「寿司処うめもりにようこそ」

「リサはここで食べた『バクダン』を大絶賛してね。ところが、ゲイルは六回も来日して、すっかり日本通を気取っていたのに、バクダンなんて一度も食べたことがないし、名前すら知らなかったんだ。それで、是非食べなくちゃって、ホテルにチェックインしたその足で、ここへ直行して来たってわけなんだ」

ケントはニヤニヤ笑いを浮かべながらゲイルを横目で見る。

「じゃあ、早速バクダンをご用意しましょうか？」

ユカが訊ねると、

「もちろん！　それと旬《しゅん》のお魚の刺身盛り、中トロのマグロを入れてね。それから、お酒は最初は生中、次にお勧めの地酒をぬる燗《かん》で。握りはお好みにするわ」

いかにも日本通といったように、ゲイルは慣れた様子で注文を告げてきた。

「かしこまりました……」

板前に注文を告げた由佳は、早々に生中の支度に取りかかった。

その間に、厨房に向かって「ご新規さん、二名様」と告げると、昭輔がすかさず突き出しの支度に取りかかる。

今日の突き出しは、白バイ貝の煮付けとナガラミだ。

生中と共に、それを二人の前に置くと、

「これは?」

と、ゲイルが興味深げに訊ねてきた。

「大きなのは白バイ貝、小さいのはナガラミ。どちらも岩場に生息している貝です」

「どちらもエスカルゴと、その子供って感じだね」

率直な印象を口にしながら、二種類の貝に見入るケントに向かって由佳はいった。

「白バイ貝は醬油《しょうゆ》と味醂《みりん》で煮付けてあります。ナガラミは海水とほとんど同じ濃さの塩水でボイルしたものです」

最近は調理方法を訊ねる外国人が結構いるので、事前にレシピを昭輔から聞くようにしている。

由佳が解説すると、

「君、いままで食べたことある?」

ケントがゲイルに向かって訊ねた。

「こんなのはじめて……」

ゲイルは早々にスマホを手にし、写真を撮りはじめる。

「良かったな。これでまたひとつ記事が書けるじゃないか」

「記事？」

その言葉に由佳が反応すると、

「彼女、フードライターなんだ。アメリカの富裕層向けの情報誌にコラムを持っていてね。以前はヨーロッパの有名レストランを食べ歩いては、店の紹介と料理の評論を書いていたんだけど、最初の訪問で、すっかり日本の食文化に嵌《は》まっちゃってね。以来、取材対象は日本一辺倒になっちゃったんだよ」

アングルを変えながら、夢中で写真を撮り続けるゲイルにケントは目を細める。

「これ、どうやって食べるの？」

「爪楊枝《つまようじ》を身と殻《から》の間に差し込んで抜き取るんです。よろしかったら、お手伝いしましょうか？」

「是非……」

まずは塩だけのシンプルな味付けのナガラミからだ。

由佳は爪楊枝を巻き貝の中に差し込み、慎重に身を抜き取った。

「……これ……本当に食べられるの？……」

たぶん、先端部分でとぐろを巻く、肝《きも》の部分が不気味に思えたのだろう。

ケントはドン引きして、あからさまに眉を顰める。

「経験上、日本人が食べるものは、見た目はグロテスクでも美味しいのよ。じゃなかったら、豚骨ラーメンにアメリカ人が嵌まると思う？　いまだからこそ、みんな夢中になってるけど、一昔前なら豚の骨を煮詰めたスープだって？　そんなの人間の食べるもんじゃないよ、って反応が返って来るのがオチってもんだったのよ」

そうはいうものの、やはりゲイルも覚悟がいるらしく、生中に口をつけるとナガラミをしげしげと見詰め、

「なんだか、ワクワクするわ」

といいながら二度三度、平手で胸を叩くと、意を決したようにえいやとばかりに口に入れた。

大抵の場合、本当に美味しいかどうかの反応は、次の動作に現れる。

美味しければ、そのまま咀嚼《そしやく》しながらじっくりと味わう。不味ければ、慌ててビールで流し込むのいずれかだ。どちらが気に入った反応かはいうまでもない。

ゲイルはゆっくりと……というか、恐る恐るといった態《てい》で口を動かすと、やがて片眉を吊り上げながら目を見開き、フ〜ンと鼻を鳴らした。

「美味しい……凄く美味しい」

果たしてゲイルはいう。「嚙めば嚙むほど貝の身から旨味が滲み出してくるし、肝の部分はまるでレバーのパテね。小さいんだけど、むしろそれがいいわ。なんていうのかな。身と肝が口の中で渾然一体《こんぜんいつたい》となるの。そう……もっと食べたい。後を引くのよ。こんなのはじめて」

さすがにフードライターを生業《なりわい》としているだけあって、ゲイルの表現は素人離れしている。

「ほう……。じゃあ、僕もひとつ……」

咀嚼するごとにケントの眉が開きはじめる。「ほんとだ……。美味いな……これ……」

ケントはおもむろにジョッキに手を伸ばすと、ビールを飲んだ。

明らかに不味い時の反応とは違う。

「う～ん……、これ、ビールに凄く合う！　最高のツマミだよ！」

果たしてケントは唸った。

「ナガラミは、日本各地の岩場で簡単に獲《と》れるんです。私の故郷では、ナガラミを獲るのは、高齢になって力仕事ができなくなったお婆ちゃんたちで、海水浴シーズンには露天で塩茹《しおゆ》でにしたナガラミを売って、現金収入にするんです。私が小さい頃は、おやつとしてよく食べたものです」

由佳の言葉に、

「ユカの故郷はどこなの？」

ゲイルがすかさず訊ねてきた。

「岩手です。東北の……」

「東北って……もしかして、津波で大きな被害を受けた地域？」

「ええ……。私も弟と祖父母を亡くしました……」

「そう……そうだったの……それはお気の毒に……」

二人は神妙な顔をして、口を噤《つぐ》んだ。

「私の故郷も、想像を絶する被害を受けましたけど、被災地の復興も大分進みました。でも、多くの人が亡くなりましたし、生活基盤を他所に移した人もたくさんいて、すっかり寂れてしまって……。それでも、なんとか地域を活性化させようと、みんな必死で取り組んでいるんです。被災地の主力産業は、農漁業や畜産業といった一次産業ですから活性化の鍵は食にあると、みんな分かってるし、美味しくて珍しい食材もあれば、高級食材をふんだんに使った料理も都会より格段に安い価格で食べられるんですけど、なかなか地方にまで足を運んでくれる人がいなくって……」

由佳の言葉に聞き入っていた、ゲイルはそこで短い間を置くと、

「フードライターからすると、日本って本当に悩ましい国なのね」

真剣な眼差しを向けてきた。「日本は七回目だけど、私はまだ、東京とその郊外、大阪、福岡にしか行ったことがないの。それはね、驚くほど多くの種類の食べ物があって、それがまた、どれもこれも抜群に美味しくて、しかも来る度に新しい食べ物が登場しているからなの。フレンチやイタリアン、私たちアメリカ人の国民食であるハンバーガーだってそう。狭いエリアで食べ物が、驚くべき速さで進化しているからなの」

「コンビニのサンドイッチだってそうだよね。タマゴサンドや生クリームに果物を挟んだサンドイッチをはじめて食べた時には驚いたなんてもんじゃなかったからね。おにぎりにしたって、来る度に新商品が出てるんだもの」

ケントは感嘆しながらゲイルの言葉を補足する。

「最近ではリピーターも増えて、地方の様子をＳＮＳで発信する外国人が増えているから、日本各地に素晴らしい料理があることは知ってるし、もの凄く興味あるんだけど、食べるって行為には限界ってものがありますからね。それで、つい大都市で足が止まってしまって、地方には足が延びないでいるの」

「東京には日本各地の料理を出す店がたくさんありますし、海外の有名レストランも出店していますから、居ながらにして各地の料理が味わえるって便利さは確かにあるんですけど、その土地の味が再現できているかといえばそうじゃないと思うんですよね」

ゲイルの言はもっともなのだが、つい反論に出てしまったのは、父親に聞かされた町興しに知恵を絞っている人たちのことが脳裏に浮かんだからだ。

由佳は続けた。

「東京に出店している海外の有名レストランにいったことはありませんが、多分、本店と東京の店とでは微妙に味が違うと思うんです」

「その通りね。食材も微妙に違うし、味付けも日本人の口に合うように変えてありますからね。だから面白いともいえるんだけど……」

「面白いといえるのは、食べ比べてみたからこそのことでしょう？」

「確かに、そうね」

「地方では当たり前に食べられている食材でも、商業ベースに乗せたくても量が絶対的に不足していて、東京では食べられないものがたくさんあるんですよ」

「へえ〜っ、そうなんだ」

ゲイルは興味を覚えたらしく、「量が不足している食材って、どんなものがあるの？」

すかさず訊ねてきた。

「私の故郷の周辺だと、川蟹や山菜なんかがそうですね」

由佳は思いつくままをこたえた。

「川蟹って？」

「外見は上海《シャンハイ》蟹に似てるんですけど、岩手ではそれを擂《す》り潰《つぶ》して味噌汁にするんです。山菜は本当に種類が多くて、東京で出回るのは、その中のごく一部。珍しい山菜のほとんどは、地元の郷土料理の店か、高級料亭でしか食べられないと思いますよ」

「商業ベースに乗るほどの量がないのは、資源的に不足しているからなの？」

ケントが口を挟んだ。

「それもあるんですが、地方の高齢化が進んだ影響の方が大きいでしょうね」

由佳はいった。「川で漁をするにも、山菜を採り歩くにも、体力がいりますからね。歳を取れば毎日出歩くのは大変ですし、重い物を持ち歩けませんので……。それに山菜は野山に自生するものですから、一斉に芽吹き出す。収穫に適した期間が、精々一週間程度なんです」

「もったいない話だねえ」

ケントはしみじみといい、「採る人間がいなくなれば、いずれ地方の食文化も廃れてしまうじゃないか」

なんともやるせない表情を浮かべる。

「だから、なんとかしようと、地元の人たちは必死に知恵を絞ってるんです。地方を訪ねれば、ご当地ならではの食材がある、郷土料理がある。それを知って貰えれば、食目当ての観光客が訪れるようになる。そうなれば、雇用も生まれ若い人たちも戻ってくるんじゃないかと……」

この時間ともなると、さすがに来客も途切れる。ケントとゲイルが、今日の最後の客になるだろう。

「お待たせしました。バクダンと刺し盛りです」

板前が二人の前に、注文の品を置いた。

「ごめんなさい。長々とお話ししてしまって……」

由佳は、頭を下げると、「エンジョイ・ユア・ディナー」

厨房に去ろうとした。

「ユカ」

呼び止めたのはケントである。「それって、日本の地方に共通した問題なの？」

「ええ……そうですけど？」

「だったら、同じ問題に直面している人たちが、一丸となって知恵を絞ったらどうかな？」

「えっ？」

「一人よりも二人、二人よりも三人。知恵を絞る人の数が多くなれば、アイデアもたくさん出るものだし、おカネのかかるアイデアでも、人の数が多くなれば個々が負担する金額も少なくて済むだろ?」

「でも、そんなことができるんでしょうか。地方の活性化は、全国の自治体がずっと前から取り組んできていることなんです。それでも、これといった策が――」

「それって、自治体任せじゃ埒《らち》が明かないってことの証拠じゃないか」

ケントは由佳の言葉が終わらぬうちに断言する。

そんなことは考えてもみなかった。

虚《きょ》を衝《つ》かれ、黙った由佳にケントは続ける。

「どこの国でもそうだけど、自治体の運営資金は税金だ。何をするにせよ、まず公共性有りき。だからどうしても動きが鈍くなる。それに公金を投じるからには失敗は許されないから前例なき策は絶対に出てこない。結果的に毒にも薬にもならない、ありきたりなことをやって終わってしまうんだよ」

ケントの言には一理も二理もある。

もちろん、故郷の人たちは自治体をあてにすることなく、自分たちの力で打開策を見出そうと努力しているし、異なる組織に身を置く人間たちが一丸となって取り組んでいる。しかし、その対象を全国に広げるというのは考えてもみたことがなかった。

由佳は目から鱗《うろこ》が落ちる思いがして、その場に佇《たたず》んだ。

「ユカはスマホを使うよね?」

ケントは唐突に問うてきた。

「もちろん」

「どこのスマホを使っている?」

「iPhone……アップルですけど?」

「検索エンジンは?」

「グーグルです」

「そして、フェイスブックを使い、アマゾンで買い物をしている」

「ええ……」

「いまをときめくGAFA《ガーファ》をフルに活用した暮らしを送っているわけだけど、これらの会社は全てベンチャー。創業以来、半世紀にも満たない僅かな時間で、世界を制覇する企業に成長したんだよ。それはなぜだと思う?」

そう問われても、俄にこたえは思い浮かばない。

いずれの企業も、スマホやネットを使いはじめた頃にはすでに存在していて、あって当たり前。使って当然のものばかりだったからだ。

ケントはいう。

「彼らには明確なビジョンがあったからだよ。そして、そのビジョンを実現するためには、全てを自分自身で行わなければならない。組織に属するのではなく、起業家の道を選んだからだ」

ケントのいわんとすることが漠としていて、いまひとつよく理解できない。

由佳は黙って先を待つことにした。

「GAFAが行っているビジネスは、その気になればやれる大企業が当時だってたくさんあったんだ」

果たして、ケントは続ける。「でもね、ユカ。大企業が手がける新しい事業ってのは、失敗は許されない。それに、ビジョンを打ち出した人間が、必ずしも仕事を任されるとは限らないものなんだよ」

そこまで聞けば、ケントがいいたいことが分かってくる。

「失敗が許されないとなれば、無難な線で纏《まと》めようとするでしょうし、そもそもリスクを冒してまで、大胆な構想を掲げはしないでしょうからね。自治体と大企業は、似た者同士とおっしゃりたいわけですね」

「その通り……」

ケントは人差し指を顔の前に突き立てて、目を細めた。

「ケント、もうよしなさいよ」

ゲイルが制した。「旅行に来てるのよ。まるで仕事をしているみたいじゃない」

「いや、悪い悪い……少しでも役に立ちたくてね、つい……」

「ごめんなさいね、ユカ。この人、経営コンサルタントをしているもんだから……」

「そんな……。とてもいいお話を聞くことができました。お礼をいわせていただきます」

由佳は姿勢を正すと、「ありがとうございました……」

本心からいい、頭を下げた。

「さあ、いただきましょう。はじめてのバクダン」

嬉々としたゲイルの声を背中に聞きながら、由佳は厨房に入った。

同じ問題を共有するもの同士……。対象を全国に広げてか……。

胸中でケントの言葉を繰り返しながら、ふと視線をやったその先に、掲示板があった。数枚の社内通達が貼られた中に、いささか古くなった一枚がある。

新規事業を公募したものだ。

今まで何度目にしたか分からない。ついぞ関心を抱いたことがなかった通達が、いまこの瞬間、全く違って見えてきた。

同じ問題を共有するもの同士……。対象を全国に広げて……。

由佳の足が自然に止まった。

そうか……。その手があるかもしれない……。

由佳はその場に立ち止まり、掲示板に貼られた通達を食い入るように読みはじめた。

3

「社長、ちょっとよろしいでしょうか……」

兼重が社長室にやって来たのは、梅森が出社してほどなくのことだった。

社長室といってもたいそうなものではない。事務フロアーの一角に設けた二十畳ほどの個室で、備品も社員が使うものと同じだし、応接セットも二人掛けのソファーが二つあるだけだ。

「もちろん」

梅森は執務席から立ち上がると、「ちょうど、お茶を淹れようと思っていたところだ。君も飲むか？」

兼重に向かって訊ねた。

梅森は秘書を持たない。スケジュールは自分で管理できるし、移動にも公共交通機関を使う。バブルの頃ならともかく、日本全国どこへ行ってもタクシーを捕まえるのに苦労はしないし、スマホのアプリを使えば、あっという間にやってくる。もちろんカネが惜しいのではない。地位の高さを見せつけるために、カネを使うことに価値を見出せないのだ。本来ならば、社長室でさえ不要と考えているのだが、あえて設けたのは社員の耳に入っては好ましくない話題もあるからだ。

「頂戴します」

梅森は、二つの湯飲みにたっぷりと注いだ茶を手にすると、その一つを兼重の前に置き、ソファーに腰を下ろした。

「さて、何の話かな」

梅森が問うと、

「例のビルの件です」

兼重はいった。

「企画が出てきたのか?」

「いえ、そうじゃありません。今に至っても、ただの一件も上がってきてはおりません。全くの無反応です」

ビルの件と聞いた時に、一瞬芽生えた淡い期待がたちまちのうちに消え失せていく。

「そうか……ただの一件も上がってこないか……」

梅森は、そう呟きながら淹れたばかりの茶を音を立てて啜った。

「これだけ時間が経っているのに、問い合わせ一つありません。全店舗の掲示板には、いまだ回章が貼られているにもかかわらずです」

なんとも悲しい話だ。

コンパス通りが商業店舗に向かない場所なのは確かだとしても、五階建てのビルを丸ごと一つ使い、会社のカネを使って新しい事業をはじめるチャンスは滅多にあるものではない。まして、飲食産業はレッド・オーシャンと称される、血で血を洗う激烈な競争を強いられる環境下にある。築地うめもりの経営は順調だが、ずっと続くという保証はどこにもないのだ。危機感を覚えて当然なのに、全く反応ナシとは……。

梅森は、失望を覚えた。

「なにも百点満点の企画を出す必要なんかないのにねえ……」

梅森は思わず漏らした。

「そうはいっても、下手な企画を出そうものなら、能力の低さを自ら晒してしまうようなことになりかねませんからね。みんな組織の中で生きているサラリーマンですから、採用されなかった時のことを恐れて、尻込みしてしまうんじゃないでしょうか」

兼重の言に一理あるのは確かだが、それでもやはり情けなさが込み上げてくる。

「しかしねえ、今日の暮らしは明日も続くって時代じゃないんだよ」

梅森の口調は、自然と愚痴めいたものになった。「寿司だってネタがいいから、職人の腕がいいからってだけじゃ客は呼べないからね。回転寿司だってネタの良さを売りにしているわけだし、実際クオリティーはかなりのレベルに達してる。しかも、あっちは大量仕入れでコストダウンをも可能にしている。いまのうちの事業形態が、いつまで通用するか分からないんだ。寿司と居酒屋の二本の柱しかないのに、そのどちらかが不振に陥《おちい》れば、たちまち会社は存亡の危機に立たされる。そこに気がつけば、新しい事業の必要性が分かるはずなんだがねえ」

「しかし、社長。今回の場合、これぞという案があっても、出すに出せないということも考えられると思うんです」

兼重の言葉に、

「それ、どういうことだ?」

梅森は問い返した。

「どんな企画を立てるにしても、まず最初に事業を考え、やるか否かの検討を行うことになるわけです。やると決まれば、その事業に適した場所を探すことになるわけですが、今回の場合は順番が逆なんです。まずコンパス通りありき。しかも五階建てのビル全てを使った事業を考えろですからね。案はあっても、コンパス通りでとなると、ハードルが高すぎて出すだけ無駄だとなってしまっている可能性もあるんじゃないでしょうか」

これもまた、兼重のいうとおりかもしれない。

「なるほど、順番が逆か……」

そういいながら頷いた梅森に、

「もし、そうならば、いつになっても企画なんか出てきませんよ。だって、そうじゃありませんか。いままで何人もの人がチャレンジしているのに、解答を見出せないでいる難題を解いてみろっていわれているようなものなんですから」

兼重はどこか他人事のようにいう。

梅森は、テーブルの上に置いた湯飲みを見詰め、腕組みをして考え込んだ。

「社長……」

視線を上げた梅森に向かって兼重はいった。「方針を改めるべきだと思います」

「改めるって……君に何かアイデアはあるのか?」

「あります」

兼重は自信満々の態で断言する。

どうやら、部屋を訪ねてきた目的はそれを話すためらしい。

「それは、どんな?」

そう問うた梅森に、

「実は、あのビルを丸ごと借りたいという人がいましてね」

兼重は、思いもよらぬ言葉を口にした。

「丸ごと借りて、何をやろうってんだ？」

「飲食業です。ただし、料理がメインではありません。酒をメインにする商売をやりたい。そういっている人がいるそうなんです」

「五フロアー、全部を使ってか？」

「ええ……」

頷く兼重に向かって、

「銀座や六本木のような繁華街とは違うんだよ？　あんな場所で酒をメインにする店を、しかも五階建てのビルを丸ごと借りて商売が成り立つのか？」

兼重は口の端に歪んだ笑いを浮かべた。

嘲笑である。

「あんな場所だからこそ、成り立つ商売があるんですよ」

梅森がつい口を滑らせた『あんな場所』を強調するように兼重はいい、次に借主のビジネスプランを話しはじめた。

もちろん梅森も高級クラブには行ったことがある。

しかし、日頃の付き合いの中でのことであって、酒を主体とする事業を手がけることに、興味を抱いたことはない。それどころか、座って何万円という商売が大手を振ってまかり通っていることが不思議でならなかった。

もちろん、それはあくまでも梅森個人がそう思うからであって、世の中にはクラブで飲むことを好む人間が少なからずいる。要は価値観の問題だから非難するつもりもない。

しかし、借主の事業プランを聞くにつけ、改めて自分が知らない世界を垣間見た思いがして、梅森は心底驚いた。

「いつ出るかわからない企画を待って、あのビルを塩漬けにするくらいなら、家賃収入で確実に利益を上げた方がよっぽどマシだと思いますが？」

「しかしねえ……家賃収入で利益を上げるって、それじゃ不動産業じゃないか……」

「不動産業だって、立派な新規事業になるんじゃありませんか」

「ビルを買いまくって、貸しビル業に乗り出すわけじゃなし、あのビル一つじゃ事業とはいえんだろう」

「社長……」

兼重は、呆れたように重々しい声でいった。「あのビル一つとおっしゃいますが、使い道が見つからなくとも、所有したからには固定資産税が毎年発生するんですよ。麻布という土地の路線価格がいくらすると思ってるんです？　建物にだって固定資産税は発生するんです。そりゃあ、うちの会社は上場していませんし、社長ご本人と奥様が全株式をお持ちですから、お二人がそれでも構わないとおっしゃればそれまでです。しかし、上場企業がこんなことをしたなら、責任を追及され、早急に対処を求められる事案なんですよ」

その指摘が間違っていないだけに、梅森は黙るしかない。

兼重は続ける。

「この話は、うちに出入りしている大江戸不動産が持ってきたものですが、中里さんいってましたよ。耐震補強をする必要はない。外装もそのままでいい。エレベーターの入れ替えは、借主がやる。改装費も全部持つなんていってくれる借主が見つかるのは奇跡だと。このチャンスを逃したら、こんな客は二度と見つからないし、借り手が現れたとしても、築地うめもりは改装に多額のカネを投じなければならなくなるだろうと」

「じゃあ訊くが、そのビルを借りたいといってる相手はどんな人なんだ？　会社なのか？　個人なのか？」

「それは、まだ聞かされてはおりません」

兼重は臆《おく》する様子もなくこたえた。「中里さんは、先方が何者なのかは、うちがこの話に興味を示した時点で話すといいましてね。たぶん、相手が分かってしまうと、うちが直に話をつけるんじゃないかと警戒しているのかもしれませんね」

「うちは、そんな汚いことはしないよ」

「うちはそうでも、世の中にはそういうことを平気でやる会社が、たくさんありますから……。大江戸不動産だって海千山千、生き馬の目を抜く業界で生き抜いてきたんです。煮え湯を飲まされたことは一度や二度のことではないでしょうからね」

相手を信頼し、裏切られた経験は梅森にだってある。

最初の事業が破綻してしまったのだって、銀行に裏切られたからだ。

そこに思いが至った瞬間、梅森はえも言われぬ嫌な予感を覚えた。

耐震補強といい、外装といい、エレベーターといい、あまりにも話がうま過ぎるのだ。

それに、借り手に名乗りを上げているのは、夜の水商売の世界を長年生き抜き、成功を収めた人物のようだ。広義では同じ世界に生きているとはいえ、夜の世界ともなると経営者のみならず、客もまた千差万別、それこそ海千山千の魑魅魍魎《ちみもうりよう》が跋扈《ばつこ》する部分も多々ある。そんな人間が、これほどの好条件を端から提示して来るだろうか……。

何か別に狙いがあるんじゃないのか。うっかり話に乗ろうものなら、銀行に裏切られた時と同様、手ひどい目に遭うんじゃないのか……。

梅森の中で、警戒心が頭をもたげてきた。

梅森は、ズッと音を立てて茶を啜ると、湯飲みをテーブルのうえに置き、兼重に向かっていった。

「話は分かった……。少し考えさせてくれ……」

4

「おはようございま〜す！」

その日、いつもより少し早く店に入った由佳は、厨房に向かって声をかけた。

寿司処うめもりで使われる食材は、本部が一括して仕入れた後、各店舗に振り分けられる。それも、高齢者やファミリー層が多い店舗には手軽な価格のもの、接待需要や富裕層が多い店舗には高額なものと、立地によって食材の配分比率が異なるのだという。どの店舗にどの食材をどれほど送るかは、うめもりが創業以来蓄積してきたデータによって決まっているのだそうだが、コスト削減に加えて職人の技術向上を図る狙いもあって、食材は全て原形のまま配送されてくる。開店までに魚を捌き、貝を剝き、寿司ネタの下準備を済ませなければならないのだから、朝の厨房はまさに戦場そのものだ。

それが終わると、その日の当番が賄い飯の支度に取りかかるのだが、そこはプロの仕事である。支度が整うまでに然程《さほど》の時間はかからない。その短い時間が職人たちの休息時間となる。ちょうど下準備が終わろうという頃だ。ずらりと並んだバットの中にサクになった魚や貝の剝き身が山と積まれる傍らで、職人たちが調理に使った器具の後始末をはじめている。

「おはよう」

職人たちが、口々に由佳の挨拶にこたえる。

由佳は着替えを済ませると、厨房に戻った。

思った通り仕込みの片付けが済み、あとは賄いができあがるのを待つばかり。茶を飲んだり談笑したり、包丁を研ぎ出す者と、過ごし方は様々だ。

由佳はひとりぽつんと椅子に座り茶を啜る昭輔に歩み寄り、

「安田さん、ちょっと相談があるんですけど」

と声をかけた。

「相談？　俺に？」

昭輔は少しばかり怪訝な表情を浮かべながら立ち上がった。

「あそこの掲示板に、随分前から新規事業公募の告知が貼られてますよね」

「新規事業の公募？」

片眉を吊り上げた昭輔は、怪訝な表情を深くすると、「そんなものあったっけ」

掲示板の方に目を遣った。

思った通りの反応である。

昭輔が公募の存在に全く関心を抱いていないのは明らかだし、おそらく他の従業員にしても同じはずだ。

由佳はいった。

「コンパス通りにある、五階建てのビルを一棟丸ごと使った新しい事業のことですよ。案があるなら、企画書を出せってやつ」

「それが？」

昭輔のあまりに気のない返事に、

「いや……あれ、面白いなあって思って……」

どう本題を切り出したものか戸惑《とまど》った由佳は、思わず語尾を濁した。

「新規事業の募集だなんて、俺たちに関係ないっすよ。だって、俺らは寿司職人だよ？　それで食って行こうってんだもん、会社がどんな事業をはじめようと関係ないもん」

「でも、安田さんは、将来独立するつもりなんでしょう？」

「そりゃあ、まあ……」

「だったら独立した暁にはどんな店にしたいか、ただのお寿司屋さんなのか、独自の調理法を売りにするのかとか、いろいろ思うところがあるんじゃありません？」

「あのさ……」

昭輔は苦笑を浮かべながら、軽くため息をつく。「俺は、この店じゃ一番の若手だよ。まだ客の前で寿司を握ったこともない職人ともいえない身なんだよ。寿司のいろはの『い』を学んでいる真っ最中だってのに、独立した時のことなんて、考えるわけないっしょ」

まあ、そんなところだろうな……。

どんな店にするかを具体的に考えはじめるのは、いよいよ独立が視野に入ってきてからだろうし、新事業のプランにしても案があるのなら、とっくに提出しているに違いない。第一、告知の存在でさえ、頭の片隅にもなかったのだ。

「なんで、そんなこと訊くのさ？」

昭輔は由佳が、なぜあの告知に興味を抱くのか理解できない様子で問うてきた。

「あの公募って、社員じゃないと応募できないのかなあ？」

「社員に向けての告知だからね。多分そうだと思うけど……」

小首を傾げた昭輔だったが、そこではたと気がついたように、「ってことは、滝澤さんには案があるんだ」

と重ねて訊ねてきた。

「それは……まあ……。でも、社員しか応募出来ないんじゃ……」

「あのさ……水を差すつもりはないけど、社員かどうかって以前に、新事業を考えるのは本部の仕事だよ。本部には外食産業で経験を積んだ人がたくさんいるし、社長は一代で会社をここまで大きく成長させた人だから、飲食業界のことは誰よりもよく知っているからね。ほら、餅《もち》は餅屋っていうじゃん。どんなアイデアか知らないけどさ、素人が思いつくくらいのことは、とっくの昔に検討してるって」

学生のバイトが考えつく程度のことはたかが知れているとばかりに、昭輔は薄く笑いながら首を振る。

昭輔の見解はもっともなのだが、面と向かって断言されると癪に障る。

「じゃあ、どうして公募してるんですかね」

由佳は食い下がった。「全社員を対象にプランを求めているってことは、その経験豊富なプロの人たちが、新しい事業を思いつかないでいるからじゃないんですか？」

昭輔は少しばかり考え込むと、

「滝澤さん、さっきコンパス通りにあるビルっていったよね」

立地を改めて確認する。

「告知にはそう書いてありますけど？」

「プランが出ないでいるのなら、そのせいかもな」

昭輔はいう。「滝澤さんは知らないだろうけど、コンパス通りって飲食業界じゃ商売にならない魔の通りってことで有名なんだよ」

そんな話ははじめて聞く。

「そうなんですか？」

由佳は、思わず問い返した。

「だって、俺が知ってるくらいだもの」

昭輔は声を吊り上げる。「麻布は一等地だけどさ、とにかく人通りがないんだって。俺も歩いたことがあるけど、でかいビルがあるわけじゃないし、一歩通りから外れると住宅街。それも土地が飛び切り高くて、豪邸、超高級マンションとか大使館ばっかりなんだもの。それに六本木や広尾、麻布十番に出りゃ、飲食店なんていくらでもあるからね。地名に魅《み》せられて、うっかり生半可な店を出そうものなら、あっという間に潰れちまうよ」

プランが閃《ひらめ》いたはいいが、次に問題になるのは実現性だ。

そこで、実際にコンパス通りに足を運んでみたのだが、店に出るついでのことである。確かに人通りは然程なく、飲食店らしきものもほとんど見当たらず、ひっそりとした通りという印象を抱きはしたものの、それも午前十時前後という早い時間のせいだろうと思ったのだったが、どうやらとんだ見当違いをしたようだ。公募の回章が届いた日の朝礼で、沼田が「場所はコンパス通りだ」と念を押した意味が、いま分かった。

言葉に詰まった由佳に向かって、昭輔は続ける。

「うめもりグループには多くの従業員がいるんだ。中には新事業のアイデアを思いついた人だっているかもしれないけど、地方勤務ならどんな立地なのか分からない人が大勢いるだろうし、東京の店に勤務していたら、コンパス通りじゃなあ……ってことになってしまうんじゃないかと思うんだよね」

やっぱり、社会に出たことがない学生が考えた夢物語なのかなあ……。

自信があったわけではないが、胸に芽生えた希望が大きかっただけに、それが絶望に変わるとダメージは大きい。

どんな業態であろうとも、店を出すとなれば元手がかかる。まして麻布は都内有数の一等地だ。あの場所でとなれば、大金を要するのは間違いない。どんな事業をはじめるにせよ、事前に入念な調査を行うに決まっている。それでも死屍累々、魔の通りと称されるとあっては、素人が考えたプランが通用するわけがない。

ため息が漏れた。肩が落ち、息に混じって胸に秘めていた希望が、体から抜け出して行くような思いに由佳は襲われた。

そんな由佳の落胆ぶりが、気の毒に思えたのか、

「で、滝澤さん。どんなプランを考えついたのさ」

昭輔が問うてきた。

「いえ……もういいんです……。コンパス通りがそんな場所だとは知らなかったもので……」

「でもさ、こういっちゃなんだけど、素人ってプロが思いつかないような発想をすることもあるからね。寿司だって同じだよ。アボカド巻きとか、カリフォルニアロールとか、日本人の寿司職人じゃ絶対に思いつかないものが、いまや世界の寿司じゃ定番になってるだろ？　いいじゃん、いってみなよ」

「でも……」

「滝澤さん、ひょっとして、もう企画書に纏めてあるんじゃない？」

図星である。

パワーポイントを使い、三日の時間を費やして思いの丈を込めた企画書は、いま更衣室のバッグの中にある。

「だったらさ、せっかくだもの、駄目元覚悟で見せてみたら？」

昭輔は、そう勧めながら破顔すると、「俺は判断しようがないから、一度沼田さんに見せてみなよ。別に笑われたって、恥でもなんでもないんだからさ。そうしなよ」

由佳がこたえる間もなく、厨房の流し台に立ち、包丁研ぎに余念のない沼田の下に歩み寄っていった。

5

出版の世界では、漫画家志望の人間が編集部に直接原稿を持ち込むことができると聞く。作品が採用され、対価を得てからがプロである。それ以前はアマチュア、素人だ。その道のプロである編集者が原稿を読み終えた後、どんな感想が発せられるのか。その時を待つ漫画家の卵の心情は、きっといまの自分と同じなのだろうと由佳は思った。

とても顔を上げられなかった。心臓の鼓動が早くなり、息苦しさを覚えながら、由佳はその時を待った。

「滝澤さん……だったね。それで、これをどうしたいの？」

頭上から聞こえる石倉の声に、由佳は恐る恐る顔を上げた。

「どうしたいといわれましても……」

箸《はし》にも棒にもかからぬものなのか、検討する価値があるのか、評価を聞かないうちはこたえようがない。

「そうだよね。感想を聞きたいから僕に見せたんだものね」

石倉は目を細め、優しい笑みを口元に浮かべた。

企画書を石倉に目を通してもらうことになったのは、全くの偶然だった。

あの日、昭輔の話を聞いた沼田は、企画書に目を通すことを快諾してくれた。しかし、間もなく朝礼がはじまろうという時刻である。そこで閉店後に改めてということになったのだが、一通り企画書に目を走らせた沼田は、「なんともいいようがないね。やっぱりこういうのは、本部の人に見て貰った方がいいよ。誰に見せるか、ちょっと考えさせてくれ」といい企画書を預かった。

それから十日。ランチタイムもピークを過ぎ、客がまばらになる頃合いを見計らったかのように、店にやってきたのが石倉である。

沼田の案内で店舗の様子をチェックリスト片手に子細に調査しているところから、企画書の件で訪ねてきたのでないのは明白だったが、一通り仕事が終わったところで、由佳に声がかかったのだった。

「最初にいっておくけど、僕は店舗管理部の人間でね。企画畑の仕事はしたことがないんだ」

初対面の石倉は、そう前置きすると続けていった。「だから、僕も滝澤さん同様、全くの素人の感想になってしまうんだけど、それでもいいかな?」

年齢は大分上だし、実社会で豊富な経験を積んでいるはずなのに、まず自分を素人と、正直に語る石倉に由佳は好感を覚えた。

「もちろんです」

由佳は即座に返した。

石倉は由佳の目を見詰め、短い間を置くと、

「この企画、僕は面白いと思うよ」

目元を緩ませた。

「本当ですか？」

「滝澤さん、これあなた自身で考えたの？」

「ええ……」

「突拍子もないことを考えるねえ。なるほど、こういう手があったかと、まさに目から鱗《うろこ》ってやつだよ」

「あ……ありがとうございます」

胸が温かくなるのを感じながら、由佳は頭を下げた。

「滝澤さんは、どうしてこんなアイデアを思いついたの？　バイトだって聞いたけど、他の飲食店で働いた経験があるのかな？」

石倉は興味深げに質問を重ねる。

「私、飲食業界でバイトするのはここがはじめてなんです」

「へえ、そうなんだ」

「実は私、被災地の出身なんですね。岩手の沿岸部にある漁師町なんですけど……」

「じゃあ、津波に？」

「ええ……」

辛い記憶が蘇ると、どうしても由佳の視線は落ちてしまう。「家も流されましたし、祖父母と弟も津波で……」

「そうか……それはお気の毒だったね……」

声を落とす石倉に向かって、由佳はいった。

「町も高台に移転しましたし、港の再整備も終わりました。でも、多くの人たちが亡くなりましたし、他所で暮らすことを選択した人たちだってたくさんいましたから、やっぱり町は元通りにはならないんですね。いまでは、すっかり寂れてしまって……」

「それが現実ってものなんだろうねえ……」

石倉はなんともやるせない表情を浮かべ、重い息を吐く。「職場をなくした人だって大勢いただろうからね。家を建てるにしたって、収入の目処があればこそだ。町に職場がなくなってしまったからには、他所で暮らすしかないって泣く泣く町を離れた人たちだってたくさんいただろうし……」

「それでも、町に再び活気を取り戻そうと、知恵を振り絞り、懸命に努力している人たちもいるんです」

石倉は無言のまま、二度、三度と頷く。

由佳は続けた。

「町の魅力は三陸で獲れる新鮮な魚介類や山菜を中心とした食と、四季折々に変化する豊かな自然、風光明媚《ふうこうめいび》な景色にあります。つまり、活性化の鍵は、恵まれた観光資源を活かし、観光客を呼び込むことにあるわけです。そのためには、まずは最大の売りである、新鮮な海の幸、山の幸を実際に食してもらう場を設け、そこを通じて町に興味を持ってもらうことなんですが、アンテナショップとして飲食店を出そうにも、大都市は初期投資にかかる費用が高額に過ぎて、資金を捻出するのは不可能です。その点、これなら行けるんじゃないかと考えたわけです」

「なるほど」

由佳の話に聞き入っていた石倉が、納得したように相槌を打つと、「最初にいったけど、僕は企画畑の仕事をした経験がない。だから、僕の見解というより、誰かの受け売りだと思って聞いて欲しいんだけど——」

そこで、同意を求めるように言葉を切った。

「はい……」

「ビジネスっていうのはウインウイン、両者にメリットがあると見なされてはじめて成立するものだ。つまり、当事者のどちらか一方の思い入れだけでは成立しないし、メリットが偏るようでは長続きするものじゃないんだ」

由佳は胸に芽生えた希望の芽が、一瞬萎《な》えてしまったような気持ちになった。

いうまでもなく、由佳が提出したプランは、第一に町の救済を念頭に置いたもので、築地うめもり側のメリットなどこれっぽっちも考えたことはなかったからだ。

たぶん、石倉はそこに気づき、このプランを実行した場合、築地うめもりにどんなメリットがあるのか。このままでは、大都市に店を出したいという町の思いを叶えて終わるだけではないのかと、いいたいに違いない。

由佳は目を伏せ、石倉の次の言葉を待った。

「発想としては面白いし、目から鱗だといったのは、僕の正直な感想だけど、滝澤さんのプランに決定的に欠けているのは、その点だと思う」

果たして石倉はいう。

「はい……」

悄然《しょうぜん》と肩を落とした由佳だったが、

「でもね、これを没にするのはあまりにも惜しい」

石倉が発した意外な言葉に顔を上げた。

じっと見つめる石倉と目が合った。

石倉はいう。

「滝澤さんは社長が購入したビル、一棟を使ったビジネスプランを考えたけど、それだけじゃ不十分だと思うんだ」

「でも、公募にはそう書いてありましたけど？」

「それは違うね」

石倉は首を振った。

「えっ？」

「あのビルを使った、新しい事業プランを考えろ。そう書いてあっただろ？」

「だから、あのビルを──」

そこまでいいかけた由佳の言葉を石倉は遮った。

「新しい事業プランというのは、築地うめもりの柱となる新しい事業のことさ。つまり、寿司、居酒屋の二つの事業に次ぐ、成長性が見込めるプランを考えてくれることを社長は期待しているんだよ」

　確かに、その通りかもしれないが、そういわれても困ってしまう。

「でも、その先といわれても……」

　口籠《くちご》もった由佳だったが、「だって私はバイトですよ？　この会社のことは何も知らないし、社長がどんな人なのか、どんな考えを持っていらっしゃるのかも分からない。ただ、こんなビジネスをやったら、いけるんじゃないか。面白いんじゃないか。ほんの思いつきを書いてみただけなんですから」

　慌てていった。

「柱となる事業というなら、何もこのビル一つで終わらせなけりゃいいだけの話だろ？」

「そりゃ、そうですが……、私には……」

　困惑するばかりの内心が、表情に出てしまったのだろう。

「そうか……そうだよね」

　石倉は、唇の間から白い歯を覗かせて、目元を緩めると、「それなら、この先は僕に考えさせてくれないかな」

　意外な言葉を口にする。

「石倉さんが？　本当ですか？」

驚きのあまり問い返した由佳に、石倉はいった。

「残念ながら、僕にはこんな斬新なアイデアを考えつく能力はない。ある意味、才能の問題だからね。でも滝澤さんにはそれがある。だけど、この会社のことは知らないし、実際に会社勤めをしたことがないんじゃ、これ以上のビジネスプランを書けって方が無理な話だと思うんだ」

その通りである。

由佳は、こくりと頷いた。

「もちろん、僕のアイデアを付け足したからって、プランが採用されるかどうかは分からない。でも、社長だって案が思いつかないから公募することにしたんだ。滝澤さんが考えた案を目にすれば社長のことだ、僕が考える以上の斬新、かつ革新的なプランを思いつくかもしれないしね」

「社長さんが案を思いつかないって……。じゃあ、どうしてあのビルを買ったんですか。使う当てもないビルを買うって、そんなことあり得るんですか？」

「あり得ない……。普通はね……。でも、それには理由があるんだ」

石倉は、そこで短い間を置くと、「実はね――」

事の経緯を話しはじめた。

黙って石倉の話に聞き入るうちに、由佳は驚き、やがてそれは感動に変わった。

順調に成長していた最初の事業が、銀行の悪辣《あくらつ》な罠に嵌まって倒産した梅森の過去ははじめて知った。並の人間ならば、絶望し再起する気力も萎えてしまうところだし、事実社長もそうだったという。そこに手を差し伸べてくれたのが、購入したビルの持ち主、桶増をはじめとする築地の仲買人の旦那衆だ。

なんだか石倉の話を聞いているうちに、由佳は大津波に襲われ、家も財産も家族も一瞬にして失い、途方もない喪失感と絶望感、あまりにも無慈悲な運命を心の底から呪った、当時の自分を梅森の姿に重ね見る思いがした。

再建しようにも地形すら変わってしまったこの地に、新しい町なんかできるわけがない。いったいこれからどうやって生きていけばいいのか、自分は、家族は、町の人たちはどうなってしまうのか……。

悲嘆に暮れるばかりの住人たちに、希望の火を灯《とも》し、立ち上がる勇気をくれたのは、全国各地から駆けつけたボランティアであり、警察、消防、自衛隊、そして米軍の隊員たちだった。堆《うずたか》く積み上がった瓦礫と泥の中をゾンデを手にしながら、黙々と犠牲者を探す姿。海外からも救援隊がやってきたし、外国人の医師も駆けつけ、町に常駐してくれた。全国各地からはるばるやってきた警察や自衛隊の車両、消防車の側面に記された『絆』の文字。まだ寒さが厳しい中で、瓦礫や泥を片付け、果ては思い出の品を拾い集めては、家族の元に返そうと必死に水洗いをするボランティアの姿……。

私たちは見捨てられてはいない。この人たちの恩に報いるためにも、強くあらねば。復興に向けて立ち上がらなければ。町を、地域を活性化させてみせなければと、心に誓ったことはいまもはっきりと覚えている。

だから、社長が再起に向けて奮い立ったのもよく分かるし、使う当てもないのに桶増に請われるまま、あのビルを買い取った気持ちも、由佳にはよく分かった。

「再起のきっかけを作ってくださった恩に報いるためですか……。ご立派です……。いまどき、そんな社長さんがいるんですね……」

由佳は目頭が熱くなるのを感じながら、本心からいった。

「僕は、中途採用で生え抜きじゃないけど、こんな社長は滅多にいないと思ってる」

石倉はしみじみという。「ことあのビルの件に関しては、あんな場所のビルをとか、果ては経営者としての資質を疑うようなことを口にする社員もいる。何をやっても、飲食業に拘る限り、うまく行くわけがないと端から思い込んでいる社員が圧倒的多数だと思う。いまに至るまで、企画書が出てこないのもそのせいなら、ビルの購入費用は、社長のカネ。つまり、使い道が見つからなくとも、会社に損害が発生するわけじゃない。みんなそう考えているせいもあると思う」

「えっ！　あのビルは、社長が個人でお買いになったんですか？」

またひとつ、新たに聞かされた事実に、由佳は驚愕し、思わず問い返した。

「うちは、非上場のオーナー会社だけど、社長は公私のけじめははっきりつける人だからね。会社に迷惑がかかるようなことは、絶対にしないから」

石倉は、嬉しそうに口元を緩ませると、「だから尚更、なんとかしなけりゃと公募のことは、ずっと気になってたんだ。だけど、いった通り、僕にはそんな才がなくて……」

ビル買収の経緯、石倉の気持ちを聞かされたいま、もし自分が考えたプランが、この会社の役に立つなら、どんなに素晴らしいことかと、由佳は心底思った。

「石倉さん」

由佳はいった。「お役に立てるなら、是非この企画書を使ってください。石倉さんのアイデアで、プランを完成させてください」

由佳は、椅子の上で姿勢を正すと、

「お願いします」

石倉に向かって頭を下げた。

6

「兼重さん、ご紹介します。津田《つだ》社長です……」

二人の姿を見て立ち上がった津田と兼重の間に立った中里がいった。

「はじめまして、築地うめもりの兼重でございます……」

兼重は頭を下げながら名刺を差し出した。

受け取った名刺には『津田栄介《えいすけ》　ガルフウインド企画　代表取締役』とある。

「お忙しいところ、お時間を頂いて恐縮です。さあ、どうぞおかけください」

津田はそういいながら、自らも椅子に腰を下ろした。

青山《あおやま》の住宅地の中にある飲食店は、まだ開店間もない時刻だけに、他に客の姿は見えない。

「兼重さん、中華はお好きですか?」と訊かれていたので、中華料理の専門店なのだろうが、入り口脇の壁面に『冬夏《とうか》』と記された表札を一回り大きくした程度の看板が掲げられているだけだ。おまけに、ドアは無垢《むく》の一枚板で、店内の様子を窺うことはできないから、なんの店なのか皆目見当がつかない。

店内の作りも奇妙である。

ドアを開けると細い通路が奥に続き、その傍らに厨房がある。客席は満員になって二十名ほどか。内装だって傷みが目立つし、テーブルや椅子もリサイクル品を使っているのかと思えるほどみすぼらしい。光度を落とした照明は、そうしたアラを隠蔽《いんぺい》するのが目的としか思えないほど薄暗い。

「兼重さんは、中華がお好きと聞きましたのでね。ならば、是非この店をと思いましてね」

そういう津田の姿を改めて眺めると、富裕層、それも飛び切りのカネ持ちの臭いがぷんぷんと漂ってくる。

肌艶はいいし、白髪だが豊かな頭髪。身につけているスーツだって、光沢の度合いから一目で高価な生地が使われていることが分かる。縁なしの眼鏡に用いられている銀色の鉉《つる》は、間違いなくプラチナだ。

そういえば、店の前に白いロールスロイスが停まっていたが、たぶんあれは津田のものだろうし、路駐をさせているところからすると、お抱えの運転手がいるに違いない。

津田の体から滲み出る雰囲気と、店とのギャップに違和感を感じながら、

「えっ？」

と短く声を上げ、兼重は中里を見た。

中華は好きかと訊かれたので、「はい」とこたえただけで、自分で指定したつもりはなかったからだ。

しかし、そんなことをいってもはじまらない。

「社長は、こちらによくいらっしゃるんですか？」

そう問うた兼重に、

「昔から使ってるものでねえ。まあ、さすがに私も歳だから、味の濃いものを口にする頻度はさすがに減りましたけど、中華が食べたくなると、ここにくるんです。まあ、私のプライベートキッチンともいえる店なんですよ、ここは」

と津田はいい、唇の間に手入れの行き届いた真っ白な歯を覗かせた。

「いらっしゃいませ……」

どうやら、店のオーナーらしい。「社長、お久しぶりですね。このところお顔を見せてくださらないので、寂しい思いをしてたんですよ」

初老の女性が現れると、おしぼりを置きながら、ちょっと拗《す》ねたような口ぶりでいった。

「忘れていたわけじゃないんだが、仕事が忙しくてな」

「それじゃうちが困りますぅ。うちは、社長でもっているようなものなんですから」

津田は苦笑を浮かべると、

「何を馬鹿なことを。相変わらず、連日満員御礼だそうじゃないか。この間も、予約がなかなか取れなくてってぼやいていたやつがいたぞ」

「社長は特別です。大の常連さんが、いらしてくれないと……」

「まあ、その話は、またの機会に」

津田は女性の言葉を遮ると、「今日は大事なお客さんをお連れしたんだ。はじめてくれ。兼重さん、最初はビールでいいですか？」

兼重に向かって訊ねてきた。

「は、はい……」

「じゃあ、生をグラスで三つ。あとはいつものワインを……」

「白は冷やしてあります。もちろん赤もお呑みになりますよね」

「ああ……」

「じゃあ、抜栓してデカンタージュしておきますね」

どうやら、津田のオーダーは決まっているらしく、女性は返事を待つまでもなく厨房の方へ下がっていく。

「兼重さん、こんな殺風景な店だけど、味の方は中々なんです。特に嫌いなものはないですよね？」

「ええ……」

津田は、兼重に目を向けると訊ねてきた。

「それはよかった。ここの料理はお任せなんですよ。といっても、メインはほぼ決まっていて、あまり代わり映《ば》えはしないんですがね」

津田は薄く笑うと、「さあ、酔わないうちに、仕事の話をしてしまいましょうか」

一転して、鋭い眼差しを向けてきた。

兼重が頷くと、

「私の申し出を、梅森さんにお話ししてくださったそうですが、その後なにか進展はあったのでしょうか」

津田は、低い声で切り出した。

「いまのところ、特になにも……」

兼重は語尾を濁した。

津田が一席設けたいといっている。

ビルを借りたいといっている相手の名前を明かしながら、そう告げられれば津田の目的は察しがつく。

「まあ、そうはいいましても、津田さんの申し出をお受けすることになると思いますよ」

兼重は続けた。

「うちの社長に新事業の案があるなら公募なんてしませんし、私財で買ったにせよ、さすがにずっと空き家のままってわけにはいきませんからね。かといって、コンパス通りじゃ飲食業界で借り手を見つけるのは、まず不可能です。しかも五フロアーとなれば、とてもとても……」

あれから二週間経つが、梅森はこれといった反応は示さない。しかし、公募がはじまって随分経つのに、いまだ一件の企画書も提出されてはいないし、出てきたとしても、採用されるかどうかも分からない。いや、むしろ採用に値する筋のいい企画が提出される可能性は限りなくゼロに近いという確信を兼重は抱いていた。

「まあ。そうでしょうなあ」

津田は目を細めながら、相槌を打つと、「しかし、何だってまた、梅森さんは飲食に拘るんでしょうね。梅森さんが、あのビルを買った経緯は中里さんから聞きましたが、桶増さんから受けた恩に報いるというなら、買ってやっただけで十分でしょう。どう使おうと、梅森さんの勝手でしょうに」

合点《がてん》がいかないとばかりに、首を傾げた。

そういわれても困ってしまう。

「さあ……」

兼重は首を捻ると、「合点がいかないというなら、いくら恩に報いるためだといっても、あんなビルを買ったこと自体がそうですよ。幾らしたか知りませんが、麻布ですからね。相当値の張る買い物だったことは間違いないんです。まあ、社長にはお子さんがいらっしゃいませんから、財産を残す必要はないとしても、だからといって――」

先程の女性が現れたのを見て、そこで一旦言葉を区切った。

「お待たせいたしました」

オーナーが、トレイに乗せたビールを三人の前に置く。

突き出しはクルミだ。どうやら、何かがコーティングされているらしく、表面に光沢がある。

「じゃあ、まずは乾杯といきますか」

津田は、ジョッキに手を伸ばす。「本日は、お忙しいところ、お時間を頂戴いたしましてありがとうございます。今後とも、何卒よろしくお願いいたします……」

「こちらこそ……」

三人のグラスが硬い音をたてて触れ合う。

二口ほど冷えたビールを喉に流し込んだ兼重は、

「とにかく、社長のやることは理解できないことが多々あるんです」

一旦中断した話を続けた。

「事業の拡張にしてもそうです。寿司にせよ居酒屋にせよ、一気呵成《いっきかせい》に攻めるってことを絶対にしませんからね。無借金経営が信条なのは分かりますけど、自己資金だけでやってたら、事業の成長速度が鈍ってしまうのに、銀行が融資を持ちかけても頑《がん》として応じないんです」

「梅森さんは、銀行の貸し剝がしにあって、一度事業が破綻していますからね。それがトラウマになってるんでしょうなぁ。それに、どこの業界でも、人手不足は深刻な問題です。職人さんの確保も難しいでしょうからねえ……」

中里が、傍らから口を挟み、庇うようにいう。

「やり方次第ですよ」

日頃抱いていた不満や疑念を一旦口にしてしまうと、止めることが難しくなる。それに、借り手に名乗りを挙げた津田の手前、何とか意に沿おうという気持ちもあったかもしれない。

兼重は、勢いのまま続けた。

「職人の確保が難しいのは事実ですが、それだってやり方次第だと思うんですよ。寿司にしたって、これだけ寿司屋があるんです。他所よりちょっと給料を高くしてやれば、使ってくれって職人はいるはずですよ。店を任せられるほどの人材は中々っていうなら、店の規模を大きくして客を入れればいいんです。なのに社長ときたら常に満席、外に空席待ちの行列ができるほうがいいといって、常に二回りも狭い店舗を選ぶんですから、わけ分かりませんよ」

「まあ、それでもここまで事業を大きくしたわけだから、梅森さんのやり方が間違いだとはいえないわけだが、改めて兼重さんの話を聞くと、いくら恩を受けたからといっても、使い道もないのに、あのビルを買ったのは確かに不思議ではあるね」

津田はそこでビールを口に含むと、「梅森さんは、おいくつになられたかな?」

おもむろに問うてきた。

「七十一歳です」

「七十一か……」

津田はジョッキをテーブルに戻すと、「私とそう変わらない歳か……。ひょっとすると、自分がいなくなった時のことを考えたのかもしれないね」

少し寂しげな口調でいった。

「いなくなった時のこととおっしゃいますと?」

思わず問い返した兼重に向かって、

「決まってるじゃないですか。仕事ができなくなった時のことですよ」

津田は、薄く寂しげな笑いを口元に宿す。「私も今年七十になりましたからね。子供もいない、財産を継がせる人間もいないという点では梅森さんと同じだ。もっとも、私は梅森さんと違って、若い頃は随分あこぎなことをやってカネを稼いだ人間だけど、変なことに手を出さなければ、どう転んでも十分豊かな余生を送れるほどの財産があるのも同じです」

それはそうだろう。でなければ、運転手付きのロールスロイスなんて、持てるわけがない。

「カネはあの世にまで持ってはいけないからね」

兼重の反応を待つまでもなく、クルミを口に入れた津田は続ける。

「ならば、残るカネを使って何をするか。先が見えてくる歳になると、そんなことを考えはじめるものですよ。たぶん、梅森さんも私と同じ気持ちになったんじゃないかな」

津田のいわんとしていることが、いまひとつ理解できない。

「と、おっしゃいますと？」

そう訊ねた兼重に、

「人を残すってことですよ」

津田はいった。「梅森さんは、創業者にしてオーナー社長だ。上場もしてないし、跡継ぎもいないんでしょう？　だったら、病に倒れたり、あるいは死んだりしたら、築地うめもりの後継者は誰になるんですか？　当たり前に考えれば、役員の中の誰かにってことになるんでしょうが、うめもりに適任者はいるんですか？　それだけじゃありませんよ。株の問題だってあるでしょう」

まさに、いわれてみればというやつだ。

築地うめもりにも役員はいるが、そもそもは梅森個人がはじめた寿司屋が成長しただけの会社に過ぎない。重要事案は全て梅森個人が決裁するし、継承者としての資質を持った人材は皆無。株式に至っては、全株が梅森夫妻の所有である。

何とこたえたものか、言葉に詰まった兼重に向かって津田は続ける。

「新しい事業を社内公募に求めたのは、梅森さんの危機意識の現れなのかもしれませんね。後継者を育てなければならないし、外飲食産業の市場は飽和状態だ。まして、これから先は高齢化もどんどん進むし、その一方で少子化も進むわけです。人口の減少は、市場が縮小していくことです。寿司と居酒屋だけじゃ、いずれやっていけない時がくる。倒産こそしないまでも、事業の縮小は避けられない。梅森さんは、そこに気がついたんじゃないかな」

そういわれれば、梅森の狙いが読めてくる。

「じゃあ、その時に備えて、敢《あ》えてあのビルを買った……。つまり、難題を解決する能力のある人間を見出すために、公募を行ったとおっしゃるわけですか？」

「そう考えると、辻褄《つじつま》が合うような気がしませんか？」

津田は、ジョッキに手を伸ばしながら上目遣いに兼重を見た。

「もしそうならば、津田社長の申し入れは、兼重さんにとってはチャンスじゃないですか！」

中里が声を弾ませた。「誰も企画を出してこない。今頃は社員全員が公募があったことさえ忘れているでしょう。現時点では、あのビルを何とかしようなんて、考えているのは兼重さんだけですよ」

「いや、それは……」

兼重だって、あのビルを何とかしようなんて考えてはいない。ただ、厄介な任務を押しつけられた煩わしさから、早く解放されたい。そんな一心でいたところに、中里がこの話を持ってきたから飛びついたに過ぎない。

しかし、そんな兼重の心情などお構いなしに中里は声に熱を込める。

「もし、梅森社長の本当の狙いが津田社長の読み通りなら、出ないものは、いつまで待っても出ませんよ。ならば、代替案を提示するのがデキる社員ってもんじゃありませんか。いくら、梅森社長個人の買い物だっていっても、麻布のビルですからね。願ってもない好条件で借りてくれる店子を見つけてきたとなれば、そりゃあ梅森社長も評価しますって！」

なんだか、中里の言葉を聞いているうちに、兼重もその気になってきた。

その時、再び先程の女性が現れると、

「前菜をお持ちしました」

白い皿に上品に盛られた最初の一品を三人の前に置いた。

兼重は、ぎょっとした。

何といきなりアワビである。それも中華では珍しく、新鮮なアワビが使われている。

「ほう、今日は最初にアワビか。飛び切りのやつがあったんだな」

津田の問いかけに、

「社長がお見えになるので、いつにも増して食材は吟味させていただきました。毛ガニも最高のものがありましたので、二品目にご用意してあります」

女性は自慢げにいう。

おいおい、アワビに毛ガニって……。いったい幾らするんだ、この店……。

店の雰囲気と供される料理とのギャップが激しすぎて、兼重は呆気にとられるばかりだ。

「ビールってのも無粋だな。白ワインを用意してくれ」

「ただいま、ご用意いたします……」

オーナーが立ち去ったところで、

「ささ、兼重さん。どうぞご遠慮なさらずに……」

そういいながら、率先して津田は箸を持つ。

兼重は、勧められるままにアワビを口に入れた。

もちろん、寿司屋のチェーン店に勤めていても、こんな高級食材を口にすることは滅多にない。

噛みしめてまた、驚いた。

コリッとした歯ごたえ、しっとりとした食感。それに、何で味付けをしてあるのか、和えてあるソースが絶妙に美味い。適度にスパイシーで、柔らかく、どこまでも奥深い滋味が、噛む度にしみ出してくるのだ。

「いやあ……美味いっすね！」

兼重は思わず、感嘆の声を上げた。

「この店にはメニューがなくてねえ」

津田は口を動かしながらいった。「シェフが豊洲から、気に入った食材を買ってきて、メニューを決めるんですよ。定番のフカヒレ以外はね……」

ふ・か・ひ・れ……。

またしても滅多に口にすることはない食材の名前を聞いて、兼重の心臓が一度、強く拍動を打った。たまに、極たまに口にすることはあっても、スープのなかに、糸くずのようなゼラチン質のものが、数えるほどしか浮いていない代物なのに、こんな店で出て来るフカヒレって……。

もはや、言葉が出ない。

啞然《あぜん》とするばかりの兼重に向かって、

「兼重さん……」

津田は箸を止めるといった。「私は中卒でしてね」

「はあ……」

唐突だったせいもあって、兼重は、間の抜けた声を上げた。

「そりゃあ、ここまで這い上がるには、いろんなことがありましたよ。でもね、これまでの七十年の人生を振り返って思うのは、チャンスってものは、常に万人の前をうろちょろしているものだと思うんです。高みに登れるかどうかは、それに気がつくことができるかどうかの違いだけ。

もちろん、個人の才覚だけじゃない。チャンスをくれる人間と出会えるかどうかが大切なんです」

津田が何をいわんとしているか、改めて聞くまでもない。

自分との出会いが、兼重にとってはその高みに登るチャンスだといいたいのだ。

「兼重さん」

中里が口を開いた。「私も、津田社長には、これまで何人もの人をご紹介いたしましたが、この店にお連れするのは兼重さんがはじめてです。それだけ、あのビルで行う事業に熱が入っているんです。どうか津田社長の熱意をご理解いただいて、お力をお貸しください。私からもお願いいたします」

深々と頭を下げる中里に、

「そんな、頭を上げてください」

「お願いしますよ」

たたみかけるように津田がいう。

この期に及んで、躊躇《ちゅうちょ》する反応など見せることはできない。

兼重は腹を括ると、

「分かりました。結論を出すのは社長ですが、私も津田社長の意向を叶えるべく、全力をあげます」

津田の目を見詰め、声に力を込めた。

第六章

1

いつものように、朝一番の茶を淹れ終わった梅森は、湯飲みを手にして席に着いた。

そのタイミングを見計らったかのように、ドアが二度ノックされた。

「どうぞ」

梅森がこたえると、

「社長、少しよろしいでしょうか」

ドアが開き、顔を覗かせた兼重が声をかけてきた。

「ああ……。何か?」

兼重は、執務席に座る梅森の下に歩み寄りながら、

「例のビルの件です。中里さんから、まだ結論は出ないのかと再三催促されておりまして……。

先方さんも、いつまでも待っていられない。駄目なら、他の物件を当たらなければならないとい

っているそうで……」

困惑した表情を浮かべ、前に立った。

貸すのか貸さぬのか、先方が回答を催促する気持ちはよく分かる。

しかし、ここに至ってもなお、梅森は踏ん切りがつかないでいた。

提案された事業プランが実現性に乏しい、あるいは検討にすら値しない愚案ばかりでもいい。応募があったのならまだ諦めもつくが、ただの一つも上がってこないことを受け入れる気になれなかった。

未来永劫《みらいえいごう》に亘って続く企業などありはしないし、飲食業界はすでにレッドオーシャンと称され、血で血を洗う激しい生存競争に晒《さら》されている。生き残るためには、現在行っている事業に付加価値を加え続け、新しい事業に進出する機会を常に模索するアグレッシブさなくしてはあり得ないのだ。

ただの一件もプランが上がってこない社員の反応は、危機意識のなさの表れなのか、あるいは鼻で笑われるようなプランを出せば、自分の能力の低さを知らしめるようなものだと、案があっても提出することを躊躇《ためら》っているのか。

もちろん、社員は全員サラリーマンだ。そして築地うめもりはオーナー企業である。社員がそうした気持ちを覚えるのは当然のことなのかもしれないが、もし、そうであるのなら、築地うめもりの将来は暗いものになる。

梅森は背もたれに体を預けると、ふうっと息を吐き、椅子から立ち上がった。

「そこに、かけなさい……」

梅森は、部屋の中央に置かれたソファーを目で差すと席を立ち、兼重の正面の席に腰を下ろした。

「社長のお気持ちは分かりますが、決断する時ではないでしょうか。いくら待っても出ないものは出ませんし、社長にもこれといったアイデアがないのなら、自社で新しい飲食事業をという条件に拘る限り、あのビルはずっと空き家のままって状態が続くことになってしまいます」

梅森にもアイデアがないのは事実である。

返す言葉が見つからず、瞑目し、腕組みをして考え込んだ梅森に、兼重は続ける。

「もし、どうしても自社でとおっしゃるなら、手がないわけではありません」

その言葉に、梅森は目を開き、

「なにをやるというんだ？」

と訊ねた。

「借りたいといってきている人間が、あそこでやろうとしているビジネスを、そのままうちがやることとです」

「なんだって？」

あまりに突飛な提案に、梅森は耳を疑い、問い返した。

「あれは水商売、それも夜の世界のビジネスを熟知している人間ならではの発想ですからね。確かな需要があるからこそ借りたいといってるんでしょうから、一考の価値はあると思いますが？」

「それじゃ、パクリじゃないか！　そんなこと、できるわけないだろ！」

梅森は一刀両断に切り捨てると、すかさず続けた。

「第一、同じ水商売には違いないが、酒がメインの商売のノウハウなんてうちには全くないし、相手は芸能人とか著名人が隠れ家的に使う店を入れるっていうんだろ？　そんな客層をうちが集められるわけがないだろう！」

「だとしたら、やっぱり、あのビルで、うちがやれる事業はないということになりますが？」

どうやら兼重は、梅森の反応を見越していたらしい。いや、見越していたというより、その言葉を梅森が自ら発するのを誘ったのだろう。

果たして兼重はいう。

「今回の引き合いは、社内公募への社外からの応募、それも唯一の応募といえると思うんです。そう考えれば、我々はこの提案を真剣に検討すべきなのではないでしょうか」

なるほど、公募に対する社外からの応募か……。

確かに、そういう見方はできるかもしれない。

賃貸を希望している相手がやろうとしていることは、築地うめもりが手がけたことがない事業だ。かといって、パクるのは商道徳に反する行為だし、パクろうにも築地うめもりに、この手のビジネスを行う能力はない。

「それじゃ、ただ家賃を取るだけで終わって──」

「社長。決断なさる時だと思います」

兼重は、断固とした口調で梅森の言葉を遮った。「ビルの改装費用も先方が出す。しかも一棟丸ごと借りたいといっているんですよ。こんな、いい話を断る理由がどこにあるんです？　仮に興味を示す借り手が現れたとしても、借りてくれるのはワンフロアーが精々です。他のフロアーが空いたままじゃ、客が寄りつきません。二の足どころか、早々に断念するのは目に見えてますよ。だって、そうじゃありませんか。シャッター通りの中に、あえて店を出そうなんて物好きは滅多にいるもんじゃありませんからね」

これもまた、兼重のいう通りなのだが、梅森はそれでも決断がつかない。

「しかしねえ、なんか、引っかかるんだよな……」

梅森は漏らした。「外装もエレベーターの改装も自分でやる。それにまつわる費用は一切請求しない……。まあ、一棟丸ごと借りたいっていってるんだから、外装を好きにさせてくれっていうのは分かるんだが、エレベーターまでもとなると、話がうますぎやしないか」

「催促の電話をかけてきた時、中里さん、いってましたけど、借りたいっていってる方って中卒なんだそうです」

「えっ……」

はじめて聞く話だし、唐突だったせいもあって、
梅森は、短く漏らした。

「詳しくは知りませんが、中卒で東京に出てきて、財を成すのは大変な苦労があったことは想像

に難くありません。それも夜の世界でですからね。綺麗事だけでは済まなかったと思うんです。他人の恨みを買うこともあったでしょうし、人の道に外れるような悪辣なこともしたのかもしれません。だから、私、思うんです。若い人たちが自分の店を持ちたいという夢を叶えてやりたいって気持ちになったのは、いままでの自分の生き方への贖罪《しょくざい》の意味もあるんじゃないのかなって……。実際、その方、中里さんに、こういったそうなんです。自分には子供がいない。財産を残したって、誰も継ぐヤツなんていない。いま自分がやるべきことは、カネを残すことじゃない。人を残すことだと……」

兼重の最後の一言が、梅森の胸に突き刺さった。

「子供、いないの？」

「ええ……。中里さん、そういってました」

梅森は、急にその人間の気持ちが分かるような気がしてきた。

物心ついた頃から、戦後の復興景気、経済成長と共に歩んできた世代とはいえ、それでも梅森が学齢期であった頃の日本はまだまだ貧しい国だった。特に地方の貧困ぶりは酷《ひど》いもので、高校に進学する者よりも、中学卒業と同時に就職する者の方が大半だった。安価な労働力は『金の卵』と称され引く手あまたで、三月になると、集団就職列車が日々多くの少年少女を都会に運んだ。

夜学の高校への通学を誘い文句にする職場も多かった。しかし、いざ勤務がはじまると約束を反故《ほご》にする雇用主も多く、朝から晩、時には深夜に至るまで仕事に追われる日々が待っていた。

学力が足りなくて、向学心がなくて、進学を諦めたのではない。経済的理由で進学を諦めざるを得なかった人間が、圧倒的に多かったのだ。十代半ばといえば、自分の将来に無限の可能性があると信じ、夢を持つ年頃である。それが、いきなり厳しい現実を突きつけられた時に覚える、失望たるやいかばかりであったかと思う。

あのビルを借りたいといってきた人間が、そんな経験をしたかどうかは知るよしもないが、かなりの財産を築いたことは確かなようだ。何をもって成功者と見るかは人それぞれだが、財を築くのが一つの指標となるのは確かである。中卒の身で、しかも夜の世界で財を成したからには、多くの困難を乗り越え、良くも悪くも己の才覚を存分に発揮し、時代の荒波を乗り越えてきたのだろう。

しかし、自分の将来に貪欲《どんよく》であるのは、まだ人生に残された時間が十分にあるうちのことだ。七十の声を聞く頃になると、いよいよ人生も終盤である。過去を振り返り、残された時間の中で、何をなすべきか、やり残したことはなかったのかと、自らに問い、様々な思いに駆られるものだ。

梅森の場合、それが自分に代わって、この会社を率いていく人間を育てることであり、経営基盤を盤石《ばんじやく》なものにすべく、新たな事業を確立することであったのだ。

そして、その男の場合、自分の店を持つことを夢見る若者たちにチャンスを与えようと思い立ったというわけだ。

「社長……」

思案する梅森に向かって兼重がいった。「新しい柱になる事業を持たなければという社長のお考えは十分理解できます。でも、うちの会社で新事業というからには、多店舗展開を前提にしたものを考えなければならないと思うんです」

「その通りだ……」

「だとしたらですよ、何をやるにせよ、一番大切なのは、やっぱり立地なんじゃないでしょうか。私だって、いまの部署で出店候補地を決める際には、その地域の民力、年齢構成、人口密度、その他諸々、様々な角度から分析を行いますが、これからの日本は、大都市だって高齢化が進む一方となるんです。いまは商売に適していても、十年後には出店している地域の年齢構成や経済力だって様変わりしてしまうことだって十分に考えられるんです。十年後、いや二十年後も、客層が変わらない地域があるとすれば、やっぱり繁華街やオフィス街ということになると思うんです」

確かに、兼重の言葉には一理ある。

住宅地の住人構成はそれほど大きく変わるものではない。時間の経過と共に、住人の平均年齢が高くなり、やがてリタイヤ層が増えていくにつれ、経済力は落ちていく。だが、繁華街は別だ。周辺はもちろん、遠方からも、あらゆる年齢層、経済力を持った層が日々集まってくる。そして、オフィス街に集うのは、経済力に溢れた現役世代である。

梅森は頷いた。

その反応に意を強くしたのか、

「新規事業を立ち上げる必要があるとおっしゃるのなら、もう一度、公募してみたらどうでしょう」

兼重は力の籠もった声で意外な言葉を口にした。

「えっ？」

「場所を限定しないで、こんな事業を手がけたら面白いんじゃないか、いけるんじゃないかって企画を公募するんです。それならば、いつまで待っても、ただの一件も応募がないなんてことにはならないんじゃないかと……」

兼重は、梅森の視線を捉えたまま、決断を迫ってきた。


もう一押しだ。もう一押しで、社長は折れる……。

それでもなお、決断がつかないでいる梅森を見ながら、兼重は確信した。

今回の一件で、兼重は経営者としての梅森の限界を見た思いがした。

要は、とことん利益を追求する貪欲さに欠けているのだ。

今回の件は、そのことを如実に表している。

桶増に恩義を感ずるのは分からないではない。しかし、だからといって使い道もないままに大金を投じてビルを買い、そこで行う事業を従業員に考えろという。まして、ビルの購入費は梅森の私財である。ならば、使い道は梅森自身が考えるのが筋というもので、従業員にプランの提出を求めるのは公私混同以外の何物でもないし、それが情に端を発するとあっては話にならない。

「社長……」

兼重は続けた。

「そもそも論になってしまうのですが、仮にあのビルを使って行う事業プランが出てきたとしてもですよ、家賃をどうなさるつもりなんです？」

「家賃？」

梅森は怪訝な表情で問い返してくる。

「あのビルの所有者は社長個人であって、会社のものではありません。いくら社長のものだとはいえ、無償というわけにはいきませんよね。当然、株式会社うめもりと、社長との間で賃貸契約を結ぶことになるわけですが、家賃には相場というものがあります。極端に安い家賃で貸せば税務署が黙っていません。限りなく相場に近い額にならざるを得ないのですが、もし新事業がうまくいかなければ、会社は赤字を垂れ流し続ける一方で、社長は家賃収入を毎月得ることになります」

梅森は、「あっ」というように、小さく口を開くと絶句した。

「いくらなんでも、それじゃまずいと思うんですよね」

兼重はいった。「社長にそのつもりがなくとも、形の上では、会社の資金を社長個人が吸い上げていることになってしまいますからね。弁護士の見解を聞いたわけではありませんが、背任と指摘される可能性だってあるんじゃないかと……」

兼重が「背任」という言葉を口にした瞬間、梅森はぎょっとしたように目を見開き、顔を強ば

らせた。そして何事かを考えるように腕組みをし、テーブルを見詰めると、暫しの沈黙の後、

「家賃なあ……」

呻くようにいった。「確かに、それはいえてるよな……」

「ビルを会社に売却しても、それは同じだと思うんです」

兼重は、ここぞとばかりに迫った。「使い道がないビルを会社に買わせたら、やっぱり背任行為を働いたってことになりますからね。つまり、社長に残された選択肢は、飲食業に拘らず、オフィスなり、お受験塾なり、業態を問わず貸しに出すしかないと思うんです」

梅森は腕組みをしたまま、天井を仰いで瞑目する。

兼重は続けた。

「一度会ってごらんになったらいかがです？　あのビルを借りたいっていっている人に……。直接会って話をすれば、その方の人となり、何を考えているかもよく分かるはずです。貸す、貸さないはそれから決めればいいと、私は思うんですが」

梅森は短い間の後、腕組みを解き兼重の目を見詰めてくると、

「そうだな、貸す、貸さないは、会ってから決めればいい話だもんな……」

自らに納得させるようにいった。

「では、中里さんには、早々に……」

そういった兼重に向かって、

「会うと決めたからには借主が誰なのか、どんな会社なのか、事前に知っておきたい。すまん

が、中里さんに、資料を用意するよう伝えてくれ」

梅森は命じると、ソファーから立ち上がった。


背任とはうまい言葉を思いついたものだ。

社長室を出たところで、兼重は頬が弛緩《しかん》するのを抑えきれなかった。

あの日、会食の場で、津田は「高みに登れるかどうかは、チャンスをくれる人間に出会えるかどうか」だといった。チャンスは、常に万人の前をうろちょろしているもので、高みに登れるかどうかは、それに気がつくことができるかどうかの違いだけだともいった。

あれから酒が進むにつれ津田の口は軽くなり、今回の件がうまくまとまれば、応分の礼をする用意があることを匂わせた。もちろん、固辞はしたのだが、「ご心配なく。百万や二百万は大したカネじゃありません。領収書もいらないし、税務署にもバレることはありません。現金でお渡ししますから……」といった。

帰宅して、早々に「冬夏」をネットで検索し、料金を調べてみたのだが、予算は何と一人三万円からとある。食中酒として抜かれたワインも市販価格で四万円。飲食店では市場価格の最低、倍が相場だから、安く見積もっても六万円。しかも三本も抜いたのだから、あの夜、津田は少なくとも、三十万円近くのカネを食事に費やしたことになる。それに、やはりあの運転手付きのロールスロイスは、津田のものだったことからすれば、百万や二百万のカネは、大した額じゃないというのは誇張でもなんでもないだろう。

今回のことをきっかけに、津田との縁が深くなれば、自分にも大金を手にするチャンスが訪れるかもしれない。具体的になにをやるというわけではないが、商売人になりたいという漠とした思いは抱いていたし、大学卒業と同時にサラリーマンになったのは、いきなり独立する勇気もなければ元手もなかったからだ。

津田と深い関係を結ぶことができれば、経営ノウハウや財の成し方も、いや引退を考えているのなら、彼が行っている事業を引き継げないまでも、踏襲すれば、一財産を築き上げるのも夢ではないかもしれない。

沸き立つような感情を覚えながら、兼重は席に戻った。

ふとデスクの上に目をやると、大判の封筒が置かれているのが目に入った。

なんだろう……。

「あっ、部長。さっき、石倉さんが来ましてね。それを部長にって……」

部下の坂下がいった。

「石倉さんが？」

「例の新事業公募への企画書だそうです」

「企画書？」

せっかく、社長がその気になったのに、よりによってこのタイミングでかよ……。

兼重は舌打ちをしそうになるのを、すんでのところで堪え、どっかと席に腰を下ろすと、封筒を手に取った。

「公募がはじまって随分経ちますが、ようやく一件ですか」

坂下はにやりと笑うと、「それにしても、石倉さんとは驚きですね。あの人に、そんな度胸があるとは思いませんでしたよ」

鼻を鳴らさんばかりの口調でいった。

坂下が、そういうのも無理はない。

口にこそ出さないまでも、会社というところには、部署によってヒエラルキーというものがある。チェーン展開をする築地うめもりのような会社では、どの店に行っても、味も店舗の形態も基本的に皆同じ、メニューの掲げ方、調味料や箸置きの配置に至るまで、あらゆることがマニュアル化されている。店舗管理部は、それらのことがマニュアルと寸分違わず行われているかチェックするのが仕事で、口の悪い人間にいわせれば、コンビニのトイレの清掃表にハンコを押すようなもの。業務部門のヒエラルキーの中でも、最も低い地位に置かれている部署だからだ。

なあに、血迷ったんだか……。

しかし、いくら坂下にとはいえ、ここで公言するわけにはいかない。

兼重は嘲笑を以《もっ》て坂下にこたえると、封筒を開けた。

中には十五枚ほどか、ワープロで書かれた書類の束が入っていた。

『コンパス通りのビルを使った新規事業提案書』

カバーページには、ゴシックで大きく書かれたタイトルがあり、その下に部署名と石倉の名前が記してある。

兼重はそれに一瞥をくれると、内容に目を通すことなく、デスクの引き出しの中にしまい込んだ。

2

鈴《りん》の余韻《よいん》が絶えて久しい。

線香の香りが濃く漂いはじめたところで、梅森は長い祈りを終わらせ、目を開けた。

仏壇に飾られた森川の遺影を改めて見詰め、深々と頭を下げると、梅森は座布団の上で位置を変え、背後に控える時子《ときこ》に向き直り、深々と頭を下げた。

「ありがとうございます……」

時子もまた、丁重に頭を下げると、梅森の肩越しに亡き夫の遺影に目を遣った。「お父さん、喜んでますよ。わざわざ家まで来て頂いて、梅森さんに手を合わせていただけるなんて……ほんとうに、ありがたいことです」

「四十九日の法要には、どうしても仕事の都合がつかなくて失礼してしまいましたので、不義理を働いてしまったことが、ずっと引っかかっていたんです。早く、お参りさせていただかなければと思っていたんですが、このところ仕事が忙しくて……。今日は昼からの予定が無くなってしまったもので、それで突然お邪魔させていただいた次第でして……」

「死んだ人間のことなんか、二の次でいいんですよ」

時子は、穏やかな笑みを浮かべながら、顔の前で手を振った。「生きている人間には、やることがたくさんあるんですから。まして、梅森さんは社長じゃないですか。社員の生活が梅森さんの双肩にかかっているんだもの、仕事が第一。そんなことは、お父さんだって百も承知してるし、こうして忘れずにいてくれるだけでもありがたいと思っていますって」

「そう、おっしゃっていただけると、救われる思いがします……」

梅森は、本心からいうと、また頭を下げた。

「お茶、淹れましょうか、まだ時間は大丈夫なんでしょう」

「ええ……」

梅森がこたえると、時子は立ち上がり、

「どうぞ、こちらへ……」

リビングに案内する。

「順平が金沢へ行った時には、ちょうどいい広さになったなんて、二人していってたんですけどね、私一人になってしまうと、なんか、とてつもなく広い家に住んでいるような気がしてきて……」

キッチンに立ち、茶の支度をする時子が、こちらに背を向けたままいった。

「お気持ちは分かります。いままで、いて当然だった人が、いなくなってしまったんですからね……」

「あの人、酒飲みで、毎晩晩酌《ばんしやく》を欠かさなかったんですよね。外で呑んで帰ってきても、必ず家で一杯やるの。それも、ただ呑むんじゃなくて、アテがないと駄目だったんです」

時子は茶器を載せたトレイを持つと、振り向いた。「酒飲みって不思議ですよね。いま、家にどんなアテがあるのか全部知っていて、あてがわれた以外のものを欲しがるんです。おい、あれがあっただろうって……」

「森川さん、食通でいらっしゃいましたから……」

「しかも、既製品をそのまま、出そうものなら、たちまち不機嫌になって……。一手間加えたものじゃないと駄目なんです。塩辛なら、柚《ゆず》の香りをつけるとか、酒粕《さけかす》と併せて置いたものとか……。面倒くさいったらありゃしなくて……だから、あの人が死んだ時には、ああこれで酒の支度をしなくて済むって、思ったんだけど……」

時子は、そこで言葉を呑んだ。

半世紀近くも寝食を共にしてきたのだ。まして、職場も同じである。

日々の煩わしい手間も、それだけ長く続けばもはや習慣、生活のリズムとなっていたはずだ。それが、ある日突然無くなってしまえば、解放された喜びよりも、喪失感を覚えて当然だし、たぶん、口ではなんやかやといいながらも、時子の中ではそれが生き甲斐の一つになっていたのに違いあるまい。

「きっと、奥様の手料理に優《まさ》るものはなかったんですよ……」

梅森の口調もどうしてもしんみりとしたものになってしまう。「森川さんは気遣いの人でしたからね。我が儘をいえるのは、奥さんだけだったんでしょうね……」

時子は何もいわなかった。

寂しさと、森川との暮らしを懐かしむかのような、複雑な感情が入り交じる笑みを浮かべると、急須を手に取り茶を淹れにかかった。

「梅森さん、何かおありになったんじゃありません？」

茶を注ぎ入れ終えた時子が、湯飲みを差し出しながら唐突に問うてきた。

「えっ？」

「仏壇に向かって手を合わせる梅森さんの後ろ姿を見ていたら、そんな感じがしたんです」

梅森は、何とこたえたものか、言葉に詰まった。

図星だったからだ。

「どうか、なさったんですか？」

沈黙は肯定である。

時子は重ねて訊ねてきた。

「実は、あのビルのことで、森川さんにお詫びをしなければならないことがありまして……」

「お詫び？」

怪訝な表情を浮かべる時子に向かって、梅森はいった。

「森川さんから売って頂いたあのビル、賃貸に出すことになるかもしれません」

「それを、どうして詫びをしなければならないの？」

「あのビルは、ご長男が桶増を継ぎ、いずれ東京に戻った順平さんが、桶増から仕入れた魚を使って腕を振るう店をやらせるために購入したものです。ですから私、あのビルを使って、新しい会社の柱となる事業を立ち上げようと考えたんですが、私にはどうしてもアイデアが浮かばなくて……。それに、そろそろ後継者を育てなければならないこともあって、人材を見出すいい機会だと考えて、社内公募を行ったのですが、いまに至るまでただ一件の応募もありませんで……」

「だから、なんで梅森さんが詫びなきゃならないの？」

時子は、呆れたような口調でいった。「だって、そうでしょう。あのビルは梅森さんのものなのよ。貸そうが、売ろうが、梅森さんの好きにすればいいじゃない」

「いや……しかし……」

「梅森さんは、いまの会社をはじめるに当たって、うちの人が音頭を取って、河岸の人たちがおカネを工面してくれたことを恩義に感じているんでしょうけど、あれから何年経ってると思うの？　会社が大きくなるに従って、仕入れの量も増えていったのに、業者を替えもせず、値切りもせず。お陰で、皆十分儲けさせてもらったのよ。それに比べりゃ、私たちがあの時用立てた額なんて――」

「いや、金額の問題じゃないんです」

梅森は時子の言葉が終わらぬうちにいった。「あの時、森川さんをはじめ河岸の皆さんの好意がなければ、再起する気力なんて湧きませんでしたよ。銀行の裏切りは、文字通り私を失意のどん底に叩き落としたんです。おカネの多寡《たか》なんか問題ではありません。皆さんの好意がなければ、私は立ち上がることができなかったのは事実なんです」

「ほんとに、あんたって人は……」

時子は優しい眼差しで森川を見詰めると、静かに首を振った。「でもね、やっぱり詫びる必要なんかありゃしないよ。あの人だって、今頃あの世で困惑してるよ」

「しかし、これは私の気持ちの問題で……」

「あのね、梅森さん。確かに、長男が桶増を継ぎ、次男があのビルで桶増から仕入れた食材を使った店をやるってのは、あの人の夢だった。だけどさ、その当の次男の順平は、早々に万石に修業に出て、そのまま金沢に骨を埋めることに決めちまったんだ。親の夢なんか、これっぽっちも気にしないでさ」

先程までとは打って変わり、時子は元来のべらんめえ口調で話しはじめる。「第一、長男が死んじまった時、桶増を継ぐっていった順平を、男が一旦決めた道を簡単に変えるのか。お前の決意なんて、その程度のものだったのかって、頑として撥ねつけたのは、うちの人なんだ。あの人が抱いていた夢なんて、とっくの昔に終わっちまってたんだもん」

「順平さんの申し出は、そりゃあ嬉しかったたって、森川さん、おっしゃってましたよ」

「知ってるわよ」

時子はすかさず返してきた。「順平の申し出を、きつい言葉で断ったくせに、あの夜は、お酒を飲みながら泣いてたもの……」

「泣いていた？　森川さんが……ですか？」

「当たり前じゃない。男が生涯を賭けるって決心した道を、家のため、親のために諦めるっていってくれたんだもの。親として、こんな嬉しいことはあるもんですか」

黙って頷いた梅森に向かって、時子は当時のことを思い出すかのように遠い眼差しになると続けた。

「でもさ……家のため、親のために、我が子が志した道を捨てさせるなんて、あの人にできるはずがないだろ。あの人、いってたよ。俺の夢が叶うよりも、順平が、ああいってくれたことの方が、何倍も嬉しいってさ……」

時子は、そこで梅森を優しい眼差しで見詰めると、「だから、あの人も、私も、あのビルを使って云々《うんぬん》なんて夢が叶うよりも、ずっと、ずう～っと大きな喜びを味わったわけ。だから、あの人の思いに拘ることなんて、これっぽっちもありゃしないんだよ」

口元に穏やかな笑みを浮かべた。

時子が嘘をいっているとは思えなかった。

確かに、いわれてみれば、子供が生涯を賭けると決意した道を、家業のため、親のために諦めることを良しとする親は、まずいまい。

「だいたいさ、梅森さんに詫びられたら、あの人、身の置き所がなくなっちゃうよ。だって、そうじゃないか。あのビルを買わせたことで、梅森さんに悩みの種をつくることになっちまったんだもの。あの人だって、そんなことは絶対に望んじゃいませんって」

時子の言葉に、梅森は救われる思いがした。

同時に、新事業のアイデアが、何一つとして浮かばなかった己が情けなく思えてきた。

「奥さん……」

梅森は、そういったきり言葉が続かなくなった。

「それに、詫びというなら、詫びなきゃなんないのは、こっちの方さ」

時子の顔から笑みが失せ、視線が落ちる。「火葬場で、あのビルの話になった時、梅森さんは考えがあって買ったんだっていってくれたけどさ、やっぱり、あの人に頼まれてしかたなく買ったってことが、はっきりしたんだもの。いくら業績は絶好調の会社のオーナー社長さんでも、安い買い物じゃなかったろうに、虫のいいお願いを聞いてくれて、うちはどれほど助けられたことか……」

時子は、そこでソファーから立ち上がり、姿勢を正すと、

「ごめんなさいね……。本来なら、買い戻して、私と順平の二人で始末をするのが筋だけど、桶増をたたむのに、予想外におカネがかかって、そんな余裕がどこにもなくて……」

深く体を折りながら、絶句した。

「奥さん、止めてください。なにも、そんな……」

梅森は慌てて立ち上がると、「借り手は見つかったんです。しかも一棟丸ごと借り上げてくれるといってるんです。奥さんのお話を聞いて、ようやく決心がつきました。だから、どうぞ頭を上げてください」

時子に向かって優しく語りかけた。

3

なんで俺がこんな話に加わらなけりゃなんねえんだ？　これって、身内の問題だろ……。社長室のソファーに座りながら、順平は胸の中で呟いた。

時間の経過と共に、険悪な雰囲気が増す一方だ。

二つある一人掛けのソファーには、籠目と亜佑子が、長椅子には重則と順平が、テーブルを囲む形で座っている。

この場を設けることを要求してきたのは亜佑子である。

代替案を出すことで、一旦は矛《ほこ》を収めた亜佑子だったが、いつまで待っても一向に出て来る気配がない。重則に催促しても、口を衝いて出るのはいい訳じみた言葉だけ。ついに、ぶち切れた亜佑子が、突然万石に押しかけてきたのだ。

籠目、重則の慌てぶりは、尋常なものではなかった。顔を強ばらせ、板場に現れた籠目が、順平を手招きすると、「亜佑子が乗り込んで来たんだよ。例の、一件で……。いつになったら、代替案ってやつが出て来るんだって、えらい剣幕でまくし立てて。ジュンペイちゃん、話に加わってくれよ」と、早口で囁くと、有無をいわさず社長室に連れ込んだのだ。

籠目は亜佑子にからきし弱い。まして、重則は婿養子だから、推して知るべし。順平が席に着くと同時にはじまった四者会談は、端から亜佑子の独演会となった。

「だいたいね、あれも駄目、これも駄目、無茶だ無謀だって反対するだけなら馬鹿でもできるわよ。原案を凌ぐ案を出せなきゃ、原案がベストってことじゃない。そんな単純な理屈が分からないの？　いったい、いつまで待たせるつもり？　待てば、案が出てくるわけ？」

お嬢様気質丸出しで、舌鋒《ぜっぽう》鋭く迫る亜佑子に押され、籠目は苦虫をかみ潰したような顔をして押し黙るばかり。一方の重則は、散々家でも問い詰められたのだろう、ほとほと困り果てたふうで項垂れるばかりだ。

「お父さん……」

亜佑子の呼びかけに、籠目はぎょっとした顔をして、目をしばたたかせる。

「ん？」

「本当に、新しい店をやる気はあるの？」

「そりゃあ、あるさ」

「じゃあ、根本的な質問をしますけど、懐石料理とイタリアンのフュージョンってコンセプトに異論はあるの？」

「いや……料理の方向性には賛成するよ。実際ジュンペイちゃんが、重則君が作った料理を食べて、イケるっていってるんだし、お客さんに食材や調理方法を選んでもらうってのは面白いと思うし……」

なにも、そこで俺の名前を出さなくとも……。

慌てた順平だったが、亜佑子の視線は籠目に向いたままだ。

「じゃあ、問題は店の開店費用と規模ってこと？」

亜佑子は、続けて篭目に問うた。

「亜佑子は、客単価がどれくらいになると見込んでるんだっけ？」

「料理で、一万七千円から、それにワインは最低でも、フルボトル一本七千円。最高額は、それこそ品揃えによるわ」

「一番安いワインを頼んで二人で四万円強。それだけの料金が払える客が、採算ベースに乗るほど来てくれるとなると、やっぱり東京が第一候補ってことになるよね」

「でしょうね。実際、万石にしたって、地元のお客さんは接待で使ってくださる方が多いし、個人で来てくださるのは観光客、それも東京の方が圧倒的に多いんだもの」

「一言で東京というけどさ、東京だって地域によって経済力に違いがある。そりゃあ、お客さんが、わざわざ遠くから足を運んでくれる店もないわけじゃないが、懐石とイタリアンのフュージョンというからには、客層のメインは三十代から五十代ってところになるだろう。それも、それだけの料金を払える客層が集まる場所といえば、六本木や麻布のような洒落た場所になるんじゃないか？」

「でしょうね」

亜佑子はあっさりとこたえると、「だから、内装や備品、食器にもおカネをかけなきゃならないわけよ。あの辺で、ショボい店なんか出そうものならお客さんは来ないわよ。店の雰囲気だって、料金のうちなんだから」

当然のようにいう。

「トレース図からすると、亜佑子は地上階を想定しているようだけど、麻布の辺りじゃ三階でも、坪三万円以上もするんだぞ。権利金に内装、備品、開店するだけでも大金がかかるし、家賃、人件費、光熱費は固定費で、客の入りに関係なく、毎月一定額が発生し続けるんだ。連日満員御礼ならば、十分やって行けるだろうが、どうやってお客さんを集めるつもりなんだ」

さすがに篭目も腹を括ったらしく、穏やかな口調ながらも反論に出た。

「あのね、ＳＮＳが全盛のいまの時代、インスタ映えするかどうかがまずは大切なのよ。店の雰囲気に、見栄えする料理を出せば、評判はあっという間に広がるの。タピオカミルクティーなんて、その典型よ。写真を撮るために遠路はるばるやってきて、まともに飲まずに捨てちゃう人だって大勢いたじゃない」

「料理の味は、重要じゃない。見栄えすりゃ、味はどうだっていいっていってるのか？」

「そんなこと一言もいってないわ。お父さんが、どうやってお客さんを集めるつもりかって聞くからこたえただけよ。だってそうじゃない。お父さんがいってることって、要は店の存在をどうやって世に知らしめるのかってことでしょう？」

「インスタ映えする店を作り、料理を出せば遠路はるばる足を運んでくれるというのなら、場所に拘る必要はないいんじゃないか？」

亜佑子の理屈からすれば、篭目のいっていることは絶対的に正しい。

万石を訪れる客も料理を出せば、まず写真。老いも若きも、それが礼儀であるかのごとくスマホを取り出すのは、もはや日常の光景だ。味云々よりも、インスタ映えする写真を撮りたくて、わざわざ遠方まで足を運ぶ人間が増えているのも確かである。

しかし、いつまで続くか誰にも分からないのが流行《はやり》というものだ。亜佑子が例に挙げたタピオカミルクティーだってすでにブームは去りつつあるし、料理だけでも一人二万円近くする店を当たり前のように使う客は、東京にはごまんといるだろうが、安定した収益を上げる鍵は、やはり常連をいかにして摑むかだ。いくらインスタ映えするからといって、写真を撮るのが目的で頻繁に店を訪れ、高い料金を払ってくれる客はそうはいない。まして常連ともなれば、食事が目当てのはずだし、頻繁に訪れるのだから、いちいち写真を撮るわけがない。

果たして、痛いところを衝かれた亜佑子は、むっとした表情を浮かべ、押し黙った。

「お父さんはね、なにも亜佑子が考えた店をやるなといってるんじゃないんだ」

籠目は、たしなめるように穏やかな口調でいう。「むしろ、この店をやって欲しいと思ってるんだ。金沢に来たら万石へ。全国から、お客さんは来てくれるし、観光地としての金沢の魅力が色褪せることはないだろう。でもね、時が流れるに従って、町だって変わるし、人の嗜好だって変わっていくのは避けられない。万石の料理だって、伝統を守りながらも時に合わせて変化してるんだ。事実、ジュンペイちゃんだって、ゲンさんの教えを受け継ぎながら、独自の味、独自の料理を生み出そうと、日々試行錯誤を繰り返しているんだよ。それは、お前も分かるよね」

そういわれれば、普通は素直に頷くところだが、亜佑子は無反応を貫く。

どうやら、想定内の反応だったらしく、籠目は続ける。

「でもね、商売ってのは一寸先は闇だ。実際、代々受け継いできた伝統工芸が、気がつけば無くなってしまったなんて例は、掃いて捨てるほどあるだろ？　京都の西陣織りは素晴らしいものだし、世界中の人々に賞賛されるが、需要がなけりゃ食べていけない。いまや、往時の姿は見る影もなく廃れてしまっただろ？　料理だって同じなんだよ。お父さんの代で、万石の料理がどうなるってわけじゃないだろうが、亜佑子の代には分からないんだ。日本人の味覚や嗜好が変化することは十分にあり得るだろうし、ならば外国人観光客にとなれば、万石の味がそのまま受け入れられるとは限らない。だから、その時に備えて、もう一つ、万石は柱となる店を持っておかなければならないんだ」

篭目の言葉を聞いているうちに、順平はなんだか寂しくなった。

万石の料理を愛してくれる客は大勢いる。観光客だって、金沢に来たからには万石へと足を運んでくれもする。お陰で店は連日大賑わいなのだが、客は中高年が圧倒的に多い。

もちろん値段が張ることもあるのだが、それよりも日本人の食に対する嗜好が変化してきていることの現れではないかと順平は思った。第一、値段というなら万石以上に値の張る店はざらにある。例えば寿司屋だ。北陸の海で、その日獲れた魚介類を供する店は連日大賑わいだし、それを目当てに金沢を訪れる観光客の方が多いのだ。

何を美味しいと思うか。どんな味に価値を見出すか、好みの味というのは人それぞれだが、所謂《いわゆる》味覚というものは、日頃どんな味に接しているかによって判断基準が形成される。築地の仲買人の家に生まれた順平は、幼い時から上質の魚を食してきたし、万石で働くようになってからは、一流の料理人が手間を惜しまず腕によりをかけて作り上げた味に接してきたのだ。

しかし、そんな食環境の中にある人間はそういるものではない。インスタント食品、できあいの惣菜や冷凍食品が日々食卓にのぼる家庭は多いはずだし、外に出れば、気軽かつ安価なファストフード店やチェーン店が軒を連ねている。まして、いまやB級グルメ、C級グルメが脚光を浴び、次から次へと新しい味が生まれる時代だ。

そんな中で味覚を形成された世代が大半を占める時代になればどうなるか。

繊細な出汁の味。食材の違い。職人の技に価値を見出し、高い値段には理由があると、万石の料理を、自分の料理を評価してくれる客がいつまでいるのか……。

改めてそこに気がつくと、篭目が抱いている危機感が、順平には他人事とは思えなくなってきた。

「そんなこと、とっくの昔に気づいていたわよ」

亜佑子は、まるで嘲笑するかのように口の端を歪めた。「金沢だろうが、京都だろうが、懐石なんて、いまの若い人はほとんど興味を示さないからね。当たり前じゃない。どれだけ腕のいい料理人が、最高の食材を使って作っても、ファストフードやできあいの料理の濃い味に舌が慣れちゃってんだもの。薄くて不味いと感じこそすれ、繊細な味の違いなんか分かるわけないじゃない」

なんて言い草だ。誰のお陰で大きくなった。いままで、あんたを食わしてくれたのは、どんな料理だと思ってんだ。その懐石じゃないか。しかも、万石の花板の俺を前にして、懐石なんてだと？

　さすがに、順平も頭にきて我慢できなくなった。

　しかし、それより早く亜佑子が口を開いた。

「道を究めるのは、大切なことだと思うけど、こうして見てると、その道のプロになればなるほど、消費者を無視して突っ走る傾向があるのよね」

「どういうことだ……」

　さすがに籠目も、怒りを覚えているらしく、声を押し殺して亜佑子に訊ねる。

「家電製品なんてその典型じゃない。テレビ、掃除機、洗濯機、新製品てものが次々に出て来るけどさ、じゃあ旧モデルと何が違うといえば、データの上でのことばかり。そりゃあ技術者にとっては、大きな進歩なんでしょうけど、消費者にとっては、変わりなんてぜ〜んぜん分かんないじゃない。自動車だって――」

　したり顔で話す亜佑子を遮り、

「お嬢さん……」

　順平はついに口を開いた。

「なに？」

　さすがの亜佑子も、ぎくりとした様子で身構えた。

「どうしても、東京の一等地に店を出したいんすか……」

「いったでしょ。繁盛するかどうかは、立地が大切だって」

「ならば、多少不便でも、立地さえ良ければ、SNSで客を呼べる自信があるんすか……」

「あ、あるわよ」

念を押されて、たじろいだ様子だが、ここまでいってしまったからには、後に引けるわけがない。

亜佑子は、口ごもりながらも頷いた。

「麻布ならどうすか……。最寄り駅は六本木と広尾。どちらからも歩いて十分……」

「麻布なら、最高だけど──」

「だったら、心当たりがありますけど、俺、聞いてみましょうか」

「ジュ、ジュンペイちゃん。そ、それは──」

籠目が慌てて割って入ったが、順平は手で制すると、

「もし、相手が貸してくださるというのなら、条件がはっきりと分かります。家賃、契約期間、その他諸々、お嬢さんが想定している以外の費用も……。それが、はっきりした時点で、改めて話し合いを持つ。今日のところは、それでどうすか……」

亜佑子に迫った。

このまま続けても、堂々巡りを繰り返すだけになるのは目に見えている。

いかに死屍累々、飲食業にとっては魔の地域と称されていても麻布ともなれば、家賃は高額だ。まして路面店である。厳しい現実を突きつけてやれば、亜佑子も考えを改めるだろうという読みが順平にはあった。

普段はおとなしい順平の語気の強さに気圧《けお》されたのか、亜佑子は目を瞬《しばた》かせながら、

「いいわ。じゃあ、そうしましょう」

こくりと頷いた。

4

「お忙しい中、お時間をいただきまして恐縮です。ガルフウインドの津田でございます」

午後一番に社長室を訪ねてきた津田は、名刺を差し出しながら深く体を折った。

「お初にお目にかかります。築地うめもりの梅森でございます」

名刺の交換を終えたところで梅森は、「さ、どうぞおかけください」

津田に椅子を勧めた。

ソファーに腰を下ろした津田は、室内の様子に目を走らせる。

はじめてここを訪れた人間は、ほぼ例外なく同じような反応を示す。

「殺風景で驚かれましたか」

梅森は微笑んだ。「社長室も仕事場ですので。必要以上の物は置かないようにしておりまして……」

「いや、正直申し上げて、少し驚きました。成功を収めたオーナー企業の社長となると、己の城だとばかりに華美な設《しつら》えにする方が多いものですから……。正直申し上げて、私もその一人であ

りまして……。いや、お恥ずかしい限りです……」

顔を伏せながら、殊勝《しゅしょう》な言葉を口にする津田であったが、見るからに高価なダブルのスーツに身を包んだ装いといい、艶のある肌といい、おそらくはネイリストによるものか、光沢を放つ爪を見るにつけ、梅森にはどこか白々しく聞こえた。

「まあ、経営者には、それぞれ考えがありますので、私が勝手にそう思っているだけです」

梅森がいったその時、ノックの音と共にドアが開くと、茶を持った女子社員が入ってきた。

社員には極力雑用はさせない主義だが、さすがに来客時はそうはいかない。二人の前に茶を置いて立ち去る女子社員を見送った梅森は、

「津田さんは、あのビルを丸ごと借り切って、会員制のバーやクラブをおやりになりたいと伺っております。それに当たっては、エレベーターをはじめ、外装等に纏わる経費の全てを、御社が負担なさるとのことでしたが、それに間違いはないのでしょうか」

早々に本題に入った。

「その通りです」

津田は、即座に断言する。「通常、外装やエレベーターの改装費用は家主が負担するものですが、今回手がける事業は、私の人生の集大成と考えておりまして、自分の思うがままにやってみたいのです」

「しかし、万が一にでも失敗すれば、改装にかかった費用は全額津田さんの持ち出しということになってしまいますが？　それに明け渡しを受ける際には、元通りとまではいかなくとも、外装

は現状に近い状態に戻して頂くことになるかも知れません。それでも構わないとおっしゃるわけですか？」

梅森が重ねて念を押すと、

「今回手がける事業は、あこぎなことをやってきたことへの罪滅ぼしという意味合いを兼ねておりまして……」

津田は声のトーンを落とし、目を伏せた。

「罪滅ぼし？」

「私は中学を卒業と同時に、集団就職で東京に出て来ましてね……」

すでに、兼重から聞かされていたこともあって、黙って頷いた梅森に津田は続けた。

「最初の勤め先は、下町の小さな工場《こうば》で、それでも従業員は二十人ほどはいたでしょうかね。そこで旋盤工《せんばんこう》として働きはじめたわけですが、二年もすると、やっぱり見えてしまうんですよねえ……」

「見える？」

「自分の将来ってやつがです」

津田は複雑な笑みを口元に宿す。「最年長は五十歳ぐらいでしたか。その方が親方として面倒を見てくれたんですが、やってる仕事の内容は私と変わりがないわけです。もちろん物のできは格段に違いますよ。だけど、回転する金属に刃を当てて、一つの製品に仕上げるって作業自体は同じなんです……」

それをいうなら寿司職人、いや、どんな仕事だってそうだ。

胸に込み上げる不快感を押しとどめるように、梅森は茶を啜った。

ただ寿司を握るというだけならば、職人を養成する学校に二週間も通えば何とか形にはなる。実際、世界的な寿司ブームのお陰で、その手の学校で訓練を受ける外国人はひきもきらずだ。

しかし、そんな人間たちが握る寿司と、長年修業を重ねてきた職人の手による寿司は全く違うし、握る以前に、魚の目利き、捌き方、煮方、焼き方と学ばなければならないことは山ほどある。そのいずれもが一朝一夕に身につくわけではないどころか、何十年も寿司を握り続けて来ても、これで十分と思える日はやってこない。まさに日々修業。それが職人の道なのだ。知れば知るほど、極めることの困難さを思い知って当然であろうに、たった二年で先が見えたとは……。

若かりし頃にはありがちな話だが、それにしても余りにも拙速《せっそく》に過ぎる。

「それに、五十になっても親方の給料なんて知れたもの。自分も親方のような人生を歩むのかと思ったら、とてつもなく空しくなりましてね。それで、工場を飛び出したわけです」

津田は続けていうと茶を啜り、話をさらに進める。

「かといって次の仕事なんかあるわけがありません。途方に暮れていたところに、ひょんなことから知り合った人に働き口を紹介されましてね。街金の世界に身を投じることになったわけです」

「街金？」

「というより、闇金ですね。まあ、当時は規制なんて無きに等しい時代でしたからね。そりゃあ、やりたい放題ですよ。そこで、カネ貸しのイロハを学んで独立したわけです」

今度は違和感を通り越して、嫌悪感を覚えた。

銀行だってカネ貸しだ。知名度もあれば、社会的地位もある人間たちが集う銀行にして、カネのためなら鬼になる。まして闇金ともなれば、その比ではない。

「じゃあ、飲食業を経営なさった経験は？」

「もちろん、あります」

津田は頷いた。「貸したカネのかたに事業を取り上げたこともありましたからね。もっとも、私自身が経営を仕切ったわけではありません。世間には元手はないが店をやりたいって人間が結構いるもんでしてね。これぞと見込んだ人間にカネを出してやる。その対価として、売上げのしかるべき割合を頂戴する。要は金主です。闇金も規制が厳しくなって、昔のようにはいきませんものでね。今では、それが私の収入の全てです」

「では、今回も同じ方法で？」

「基本的には……」

津田は、また一口茶を啜った。「ただ、今回は儲けなんかどうでもいいんです。いつか自分の店を持つことを夢見ている若い世代の人間の願いを叶えてやれれば、それでいいと考えているんです」

カネ貸しから、金主へ。どちらにしたって、カネがカネを生む稼業で財を築いたことに変わりはない。そんな生き方をしてきた人間が、ここに至って考えを改めるものだろうか。

津田が、本心からいっているのか、あるいは他に狙いがあるのか。

梅森の中に芽生えた疑念は、話を聞けば聞くほど大きくなっていく。

そんな気配を察したものか、津田は湯飲みを置くと、

「社長にはお子さんがいらっしゃらないそうですね」

唐突に訊ねてきた。

「ええ……」

「立ち入ったことをお訊きしますが、個人資産はどうなさるおつもりですか？　一代でここまで成長させたからには、十分な資産をお持ちだと思いますが、それはどなたに？」

それについては、里美と話し合いを重ね、すでに方針は固まっていた。

「大した額ではありませんが、なにかしらの基金を立ち上げ、若い世代の夢を叶えるために使ってもらおうかと考えています」

「なるほど、さすがは梅森さんだ……」

津田は、感心したように頷くと、「そこまで立派ではありませんが、私も思いは同じなんですよ」

遠い目をして視線を宙に向けると、続けた。「闇金稼業をやってる間は、そりゃあ酷いこともしてきましたからね。鬼と罵られるのは毎度のことだし、中には絶望の余り自殺した人だっていたと思うんです」

「思う？」

「私、そんなことがあったのかどうかも知らないんです。貸したカネが回収できたら、後のことは知ったこっちゃない。第一、カネを貸した相手の名前なんか、いちいち覚えてませんからね。期限までに返してくれればよし。さもなくば、債権を同業者に売っ払う。それがカネ貸しの生き方だと考えてきたわけです」

それだけではあるまい。

闇金の旨味は法外な利息にある。客が元本の返済が見込めぬことを端から承知で貸し付けて、金利分だけを吸い続けるのが狙いなのだ。

どうやら、ついに不快感が表情に出てしまったらしい。

「こんな酷い生き方を罪の意識を抱くことなく続けられたのも、私がカネ貸しとして独り立ちするに当たって、同じ目に遭ったからかもしれませんね」

津田は、苦い思いを噛みしめるかのように、それでいてどこか達観した口ぶりでいった。

「同じ目に遭ったとおっしゃいますと？」

「カネ貸しは元手がなければ、やれません。そこで、独立するに当たっては、私の師匠が元手を用立ててくれたんです。もちろん無利子じゃありませんよ。トイチです」

「トイチって……十日で一割の利子ってことですよね」

「酷い話でしょう？　弟子にカネを貸して十日で一割の利子を取るなんて、普通の人には考えられませんよ」

穏やかな笑みを浮かべる津田だったが、自分が知らぬ闇金の世界の実態の一部を垣間見た思いがして、梅森は愕然とすると同時に、カネに対する彼らの執着心と冷徹さに、悲しみすら覚えた。

津田は続ける。

「トイチの金利を支払うためには、それより高い利子でカネを貸すしかありません。トニ、トサンなんて法外な金利でもカネを必要とする人間は、それこそ破産寸前の多重債務者ばかりです。当然、取り立ても厳しくなるわけで、そんな日々を重ねていれば、人間、どんどん感情が麻痺していくんですね。後に師匠がいいましたよ。カネ貸しなんて、カネがありゃできるってもんじゃない。どこまで非情になれるのか、それこそがカネ貸しに求められる資質なのだと……」

「では、津田さんの師匠は、その道の厳しさを知らしめるために、敢《あ》えて、トイチなんて条件で元手を出したと？」

「それは、どうですかね……。カネが絡めば身内だろうが友達だろうが関係ないのがカネ貸しですから……」

津田は首を振りながら、苦笑いを浮かべると、一転して真顔になった。「でもね、さすがにこの歳になると、カネへの執着もなくなってしまいましてね。同時に、これまでの人生を振り返ることも多くなるわけです。気がつけば家族も子供もいない。だからこそ、悪逆非道なことをやってこられたのかもしれませんが、その結果として残ったのはカネだけとなると、なんだか、とてつもなく空しくなりましてね……。だって、そうじゃありませんか。あの世にまでカネは持っていけませんからね」

何とこたえたものか、梅森は困惑した。

カネ貸しとしての津田の生き方は、決して肯定できるものではない。いまさら、悔いたところで遅すぎるというものだ。人生の終わりが視界に入ってくれば、非道を重ねて来た人間ほど、贖罪の意識に駆られる気持ちは分からないではないのだが、津田の言葉を梅森はやはり信じる気にはなれなかった。

たぶん、それは経営者としての勘というものかもしれない。

経営者にとって事業は、自分の人生そのものだ。それを、自ら否定するような考えを抱くのは、いかに非道の限りを尽くしてきたとはいえ、いささか不自然な気がするし、まして津田が事業をはじめた動機はカネにある。

確かに津田は大金を手にしたであろうし、その一点だけを取ってみれば成功者とはいえるかもしれない。その点は、梅森も同じではある。しかし、梅森が手にした財産は「いかにしてお客様に喜んでもらえるか」を常に模索し続けてきた結果齎《もたら》されたものであり、いかにしてカネを儲けるかを考えたことは一度たりとしてない。

カネに対する考え方も、事業に対する取り組み方も正に水と油。そんな人間の言葉を素直に信じるのは、余りにも危険すぎる。

「お話は、分かりました」

梅森はいった。「正直申し上げて、ビルの使い道を探しあぐねていたのは事実です。私にとっては、願ってもない話だとは思いますし、津田さんが贖罪に駆られる気持ちも、分からないではありません」

「では、貸していただけるのですね」

津田は、背もたれから上半身を乗り出した。

「契約書をご用意していただけませんか？」

梅森はすかさず返した。

「契約書を？　私の方でですか？」

津田は怪訝な表情で問い返してきた。「契約書は、貸主の方が用意するものですが？」

「普通はそうですが、どちらにしても取り決め事項については、双方の間で、なにかしらの交渉が行われるものです。まして、今回の場合、エレベーターの改修費用、耐震補強の問題もあるわけですが、津田さんは、私に金銭的負担を一切要求しないとおっしゃる。それに当たっては、いろいろと盛り込みたい条件がおありのはずです。その点も含め、津田さんの意向を反映した契約書を叩き台として提出していただいた方がいいと思うのです」

直に言葉を交わしていると、情も湧けば、相手を信じてみようという気持ちにもなる。最初の事業が銀行の貸し剝がしに遭い、倒産に追い込まれたのは、そのせいだ。その点、契約書に記される条文は、一切情を排した取り決め事のみ。それを見れば、津田の本心が分かるはずだ。結論を出すのは、それからでも遅くはない。

「なるほど。確かにおっしゃる通りかもしれませんね……」

同意の言葉を口にする津田の瞳が鋭くなった。「では、早々に契約書の叩き台は、こちらでご用意させていただきます」

「お手数をおかけいたしますが、ひとつよろしくお願いいたします」

津田に向かって、軽く頭を下げた梅森は、残った茶を一気に飲み干した。

5

社長室の電話が鳴ったのは、津田と会った翌日の昼過ぎのことだった。

「森川です……。金沢万石の森川順平でございます」

受話器を通して、順平の声が聞こえてきた。

「ああ、ジュンペイさん。どうも暫くです」

そうこたえた梅森に、

「こちらこそ、ご無沙汰しております」

順平はこたえると、「父の葬儀の際には大変お世話になりまして……」

と改めて礼をいった。

そういえば、順平と話すのは森川の葬儀以来のことだが、あれから随分と時間が経っている。いまさら礼もないだろうし、何か別に用件があるに違いない。

「どうかなさいましたか?」

思わず問うた梅森だったが、取りようによっては「何の用事だ」といわんばかりにも聞こえかねない。

「いや、つい最近もご自宅にお伺いして、お母様とお会いしたのですが、やはり一人になると、お寂しい様子だったので、気になっていたのです。まさか、お母様に――」

慌てて問うた森川を、

「いや、そうではないのです」

順平は遮ると、続けていった。「万石のことで社長にご相談したいことがございまして……。いま、お時間大丈夫でしょうか」

「かまいませんが、万石のことで？　私にですか？」

「実は、いま、万石で懐石とイタリアンのフュージョン料理を出す店を、東京でやろうという話が持ち上がっておりまして……」

それから順平は、万石の跡取り娘の亜佑子主導で進んでいる計画を話しはじめた。

「なるほどねえ……。確かに、それは大冒険、というより無謀かもしれませんね」

梅森は、思わず溜息を漏らした。「そりゃあ、誰にだって夢はありますし、店を出すからには、理想の店をと思う気持ちになるのは分かります。でもねえ、料理、ひいては店の価値を判断するのはお客さんです。そして、お客さんの評価は、実際にやってみるまで分からないものですし、思惑通りに行くよりも、外れる方が圧倒的に多いのが商売です。その辺は、万石の社長さんだって、十分過ぎるほど、ご存じでしょうに……」

「だから、旦那さんも困ってるんです」

受話器越しに順平の溜息が聞こえてくる。「大切に育てたひとり娘ですからね。旦那さんは、お嬢さんにはからきし弱いんですよ。それに、いま、ここで断念させたとしても、いずれ代替わりをする時が来るわけです。その時は、お嬢さんが万石を継ぐことになるわけで、そうなったらやっぱりやると思うんですよ」

「つまり、いま断念させたとしても、結果的にはやることになるとおっしゃるわけですか？」

「まず、間違いなく……」

順平は確信を込めながらも、声のトーンを落とす。

「しかし、失敗したら大変なことになりますよ」

梅森はいった。「東京で店をやるとなれば、調理師だって新たに雇わなければならないわけでしょう？　ホールだって、人を雇わなければなりませんし、調理場の器具はリースにするにしても、期間は契約で縛られる。リースが終わっても、メンテナンスは必要ですから、その後も馬鹿にならない固定費が一定額、それも毎月継続的に発生するわけです。店の利益は、それら全ての固定費を補ってから生ずるわけですから、いきなり大金を投じるのはリスクが高すぎるように思えますがねえ」

開業してもすぐに廃業に追い込まれる飲食店が圧倒的に多い理由の一つは、固定費の見通しの甘さがある。人件費や光熱費、材料費については誰しもが考えるし、厨房の器具に関しては、開店費用を抑えるべく、大抵がリースを用いる。リースを用いるメリットは、月々の支払額が一定であることに加え、契約期限を迎えれば、以降料金の支払から解放されるという点にあるのだが、業務用の厨房器具にはメンテナンスが必要不可欠で、この費用が馬鹿にならない。

かといって、メンテナンスを怠り、器具が故障しようものなら修理が終わるまで店は休業、その間売上げはゼロになる。かくして、固定費は思ったほどに軽減できず、働いても働いても利益は上がらない。これは、客単価が然程《さほど》高くはないラーメン店によく見られる傾向で、泡のように湧いて出ては消えていく店が後を絶たないのは、こうした理由が大きいのだ。

「なんか、旦那さんとお嬢さんのやりとりを間近で見ていると、どうせならいまのうちに、大《おお》火傷《やけど》をさせるのも悪くないいんじゃないか。ひょっとして、旦那さんは、そう考えているんじゃないかと……」

順平の言葉に、

「それ、どういうことです?」

梅森は問い返した。

「いまのところ、万石の経営は順調です。新幹線が開通して以来、東京からの観光客も増えましたし、金沢に来たからには、万石の懐石をって方が、沢山いらしてくださいます。でも、お客様の年齢層は、やっぱり高いし、夜の値段はどうしても高額になりますので、経済的に余裕のある方が多いんですね。これから先、どんどん高齢化が進む一方で、人口は減少していくわけですから、お客様の絶対数が減っていくのは避けられないでしょう。かといって、外国人が懐石を好んで食べてくれるか。金沢には来てくれても万石で、食事をしてくれるかといえば、なかなか難しいだろうな、とも思うんです」

「それで、懐石とイタリアンのフュージョンと考えたわけですか……」

「万石に懐石とは別の柱となる事業が必要なのは、私も理解できるんです」

順平はいった。「旦那さんだって頭から反対しているわけじゃありません。それどころか、その店をやってみたい。そう思っているんです」

「万石に体力のあるいまのうちに、お嬢さんが痛い目に遭うのも悪くはないと、社長は考えているんじゃないかと順平さんは思われるんですね」

「旦那さんは、絶対にそんなことはいいませんし、何とかお嬢さんの考えを改めさせられないかと相談してくるんですけど……」

順平の話を聞きながら、後継者問題というのは難しいものだとつくづく思った。

子供がいない梅森には、後継者に誰を指名するのかは目下の最大の悩みの一つではあるのだが、実子に継がせると決まっていても、経営者としての才に恵まれているかどうかは、やらせてみないことには分からない。

巷間、三代目は家業を潰すといわれるように、苦労知らずの後継者に代替わりした途端、無茶な事業に手を出し、あるいは独自性を出そうと従来の路線を逸脱し、たちまち経営が傾いたなんて話は世に掃いて捨てるほどある。

して考えると、万石の当代が愛娘に苦い経験を積ませるのも悪くはないという思いを抱くのも分からないではないが、それにしてもである。

「ジュンペイさん……」

梅森は順平に語りかけると、「でも、どうして、こんな話を私に?」

覚えていた疑念を口にした。

「お嬢さんは、店のコンセプトだけではなく、ロケーションにも酷く拘っていまして……」

順平は、そう前置きすると続けた。

「想定している客単価は、料理だけでも一万五千円強。それに酒のメインはワインになるでしょうから、二万円にはなるでしょう。そのクラスの店は東京ではざらにありますが、その分だけ競争は激しいわけです」

「そうだねえ……」

順平の見立ては正しい。「それでも、その価格だと、夜のコースなら松竹梅の松。料理の内容、サービスはもちろん、店をどこに持つかで客の入りは違ってくるだろうからね」

「そこなんです」

声から順平が困惑している様子が伝わってくる。「お嬢さんの話を聞いていると、余りにも甘すぎるんですよねえ……。万石は金沢でこそ有名ですが、東京では知る人ぞ知る程度のものでしかありません。まして、イタリアンとのフュージョンですよ。どうやって集客をするのかと訊くと、いまはSNSであっという間に評判が広まる時代だ。インスタ映えがするとなれば、黙っていても客はやってくる。だから店の雰囲気、そしてロケーションが重要なんだと……」

溜息が出そうだった。

確かにSNS全盛の時代である。料理を前にすれば、まず写真。「いただきます」に代わる儀式と化している感があるのが事実なら、インスタ映えする写真を撮るのが目的で、飲食店を訪れる客が増えているのも事実である。

そうした風潮が蔓延しているお陰で繁盛している店も少なからずあるのだが、それも良い評判が立てばこそ。悪い評判が立とうものなら、たちまち客は寄りつかなくなる。そこがSNSが極度に浸透した社会の恐ろしさなのだ。

「ジュンペイさんも、大変だねえ……」

梅森は、思わず漏らした。「万石で修業を重ねて、花板になったんだ。仕事に専念して、ますます腕を磨きたいだろうに、こんなことに煩わされるなんて……」

「そうした気持ちを覚えるのは事実ですけど、それもこれも、私が万石の経営を担う一員だと、旦那さんが考えてくださっているからだと思うんです」

その見方は間違ってはいまい。

花板は、その店の料理と味に全責任を持つ立場にある。繁盛するか否かは、花板の腕次第。どれほど優秀な経営者でも、腕のいい花板の存在無くして店が成り立たないのは事実である。

そこに思いが至ると、順平と万石の経営者が、主従の垣根を越えた強い絆で結ばれているように思え、胸の中に温かなものが込み上げてくるのを梅森は覚えた。

「でもね、梅森さん。いくらロケーションがいいといったって、駅から徒歩五分と十分では、全く状況が違うと思うんです」

「そうだね。たかが五分、されど五分。この違いは大きいよね」

「そこで、梅森さんにお願いがあるんです」

順平は、改まった口調でいった。「親父の無理を聞いていただいて、買い取っていただいたビルを、万石に貸すのなら、いくらになるかお聞かせ願えないでしょうか」

火葬場で「ビルの使い道には考えがある」と順平には伝えていたにもかかわらずの申し出であることからすると、梅森の嘘を見抜いていたに違いない。

「えっ……。それって、万石さんが、あのビルを借りたいってことですか？」

全く想像だにしなかった申し出だけに、梅森は驚き問い返した。

「いまの時点では、借りるとは断言できませんが、まずは、お嬢さんに検討する材料を与えたいのです。実際、地名を出したところ、麻布なら申し分ないとお嬢さんはおっしゃいますし、ならば、家賃がどれほどになるのか、もしあのビルでとなれば、どんな戦略を以て挑まなければならないのか、現実の厳しさが見えてくると思うんです」

「しかし、あのビルは五フロアーあるんだよ。いまのところただの一軒もテナントは入ってはいないし、叩き台にするにしたって、条件が悪すぎるんじゃ……」

「だからいいんです」

順平はすかさず返してくる。「成功が約束されている商売なんてありませんし、立地や広さ、家賃も含め、何もかもが望み通りの物件もあるはずがないんです。だからどうしたら成功させることができるか。お嬢さんにはとことん知恵を絞って欲しいんです」

順平のいう通りである。

築地うめもりだって事業が完全に軌道に乗ったいまでこそ、新店舗を出すに当たっては、確立されたマニュアルに基づいた店作りが可能になったが、ここに至るまでは試行錯誤の繰り返し。梅森も含め、従業員が知恵を振り絞り、改善、改良に必死に取り組んできたのだ。

本来ならば、お嬢様気質丸出しの世間知らずのことなど、構う気にはなれないのだが、順平は森川の一人息子だし、万石に骨を埋める覚悟で働いてきたのだ。万石に万一のことがあれば一大事。さすがに、放っておくわけにもいかない。それに、津田の申し出には、いまいち乗る気になれないこともあった。

「分かりました。じゃあ、早々にお貸しするに当たっての条件を出してみましょう」

梅森は順平の申し出を受けることにしたのだったが、「ただ、一つお願いがあります」

それだけでは不十分なような気がして、ひとつ条件を出すことにした。

「なんでしょう」

「条件を出す際には、お嬢さんにこちらに来て頂いて、直接お話をさせていただきたいのです」

花板とはいえ、順平は使用人のひとりに過ぎない。諭したくとも、面と向かってはっきりとはいえないことも多々あるだろう。ならば、その我が儘、かつ世間知らずの跡取り娘に直接会い、商売の厳しさを諭してやろうと梅森は考えた。

どうやら、梅森の狙いを悟ったらしく、

「そうしていただけると、本当に助かります……」

順平はすっかり恐縮した態で、声のトーンを落とした。

6

企画書を提出してから二週間が経つというのに、梅森は何の反応も示してこないことに、石倉は違和感を覚えた。

梅森は労に報いる人間である。案を却下するにしても、直接会った上で、理由を話すはずだ。しかし、そう思う一方で、ここまで反応がないとなると、違和感は「評価を述べる必要すらない。荒唐無稽《こうとうむけい》も甚だしい。一笑に付されてしまったのではないか」という不安に変わる。そして時間の経過とともに、「企画書なんか出さなければよかった……」という後悔の念を覚えるようになっていた。

外回りが多いせいで、会社を離れている間は、「もしや、この間に」と淡い希望を抱きもするのだが、帰社しても梅森からの伝言はない。その度に現実の厳しさを突きつけられる思いがして、石倉の気持ちは落ち込むばかりだ。

その日は、京浜《けいひん》地区の店舗を回ったこともあって、帰社したのは午後七時を回ろうかという時刻になった。

玄関に入ろうとしたその時、エレベーターのドアが開き、ロビーに降り立つ梅森の姿が見えた。

瞬間、石倉は心臓が強い拍動を刻むのを覚えた。

あんなものを提出しなければよかった……。

改めて後悔の念が込み上げてきて、石倉はその場で姿勢を正すと、

「お疲れさまでございます……」

梅森に向かって頭を下げた。

「やあ、石倉君。いま帰りかね」

梅森は、いつものように優しい口調でこたえ、「ご苦労さん」と労いの言葉をかけてきた。

それだけ？

やはり、梅森は企画書のことに触れる気配すらない。

「はっ……」

改めて、失望感に襲われた石倉は、とても顔を上げていられなくなった。

俯いた石倉の前を、梅森は通り過ぎていく。

僅か数秒の間に、石倉の中で様々な思いが交錯した。

評価を聞くのが怖い反面、知りたい気持ちも捨て切れない。だが、評価の内容次第では、いままで心の片隅に微かに息づいてきた淡い期待が木っ端微塵《こぱみじん》に吹き飛んでしまうことが、とてつもなく恐ろしい。

しかし、次の瞬間、

「あの……社長」

と、声が出てしまったことに石倉は自分でも驚いた。

「ん?」

梅森は脚を止め、石倉に向き合った。

こうなれば、話すしかない。

腹を括った石倉は、

「あの……企画書の件なのですが……」

と切り出した。

「企画書? はて、企画書とはなんのことだね?」

梅森はきょとんとした顔をして、訊ね返してくる。

「えっ……」

その反応に驚きながら、「公募されていた新規事業の企画書です。二週間ほど前に、提出したのですが……」

石倉は正直にこたえた。

「二週間前? 私のところには、上がってきていないが?」

梅森は小首を傾《かし》げ、「提出したって、兼重君のところにかね?」

「ええ……」

何かの行き違いだとしたら、同僚の不手際《ふてぎわ》を告発したも同然だ。

そんなつもりはないだけに、石倉は語尾を濁した。

「おかしいな……。兼重君は、そんなこと一言もいっていなかったが……」

思案を巡らすようにいう梅森に、

「うっかり失念してしまったんじゃないでしょうか。社長も常時会社にいらっしゃるわけじゃありませんし……」

慌てて石倉はいった。

梅森は、すぐに言葉を返さなかった。

珍しく眉を顰め険しい表情で石倉を見ると、

「石倉君、その企画書ってのは、君の手元にあるのかね?」

一転して柔らかな口調で問うてきた。

企画書は三セット用意してあった。

一つは提出用で、残る二つは由佳に手渡したものと自分用のもので、それはいつ梅森から説明を求められても対応できるように、常に鞄の中に入れて持ち歩いている。

「ございます。いま、この鞄の中に」

石倉は、なんだか嬉しくなって胸を張った。

「そうか……」

梅森は目元を緩ませ、「石倉君、今日の予定は?」

と訊ねてきた。

「これから、日報を――」

と話しかけた石倉を遮って、

「日報は明日でいい。そこの喫茶店でその企画書ってのを見せてくれないか」

梅森はいうと、返事も待たずに先に立って歩きはじめた。

7

おそらくプレゼンか、あるいは説明を求められた時に備えてのことだろう。石倉が手渡してきた企画書の行間は、赤いペンで書かれた細かい文字で埋め尽くされていた。

石倉がこの企画に込めた熱意を感じると同時に、読み進むにつれ、発想の筋の良さ、実現性の高さに梅森は舌を巻いた。

企画書の最後の一行を読み終えた梅森は、思わず息を漏らした。

「やはり、駄目でしょうか……」

目を上げると、不安げな眼差しで梅森の反応を窺う石倉の姿があった。

「いや、そんなことはないよ。駄目どころか、これは検討する価値が十分にあるね」

梅森は大きく頷きながら、声に力を込めた。

「本当ですか！」

今まで浮かんでいた不安げな表情が一瞬にして吹き飛び、石倉の顔がぱっと輝く様子に、梅森もまた胸中に沸き立つような興奮を覚えた。

「地方の名店に期間限定で店舗を貸し出すとは、素晴らしいアイデアだよ。ニーズは確かにあるだろうね」

「期間限定で店舗を貸し出すというポップアップ型のビジネスは、既に広く行われておりますが、ビルを丸ごと使い、地方の名店を定期的に入れ替えるという事業を展開している会社は、私が知る限り一社もありません」

石倉は、我が意を得たりとばかりに声を弾ませる。

「東京に限らず、大都市に支店を出して勝負してみたい、事業を拡張させたいと願っている名店は沢山あるだろうからね」

まさに、万石がそうだ。つい先日、順平から相談を受けていただけに、この企画が解決策になるかも知れないという予感を覚えて、梅森の顔も自然とほころぶ。

「その際に問題になるのが、初期投資にかかる費用です」

石倉は顔の前に人差し指を突き立てた。「保証金に家賃、内装費に厨房設備、従業員も出店地で新たに雇わなければなりませんし、調理師を派遣するとなると住居も用意しなければなりません」

「全てを自己資金で賄っても、成功するとは限らんし、失敗しようものなら、取り返しがつかないことになってしまう。経営が傾くかもしれないとなれば、やはりなかなか踏み出せるものじゃないからね」

「そうしたリスクを最小限に抑え、本格出店の成否を占う意味でも、この事業は歓迎されると思うのです」

石倉は小鼻を膨らませ、言葉に勢いをつける。「各フロアーは寿司、洋食、中華、和食といったように、各テナントが提供する料理に特化した内装と調理器具を設置します。食材は各テナントが地元から取り寄せるもよし、東京で調達するなら、うちが仕入れを代行するもよし、業者をご紹介することもできます。調理師は各店から派遣するしかないとしても、ホール係はこの事業専属の従業員をうちが派遣して差し上げれば、東京で求人を行う手間もいりません」

「となれば、出店期間中に要する住居費は調理師分だけ。しかも手ぶら同然で出てこられる。自前で新店を出すことを思えば安いもんだ」

石倉のアイデアは、東京進出を願っても、果たせずにいる地方の名店が抱える問題点をことごとく解決することに、梅森は改めて感心した。同時に、この事業が新しい柱として築地うめもりを大きく飛躍させるプランであることに、興奮を覚えた。

「このビジネスがあのコンパス通りで成功すれば、東京には留まらない。少なくとも全国の主要都市で展開できるというのもいいね」

梅森の言葉に、石倉は大きく頷くと、

「寿司にしたって、その地に行かなければ食べられない名店が全国にあります。郷土料理にしたってそうですし、料亭はもちろん、新鮮な海産物を売りにする地域だってあるわけです。東京には日本全国の食材が集まり、地方の名店も出店してはいますが、それだってごく一部に過ぎないのです」

「その地に足を運ばなければ口にできない料理が、東京に居ながらにして食べられる。しかも期間限定となれば、立地条件なんて関係ない。君の目論見通り、連日予約で満席ってことになるだろうね」

その点も梅森が石倉の案を高く評価する理由の一つだ。

なにしろ、出店期間は限定である。その機を逃せば、実際に本店を構える地まで、足を運ぶしかないのだ。

いまや東京は、高級、B級、C級グルメに至るまで、世界に冠たる食の都である。名を馳せる地方の名店の味を楽しむために、わざわざその地に出かけるグルメも沢山いる。それが東京で、しかも期間限定で店を開くとなれば、見逃すはずがない。出店期間中予約で満杯という状況は、店にとっても願ってもないことなのはいうまでもないのだが、もしこの構想が目論見通りの展開を迎えれば店にはさらに大きなメリットが生ずる。

それは食材の無駄を、最小限に留めることが可能になり、それが店の利益率の向上に繋がるという点だ。

連日予約で満席となれば、仕入れる食材の量に目処がつく。もちろんアラカルトのメニューに備えての食材の仕入れは必要であるにせよ、いつ、どれほどの客が来るか分からない状況に備えるよりも、無駄になる食材の量はずっと少なくて済むはずだ。

「しかし、凄いことを思いついたものだね。目から鱗というか、本当に舌を巻くばかりだよ。これなら、あのビルの立地の悪さなんて、問題にはならないものな。いや、恐れ入ったよ……」

梅森は、素直な感想を口にすると、石倉に向かって頭を下げた。

ところが、石倉は少し決まり悪そうな表情を浮かべると、

「実は、このアイデアを考えついたのは、私ではないのです……」

声のトーンを落とした。

「君じゃないって……じゃあ、誰が？」

意外な言葉に、梅森は問い返した。

「寿司処うめもりの六本木店でホールを担当しているバイトの女子大生でして……」

「女子大生？」

またしても、想像だにしなかった事実に、梅森の声が裏返った。「バイトの女子大生が、こんな企画を考えたの？」

「彼女、岩手の被災地の出身でしてね。お父さまは、水産加工会社に勤務しながら、地元の人たちとなんとかして町を活性化させたいと、必死に取り組んでいるそうなんです」

石倉の話には、まだ先がありそうだ。

梅森は黙って話に聞き入ることにした。

石倉は続ける。

「お父さまは、勤務する会社で製造した珍味をデパートの催事で販売するために、全国各地を回っているそうなんですが、お客さんの反応はすこぶるいいのに、町に興味を持ってくださる方は皆無に等しい。それで、彼女がいうには、町には新鮮で現地でなければ食べられない食材もあれば、素晴らしい料理を提供する店もあることを知ってもらうためには、アンテナショップを出す

のが一番いいんだけど、金銭的にとてもそんな余裕はないんだといいましてね」

「なるほど、アンテナショップか……」

梅森も、あの東日本大震災の直後に発生した津波に襲われ、町が壊滅していく様子はいまも鮮明に覚えている。しかし、良い記憶も悪い記憶も、喜びも悲しみも、薄れさせてしまうのが時の流れというものだ。

あの惨劇から僅か九年しか経っていないというのに、いまでは被災地の人たちの暮らしに思いを馳せることは皆無に等しい。

「それで、このプランを考えついたというわけか……」

梅森は、そんな自分を恥じ入りながら声を落とした。

「催事での反応からして、町の食材に商品力があるのは間違いない。他にも、美味しい食材はあることを、都会の人は知らないだけだ。知れば興味を持って、町を訪れてくれる人たちだって少なからずいるんじゃないか。食だけじゃない。風光明媚な自然もあるし、そもそも観光資源には恵まれている土地柄なのだ。一度足を運んでもらえさえすれば……と考えていたところに、あの公募を目にしたわけです」

「じゃあ、なぜ彼女自身が、企画書を出さなかったんだね？」

「そりゃあ、バイトだからですよ。一応、公募は社員向けのものですから」

「そんなつもりはなかったんだけどね」

「それに……」

石倉は、そこでいいにくそうに言葉を呑んだ。

「それに、なんだね？」

続きを促した梅森に向かって、

「正直申し上げて、彼女が発案したのは、あのビルを食のアンテナショップにするというところまでだったんです。もちろん、その発想自体、素晴らしいものなんですが、事業として展開するには、ちょっと無理があると思いまして……」

「じゃあ、彼女の発想が引き金になって、君がこの企画を思いついたというわけなんだね」

「その通りです……」

石倉は頷き、真摯《しんし》な眼差しを向けてくると、「もちろん、彼女の発案がなければ、私もこんな企画なんて思いつきません。全ては彼女の発想があってのことです……」

何と正直な男だと、梅森は思った。

恣《し》意的な人事を行ったことは断じてない。部下の労に報いるのが経営者の務めだという姿勢を貫いてきたつもりだが、やはり欲を捨て切れないのが人間である。うめもりグループの社員の中でも、梅森の歓心を買おうとする人間もいれば、出世の欲を捨てきれない社員だって数多くいる。

バイトの発案ならば、黙っていれば誰にも気づかれることなく、自分の手柄にできたであろうに、隠すことなく明かしてしまう石倉を梅森は好ましく思った。

「石倉君……」

「はい……」

「この企画、実現に向けて検討してみようじゃないか」

「はっ……」

石倉は、椅子の上で姿勢を正すと、梅森の視線をしっかと捉えて頷いた。

「君にはプロジェクトリーダーをやってもらうよ」

「えっ！　私がですか？」

石倉は、驚きの余り目を丸くして身を固くする。

「当たり前じゃないか。企画の内容を一番よく理解しているのは、発案者だ」

梅森は含み笑いをしながらいい、「他人に任せれば、ああでもない、こうでもないがはじまって、とんでもない方向に進んでしまうことにもなりかねんからね。思う存分、自分の思うがままに、この企画を実現すべく、やってみたまえ」

石倉は感極まった様子で、唇を硬く結ぶと、

「分かりました。非才の身ではありますが社長のご期待に沿えるよう、精一杯がんばらせていただきます」

深々と頭を下げた。

「それに当たって、ひとつ頼みがある」

梅森の言葉に、石倉の顔が上がった。

「なんでしょう」

「その、バイトの女子大生に会わせて欲しいんだ。できるだけ早いうちに……」

石倉が、梅森の願いを拒むはずがない。

「分かりました。ではただちに……」

石倉は、ふたつ返事で引き受けると、鞄の中からスマホを取り出しパネルをタップしはじめた。

終章

1

「面白いじゃない。っていうか、それ、凄くいいわよ。素晴らしいアイデアだわ」

キッチンに立ち、遅い食事の支度をしながら梅森の話を聞き終えた里美が振り向きざまにいった。

石倉と共に六本木店へ由佳を訪ねたせいで、時刻は既に午後十時を回っている。

店が一日のうちでもっとも混み合う時間ということもあって、由佳とは厨房で十分ほど立ち話をしただけだったが、それでも彼女の人柄と考え方は把握できた。その後、店の近所にある居酒屋で、石倉と酒を汲《く》み交わしたのだが、新事業の話に花が咲き、ツマミにろくに箸をつけた記憶がない。そこで軽い食事を所望したのだ。

「しかし、大学生がなあ……」

正直な感想を漏らした梅森の前に、里美は大ぶりの茶碗を置く。

白米に鯖《さば》のヘシコを載せた湯漬けである。長期間糠《ぬか》に漬けた鯖は塩気がきつく、高齢者には褒められたものではないのだが、梅森の大好物のひとつだし、里美もその点は十分承知しているから、量も加減してある。

「大学生だから、こんな発想が出て来るのよ」

里美は、正面の席に腰を下ろしながらいった。「社員の中からただの一件も企画が上がって来なかったのは、業界のことを知りすぎているせいもあるんじゃないかと思うの。それに、みんなサラリーマンだもの。下手な企画を出せば、評価に響くんじゃないかって尻込みしたのかもしれないし……」

「業界のことを知りすぎているか……」

確かに、それはいえているかもしれない。

泡の如く生まれては消え、消えては生まれる、厳しい生存競争に晒されているのが飲食業界である。不動の地位を築き上げたかのように見える大手飲食チェーンにしても、客の支持が得られなくなればひとたまりもない。むしろ、ビジネスモデルが確立されているがゆえに、方向転換を図ろうにも小回りが利かないことを熟知しているから常に危機感を抱いている。業界や客の動向には最大限の注意を払って注視しているし、成功、失敗例の分析にも怠りはない。それゆえに、業界のことは熟知しているという自負の念も抱いているだろうし、新しいことをやろうとすれば、成功例よりも失敗例が真っ先に頭に浮かび、「そう、うまく行くものか」で終わってしまうのはあり得る話だ。

「あなたいってたじゃない」

里美は急須に茶葉を入れながらいう。「はじめて行くコースは、難しさを感じないものだけど、回を重ねるごとに難易度が増してくるって。それと同じなんじゃない?」

里美がいうコースとは、ゴルフコースのことだ。

はじめてのコースは出たとこ勝負。とにかく真ん中を狙って打つしかないのだが、ラウンドを重ねるに連れフェアウェイのライの状況、グリーンの傾斜と、落とし所が分かってくる。そうなると狙うポイントはどんどん狭くなってくるわけで、回を重ねるごとに難易度が増してくるのだ。

ビジネスの世界でも、そんな例はいくらでもあって、パソコンのOSは、その最たるものだろう。

パソコンの黎明期《れいめいき》、ハードの製造は世界に名を馳《は》せる大手メーカー数社の独擅場《どくせんじょう》で、何をやるにしてもまず言語を学び、プログラムを書かなければ何の役にも立たない、一般ユーザーには、極めてハードルが高い代物《しろもの》だった。その障壁を劇的に解消し、ユーザーの直感で思うがままに操《あやつ》れる身近なツールにしたのがアップルやマイクロソフトというベンチャー企業である。

それまで業界の雄として君臨してきた、豊富な資金力と高い技術を持つ人材が数多《あまた》いる世界的企業が、なぜベンチャーの後塵《こうじん》を拝《はい》することになったのか。なぜ、そうした技術や製品を開発できなかったのか。

詳しい事情は分からないが、ベンチャーがユーザーの視点に立って利便性を求めたのに対し、メーカーサイドが技術者の視点で製品の開発を進めたからではないのかと梅森は考えていた。その道のプロを自認する人間の考えが、いつの間にか市場のニーズから乖離《かいり》し、独善的な方向に進んでしまうことになるのは、えてして起こり得るものなのだ。

「確かにそうかもしれないね」

梅森は、湯漬けを啜りながらいった。「ポップアップレストランってのは、最近よく耳にするけど、精々《せいぜい》が昼と夜との使い分けで、ビルの店舗が丸ごと定期的に入れ替わるなんて聞いたことがないもんな」

「お父さまがデパートの催事で、全国を回っていらっしゃるからこその発想なんでしょうね」

里美は急須に湯を注ぎ入れる。「常時出店してれば、いつでも買えると思うから、ついでの時にしか足が向かないけれど、期間限定の物産展と聞くと、それを目的に出かけることがあるものね」

「そこなんだよ」

梅森は頷いた。「物産展の開催が、デパートに足を運ぶ動機になるというなら、地方の有名店が期間限定で東京に店を出すとなれば、多少の便の悪さなんて、それほど気にはならないだろうからね。期間中は連日予約で満席となれば、数ヶ月、あるいは年一度、再出店ってことにもなるだろうし、不調に終われば、東京進出の判断材料になるし、改善点を考えるきっかけにもなるからね」

「そこで、美味しいとなれば、本店のある地を訪ねる動機にもなるかもしれないしね」

「そうなれば、願ったり叶ったりってもんさ。観光客の誘致、ひいては地方の活性化にも繫がるからね」

里美は、夢見るような視線を宙に泳がせると、

「それに、私の趣味が大いに役に立つし……」

含み洗いを浮かべ、梅森を見た。

「君の趣味?」

問い返した梅森に向かって、

「食器集めよ」

里美は白い歯を見せた。

「あっ、そうか」

「和洋、それも大抵の物はセットで揃えてあるし、カトラリーも用意できる。実際に店で使ってもらえるなら、それこそ本来の使い道。食器だって喜ぶわ」

里美は声を弾ませる。

確かに彼女のコレクションはかなりの充実ぶりで、専用に借りた3LDKのマンションに収まり切れないといっていたことがある。それに、食器集めが唯一の趣味だけあって、センスがいいのは、ドラマや雑誌のグラビア撮影に頻繁に貸し出されていることからも明らかだ。

「大分おカネを使っただろうからな」

梅森は苦笑を浮かべた。

もちろん、皮肉ではない。冗談である。

「服や宝石を買ったり、旅行に行ったりするわけじゃなし、私って、随分安上がりな妻だと思うけどなあ」

「その点は、本当に感謝しております」

おどけた口調だが、梅森は本心からいい、軽く頭を下げた。

里美は、株主配当を受け取っている。それも大株主だから、小遣いにしては十分過ぎる額になるのだが、主な出費はもっぱら食器集めだけである。生活費は梅森の収入で賄っているので、貯蓄もかなりの額になるはずだ。

それでも倹《つま》しい生活を送っているのは、引退後に設立しようと考えている財団の財源を少しでも多く確保したいという思いがあるからだ。

「それにしても……」

里美は急須に手を伸ばしながら、感慨深げにいう。「無駄なものはないっていうのは本当のことなのねえ……」

何をいわんとしているのか、俄には見当がつかず、

「何のことだ？」

梅森は湯漬けを啜りながら問うた。

「食器集めにしたって、単に食器が好きだから。骨董《こっとう》や、名品を買い漁って収集欲を満たすためにやってきたんじゃないの。使える食器好きで集めてきただけだけど、随分おカネも使ったし、

保管のためにマンション借りて、じゃあそれが何の役に立つのかっていったら、何もないわけよ。それが、新しくはじめる事業の役に立つかもしれないんだもの……」

「確かに、それはいえてるよな」

湯漬けはもう僅かしか残っていない。

梅森はそれを一気に掻き込み、続けていった。

「そりゃあ、集めた本人は満足だろうが、君がいなくなったら、あれだけ大量の食器をどう処分するかって問題が出て来るもんな。骨董品ならともかく、生活食器ばかりだし、中には値の張るものがあるんだろうが、それにしたってリサイクルショップに持ち込むしかないだろうからね」

「まあ、それでも使ってくれる人がいるなら食器だって幸せなんだけど、店で実際に使ってもらえるなら、もっと幸せ。私だって、そっちの方が何倍も嬉しいもの」

声を弾ませる里美を見ていると、彼女の食器に対する愛情の深さを感じて、胸に温かいものが込み上げてくるのを覚えた。

「麻布のあのビルでこの事業が成功したら、別にビルを買おうと思うんだ」

頭の中では、すでに事業展開の青写真が出来上がりつつある。

梅森は唐突に切り出した。

「ビルを買うって、どこに？」

湯飲みを差し出しながら訊ねてくる里美に向かって、

「それは、まだ分からない」

梅森は首を振った。「でもね、この事業は場所を選ばない。っていうか、何も一等地でなくとも、お客さんを集めることができる事業になると思うんだ」

「あっ、そうか！　その地に出かけなければ味わうことができない店のお料理が、東京に居ながらにして楽しめるんだものね。多少不便でも、料理が目当てなんだもの、お客さんだって気にしないでしょうし、一等地のビルよりも、遥かに安い値段でビルが買えるってわけね」

「その通りだ」

目元を緩ませ茶を啜った梅森の脳裏に、兼重を伴い、あのビルの周囲を散策した時の光景が目に浮かんだ。

「考えてみれば、コンパス通りは飲食業には向かないっていわれてるけどさ、あのビルの周りには、小さいが予約困難なほどの人気を持つレストランがいくつかあるんだよ。うちのようなチェーン店や、無名の店には不向きな場所でも、そこに行かなければ食べられないとなれば、立地の善し悪しは問題にならないってことの証だもんな」

「そうよね……」

里美は梅森の言葉に同意すると、「山奥にあるおそば屋さんやラーメン屋さんとか、うどん屋さんでも、連日大盛況。県外からわざわざ足を運んで来るお客さんだっているっていう店があるんだもの。この話を聞かされて、どうしてそこに考えが至らなかったのかって、ホント、目から鱗ってのはこのことだわ」

言葉の通り、目を瞬《しばた》かせながら、瞳を輝かせる。

沸き立つような興奮が胸の中を満たしてくるのを覚えると、梅森の脳裏に新たなアイデアが浮かんだ。

「ねえ、里美」

梅森はいった。

「なに？」

「アパートを買おうか」

「アパート？」

「出店期間中に、料理人を住まわせる住居にするんだよ」

梅森はいった。「ウイークリーマンション、ビジネスホテルと、東京に限らず大都市には宿泊施設はたくさんあるけど、外国人観光客が激増したお陰で、部屋の確保は難しくなる一方だっていうし、料金も高くなってしまって、地方からの出張者は郊外に泊まるしかないっていうからな」

「それ、私もこの間知り合いの方から聞いたわ」

里美は即座に反応する。「宿泊料金は会社の規定で上限があるのに、昔から使っていたホテルはいつも満室で、最近じゃ京都出張となると、大津《おおつ》のホテルに泊まってるって」

「旅行なら、随分前から計画を立てて、ホテルも確保できるだろうが、出張はそうはいかないからね。もちろん、ホテルと長期契約を結んで、部屋を押さえておけばいいのかもしれないけれど、期間中は連日ホテル暮らしっていうのもねえ……」

もちろん、寝るだけの場所だ。目を瞑《つぶ》ってしまえば、カプセルホテルだろうが、豪華ホテルだろうが同じことじゃないか、という考え方もできるのだが、仮に出店期間が一月《ひとつき》となると、ビジネスホテルの狭い部屋ではやはり気の毒だ。

「そうよねえ……」

里美は真顔になると、「出店者を募《つの》るにしたって、宿泊施設は必ず問題になるだろうし、お店によっては職人さんに出張手当を出さなきゃならないところもあるかもしれないしね。その上宿泊費ってことになると、出店に二の足を踏む店もあるでしょうからね」

視線を落とし、湯飲みを見詰めた。

「買うか」

梅森はいった。「この事業専用の、アパートかマンションを。そこをこの事業専用の寮にしよう」

「それ、会社で？　それとも私たち個人で？」

「もちろん、僕ら個人でだ」

この短い間にも、梅森の中で考えはまとまりつつある。「そう遠からずして、築地うめもりの経営は誰かに委《ゆだ》ねなければならない時が来る。その時、問題になるのは僕たち二人が所有している株だ」

そう遠からずしてという一言に、複雑な表情を浮かべたが、それも一瞬のことで、

「そうね……。株は、確かに大きな問題よね……」

小さく頷いた。

「この事業をはじめるにあたっては、別会社を設立しようと思うんだ」

梅森はいった。「理由は二つある。一つは、万が一にも事業がうまく行かなかった場合、うめもり本体に損失が及ぶことを避けるため。もう一つは、あのビルは僕個人の所有物だからだ。築地うめもりの事業となると、会社は僕とあのビルの賃貸契約を結ばないとならなくなるし、相場より安い賃貸料にすれば、税務署から贈与と指摘される可能性が出てくるからね」

「全額、私たちの資産で賄えば、どう使おうと勝手ってわけね」

「その通りだ」

この事業を別会社にするのは、かつて兼重に指摘された問題点を解決するためだ。オーナー会社であろうとも、個人で取得した物件を使って事業を行うとなると、いろいろと面倒な問題が発生する。ならば、完全に築地うめもりからこの事業を切り離し、梅森個人が新たにはじめるビジネスとしてしまえばいいと考えたのだ。

「それで、株はどうするの？」

「上場しようと思うんだ」

梅森がこたえると、

「上場？」

里美は目を丸くして驚きの声を上げた。

「そんなに驚くほどのことじゃないだろう」

梅森は茶を啜りながら、目元を緩めた。「以前から上場の話は、幾つもの証券会社が持ちかけてきたけど、ずっと断ってきたんだ。それもこれも、築地うめもりを創業して以来、無借金でやってこられたお陰で、株式市場から資金を調達する必要がなかったからだが、いよいよ引退すると決めれば、やっぱりいままでのようにはいかないからね。そこで、まずは持ち株会社を設立し、株式の半分を築地うめもりに、残りを市場で売却する。この事業を行う会社も同じだ。もっとも、こちらが上場できるかどうかは、今後の展開次第だけどね」

「そこで得た、売却益を財団の資金にするわけね」

さすがは里美だ、察しが早い。

「その通りだ。どれほどの額になるかは、実際に上場してみないことには分からないけど、僕ら二人じゃ到底使い切れない額になるのは間違いないからね。あの世で、カネの使い道なんかありゃしないし、将来ある人のための役に立つなら、それこそ生きたカネの使い道ってもんだろ？」

「生きたおカネの使い方になるかどうかは、それこそ後継者次第じゃないの？」

「もちろん、候補については考えがある」

梅森は、また茶を啜った。

「誰なの？」

「石倉君だ」

梅森はいった。「最初にいったように、期間限定の店をやったらというのは、バイトの滝澤さんだが、地方の名店を集めてというプランに昇華させたのは石倉君だ。人間誰しも欲もあれば野心もある。しかもバイトのアイデアがきっかけになったんだ。自分一人で考えたといいたいところだろうに、彼は滝澤さんのアイデアがなければ思いつかなかった、自分は彼女のアイデアを進化させただけなんだといってね」

「正直な人ねえ……」

里美もまた、茶に口をつけながら嬉しそうに目を細める。

「もちろん、石倉君に経営の才があるかどうかは分からない。だから、この事業のプロジェクトマネージャーに任命し、僕に代わって築地うめもりの経営を任せるに値する人間かどうかを見極めようと思ったんだ」

里美は、二度三度と頷くと、

「いっそ、その滝澤さんというバイトのお嬢さんも、うちに入社してくださるといいのにね……」

しみじみといった。

「えっ？」

そんなことは考えてもみなかった。

由佳は、名門大学の学生だし、語学にも秀でていると聞く。有能な人材は、どこの企業でも欲しているし、人柄にも申し分がないのは短時間言葉を交わしただけでも、すぐに分かった。人手不足のこの折りに、就職にはまず苦労しまいし、まして、築地うめもりのような外食産業、それも国内でしか事業展開をしていない会社に職を求めるなんてあり得ないという思いがあった。

「しかし、滝澤さんは――」

「だって、最終的なプランが大きく変わったとはいえ、滝澤さんの発案が元になったわけでしょう？」

　里美は、梅森の言葉を遮って続ける。

「そりゃあ、優秀な方なんでしょうけど、大企業に入っても、希望通りの仕事に就けるとは限らないじゃない。それどころか、会社の規模が大きくなればなるほど、業務だって多岐に亘るわけだし細分化されるんだから、むしろ、そうなる可能性の方が大きいわけじゃない。自分が考えたプランが、実現できる。大きく育てられるかどうかも本人の才覚、能力次第って方が、よっぽど面白いし、魅力に感ずると思うけどなあ」

　いわれてみれば、確かにその通りである。

　学生の大企業志向は相変わらずだが、こと大企業において、配属先の希望が叶えられることはまずない。営業を望んでも、管理部門に配属されることもあれば、その逆も大いにあり得る。そこで起きるのが、いわゆるミスマッチというやつで、入社して間もないうちに、会社を辞する新卒者が相次ぎ、企業が頭を悩ませている問題のひとつである。

「それに、滝澤さんが、このアイデアを思いついたのは、津波で被災した故郷の町を、何とか活性化させたい。その一心からだったわけでしょう？」

　再び里美は続ける。

「だったら、この事業が成功すれば、店にやって来たお客さんが、同じ悩みを抱えている町を訪ねるきっかけになるかもしれないし、どうしたら、そうなるようにするかっていう戦略を練《ね》る楽しみもあると思うのね」

「なるほどなあ……。どうしたら、そうなるようにするかって、戦略を練る楽しみか……」

里美の言葉を繰り返し、梅森は唸った。

「誘ってみたら？」

里美はいった。「断られたら残念で済む話だし、入社してくれるなら、それこそうめもりは、願ってもない人材を迎え入れることができるわけじゃない。打診してみる価値はあると思うけどなあ……」

里美のいう通りだ。

端から駄目元を覚悟して、真逆の結果が出れば、喜びは倍増というものだ。

打診してみるだけの価値は十分にある。

「よし、じゃあ一度、滝澤さんと話してみるよ」

そういいながら、「よし、腹も膨れたし、風呂入ってくるわ」

梅森は勢いよく席を立った。

2

「こんな話にうっかり乗ったら駄目ですよ。ビル、取られちゃいますよ」

津田から提出された契約書に目を通した川添康正《かわぞえやすまさ》が、顔をしかめながら黒縁眼鏡を外した。

川添は、築地うめもりの顧問弁護士だが、創業以来築地うめもりが訴訟に直面したことはただの一度もない。店舗の賃貸契約にしても、契約書の内容はどれも似たようなものだから、梅森の判断で済ませてしまうこともあって、滅多に世話になることはなく、万一の事態に備えてのお守りのようなものだが、今回のケースは事情が異なる。津田の申し出を断ることは決めてはいたが、新事業は自ら飲食業を行うものではなく、貸しビル業という一面もある。この業界に関しては、素人同然なだけに、その道のプロである川添の見解を聞くことにしたのだ。

それに、兼重がこの話を強く勧めるのも奇妙だし、まして石倉の企画書を自分の手元に留め、いまに至っても提出してこないのが気になった。

もちろん、その理由、背景には察しがつくが、兼重は信頼を寄せてきた部下の一人である。裏切り行為を働くとは考えたくもなかったのだが、川添の見解はそんな梅森の淡い希望を打ち砕くものだった。

「取られるって、どういうことです？」

梅森は、失望感を覚えながら問うた。

「これ、絶対に居座るつもりですよ」

川添は声に確信を込める。「一応、契約期間は五年ってことになってますけど、契約書には、梅森さんの意向で賃貸契約が解除できるとは書いていません。つまり、ガルフウインドの同意がなければ出ていかない可能性があるわけです」

そういえば、会食の場で津田は契約解消に当たっての条件を、一切口にしたことはなかったのを思い出し、

「しかし、あのビルの立地は――」

そういいかけた梅森を遮り、川添はいった。

「あの立地だから、この商売がうまくいく自信があるんですよ。芸能人、スポーツ選手、政治家と東京には著名人が沢山いますし、人目につかず羽を伸ばせる場所へのニーズは確かにあるでしょうからね。ところが、一般客を相手にした飲食店には、不向きな立地で名が通っているわけですから、梅森さんだって他に借り手を見つけることは難しい。つまり、ガルフウインドが借り続ける限り、梅森さんの方から、契約解除を申し出ることはまずない。そう考えたからこそ、外装もエレベーターの新設も、費用はガルフウインドで持つといっているんでしょうね」

「そうなったとしても、ただ賃貸関係が続くだけで、居座るという表現には当たらないのではないでしょうか」

梅森は素直な疑問を口にした。

商売がうまくいっているのなら、家主から明け渡しを命じられれば拒むのは当然のことだ。それを居座ると表現するのは少し違うと思えたからだ。まして、取られるとはどういうことだ。

「たぶん、ガルフウインドは、そのうちビルの老朽化《ろうきゅう》、あるいは耐震補強の必要性を理由に、建て直しを持ちかけてきますよ」

川添の言葉に、

「建て直し？」

梅森は、思わず問い返した。

「借り手を見つけるのが難しい物件です。しかも、耐震補強がなされていないとなれば、興味を示す借り手がいたとしても、まず契約には至りません。ビルが丸々空いたままでは、梅森さんだって、固定資産税を払い続けるだけ。リターンはゼロどころか、全くのマイナスになるわけです。さて、そうなったら、梅森さん、どうなさいます？」

梅森は、こたえに詰まった。

いまさら、あのビルを建て直したところで、そろそろ引退する時に備えなければならない年齢だ。もちろん自己資金で新築するのは可能だが、いまさら賃貸収入を得るだけの目的で、ビルを建て直す気などさらさらない。

「でしょう？」

川添は梅森の心中を見通したようにいった。「そこで、売却を打診してくるか、上物はガルフウインドに建てさせてくれ、つまり借地を申し出てくるでしょうね」

「まさか」

津田だって、自分とそう変わらない年齢だ。それに、今回の事業は、カネ貸しとして生きてきた、自分の人生への贖罪だといったのだ。いまさら、そんなことを目論むとは思えないし、第一、財を増やしたところでカネはあの世へは持って行けないといったのは、津田自身である。

しかし、それをいうより早く、川添は続けた。

「いや、実際、この手の話は、よくあるんです。世間に名の通った不動産会社も、当たり前のように持ちかけますからね」

「不動産会社？　それも名の通った会社がですか？」

梅森は驚き、問い返した。

「一流だろうが、彼らはサラリーマンですよ。みんなノルマを背負ってますし、出世だって実績次第なんです。さすがに違法行為は犯さないまでも、うっかり話に乗ろうものなら、貸主がこんなはずじゃなかったたってことになるケースはよくあるんです」

「では、先生は実際にそうしたケースを扱ったことがあるわけですか？」

「法に触れていないんですから、争いにはならないまでも、相談を受けたことは何度かありますね」

川添は小さく頷くと、話を続けた。

「いまの時代、後継者がいないとか、事業が先細る一方とかの理由で、長く続けてきた商売をたたむ経営者はたくさんいます。中には、自社ビルを持っている経営者もいるわけで、廃業を決意するに当たっては、持ちビルを賃貸に出して家賃収入を老後の資金に当てようと考える人が実に多いんですよ」

「会社で使っていたのなら、それなりの年月が経っているでしょうし、耐震補強もされていない。借り手はそう簡単には見つからないってことになるわけですね」

「そこで、現れるのが不動産会社です」

川添は、その通りとばかりに、顔の前に人差し指を突き立てる。「彼らが着目するのは、まず立地です。これはいいと思えば、この立地ならいくらでも借り手はいます、うちが見つけて差し上げますと持ちかける。実際その通りになるわけですが、彼らの本当の狙いはそこからです」

これまでの話からして、その先、なにをいい出すかは聞くまでもない。

「老朽化を理由に、建て直しを勧めるわけですね」

梅森は、川添の話を先回りした。

「いまの店子が出て行けば、耐震補強をしないと見つけるのは難しい。そんなことにカネを使うなら、建て直した方がマシだし、いまよりも遥かに高い家賃が取れるとか、理由なんかいくらでもつけられますからね」

果たして、川添はそういうと話を続ける。

「好立地にある物件ならば、自分たちの老後の資金にというだけでなく、子供、孫へと残してやりたい。そんな気持ちを抱くもの。しかし、新築となると、問題になるのは建設資金です。もちろん中には、自己資金で賄える方もいますけど、そこまでの余裕はないという人の方がやはり多いわけです」

「そこで、借地を持ちかけてくるわけですか」

「その通り……」

川添は頷く。「借地契約を結べば、ビルを建てるのは不動産会社。貸主には建設費用の負担が発生しませんし、確実に借地料が得られるというメリットがあります。ただ、問題は二つありましてね。一つは、所有者が亡くなった場合、ビルが建っている土地を家族が相続するというなら、相続税が発生すること。それ以前に、相続の権利者が複数人いる場合、そのうちの誰か一人が物件を所有するとなると、他の権利者に応分のカネを支払う必要に迫られることになるわけです」

「それほどの現金が手元になければ、土地を売却するしかないということになるわけですね」

「その通りです」

川添は、頷くと二つ目の理由を話し始める。「もう一つは、借地契約期間が満期を迎えた時、果たしてビルの所有者が立ち退いてくれるのかという点です」

「いや、しかし、借地借家法は改正されて、貸主の方に有利になったんじゃありませんでしたっけ？」

梅森は、朧気《おぼろげ》な記憶を頼りに問うた。

「平成四年に改正されて、定期借地は最長五十年。期間満了と同時に、借主は物件を明け渡さなければならないことになりましたが、その時がきたら、何が起こるかは誰にも分かりませんし、先に申し上げた通り、借主の方にどんな事情が発生するかも分からないのです。第一、不動産会社だって、その間、指をくわえて見ているわけがありませんよ。手を替え品を替え、何としてでも、土地を手に入れようとしますよ。上物を建ててしまえば、五十年の間は居座ることができるんですから」

さすがに、川添だ。話の内容には、納得がいくことばかりなのだが、ただ一つ、どうしても分からない点がある。

「ですがねえ、川添さん。ガルフウインドの津田さんは、私と変わらない歳ですよ。あのビル……というか土地が目当てだとしたら、手に入れたってどうしようもないと思うのですが……」

梅森は、先にいいかけたままになっていた疑問を口にした。

「津田さんは、カネ貸しをやってたわけでしょう？」

川添は、渋面《じゅうめん》を作る。「殊勝《しゅしょう》なことをいっているようですが、あの手の人間は、そう簡単に改心なんかするもんですか。カネの欲に魅せられた人間は、死ぬその時まで、欲を捨て切れないでいるもんです。ほら、雀《すずめ》百まで踊り忘れずっていうでしょ。その言葉はいつの時代にも通用するもんでしてね。実際社長だってそうじゃありませんか。その歳になっても、経営者として会社の将来を案じて、新しい事業に乗り出そうとしているわけでしょう？」

「それはまあ……」

「サラリーマンなら定年年齢に達すれば、否応なしに職場を去らなければなりませんが、事業をやってる人間には、そんなものありませんからね。実際、おカネはできた。後は好きなことをやりながら余生を送るといって、現役を退いた経営者でも、いざ引退してみると、退屈でしょうがなくて、再び事業をはじめたなんて話は、世の中にはごまんとあるじゃないですか。第一、社長は引退したら、何をなさるんです？　毎日ゴルフをやって過ごすとでも？　他にこれといった趣味ってありましたっけ？」

そう問われると、俄には思いつかない。

「まあ……それはその通りなんですが……」

語尾を濁した梅森に向かって、川添は目元を緩ませると静かに口を開いた。

「これからの日本を背負って立つ人材のために、財団を設立し、財産のすべてを財源に充てたいという気持ちを抱いているのは知っています。でもね、築地うめもりの経営を誰かに任せ、財団の運営に専念しようと思っても、会社のことがどうしても気になりますよ。後任者にしたって、創業者にはいろいろと相談したいことも出て来るでしょう。相談を持ちかけられれば断れない。社長が存命でおられる限り、会社との縁は切れない。創業者なら、なおさらそうなるんじゃないですか?」

「雀百まで踊り忘れずか……」

梅森は思わず呟いた。

自ら口にしてみると、先に川添がいったその言葉がすとんと腑に落ちた。

再起を賭けてはじめた事業が軌道に乗り、店舗の数が増すに連れ、「資金がご入り用でしたら、いくらでも用立てます」とすり寄ってくる銀行はいくらもあったが、一切応じることなく自己資金で賄ってきたのは、カネ貸しの悪辣さを思い知ったからに他ならない。

そこに思いが至ると、銀行であろうと、街金であろうと、カネ貸しに変わりはない、カネに生きた人間は、カネの魔力から終生抜け出すことはできないものなのかもしれないと梅森は思った。

「先生のおっしゃる通りですね」

梅森はいった。「断るつもりで、先生にこの契約書をお見せしたんですが、私は人に恵まれ過ぎていたんですね。この歳になって、また一つ、世の中というものを勉強させていただきました」

梅森は、ソファーの上で身を正すと、川添に向かって頭を下げた。

3

「えっ？　断る？」

朝の社長室で、梅森の前に立つ兼重の顔から、一瞬にして血の気が引いた。

「ど……どうして、断るんです。あんな好条件で、あのビルを借りてくれるなんて人は、二度と現れませんよ」

兼重は必死の形相で、梅森が告げた結論に異を唱える。

「貸すというオプションがなくなったんだ」

「なくなったって……じゃあ、どうするんです」

「あのビルを使って、新しい事業をはじめることにしたんだ」

「新しい事業？」

「期間を決めて、地方の有名店に貸す。つまり、ポップアップレストランが集まるビルにするんだ」

兼重は顔面を蒼白にし、その場で固まった。

事業の内容が、石倉が提出した企画書の内容と、寸分違《たが》わぬものであることに気がついたのだ。

「君は、公募した新規事業に対して、ただの一件の応募もないと、繰り返し報告してきたが、たった一つだけだが、企画書の提出はあったそうじゃないか」

「そ……それは……」

「なぜ、それを私に提出しなかったんだ」

「いや……確かに、石倉さんから企画書は提出されましたけど……ポップアップレストランなんて、今の時代、珍しいものではありませんし……第一、出店者を募るにしたって、手間がかかるわけで……」

しどろもどろになって、必死に弁明をはじめた兼重に向かって、

「君の判断で、私に見せるまでもないと結論づけたのかね？」

梅森は問うた。

「ポップアップレストランなんて、リスクが大きすぎますよ」

兼重は顔をしかめ、声を荒らげる。「そりゃあ、一定期間で店が入れ替わるのは、アイデアとしては面白いと思いますよ。でも、解決しなければならない問題はすぐに思いつきます。それも一つや二つじゃありません。山ほどありますよ」

「たとえば？」

梅森は静かな声で問うた。

「仮に、出店してくれたとしても、職人は一定期間東京に滞在することになるわけじゃないですか。となれば、宿泊費が発生しますし、店によっては出張手当だって出さなきゃならないわけです。店にだってイメージってものがありますから、内装はそのままってわけにもいきませんし、食器だってそうです。石倉さんの企画書には、ホール係はうちが新規事業専用の従業員を用意するってありましたけど、常にビルの店舗が埋まっていればいいですけど、空こうものなら無駄な人件費が発生するわけで――」

そこで梅森は、兼重の言葉を遮った。

「問題点が分かっているなら、どうしたら解決できるかに知恵を絞ればいいじゃないか」

「えっ？」

「問題点があると指摘できるのは、悪いことじゃない。むしろ、良いことなんだ。最悪なのは、問題点に気がつかず、事をはじめてしまうことにあるんじゃないのかな」

兼重は虚《きょ》を衝かれた様子で、ぐうの音もでないとばかりに沈黙し、視線を落とす。

「新しいことをはじめようとすると、真っ先に出るのは反対意見だ。当たり前だよね、誰も経験したことがない。ノウハウも何もないところからはじめるんだ。だから、真っ先に難点をあげつらい、失敗した時のリスクを訴える」

兼重は項垂れ、黙って話に聞き入っている。

梅森は続けた。

「でもね、大切なのは、まず構想を打ち出すこと。やれたら面白いことになるんじゃないかという夢を語ることなんだ。もちろん、筋のいいアイデアはそう簡単には浮かぶもんじゃない。実際、あのビルを使った新しい事業なんて、私は思いつかなかったからね。思いついたとしても、自社では到底解決不可能な問題、たとえば資金的に無理だとか、成功したとしても成長性が見込めないとか、様々な理由で諦めざるを得ないアイデアばかりだっただろう」

梅森は、そこで一旦言葉を区切ると、

「それでも夢を語るってのは大切なことだと思うよ」

今度は諭すようにいった。「千三《せんみ》つってよくいうように、浮かんでは消えするのが夢だ。だけど、千の夢を語り合えば、三つは、これ行けるんじゃないかと思える夢があるかもしれないってことでもあるように思うんだ。もちろん、それでも、難点がない夢なんてものはありはしない。でも、それが解決できるものならば、夢が叶う可能性は極めて高いってことになるんじゃないかな」

「じゃあ、社長は石倉さんが発案した企画は実現性はもちろん、成功する可能性が高いとお考えなわけですね」

顔を上げた兼重が問うてきた。

「だから、やると決めたんだ」

「いま私が挙げた問題点も解決できると？」

「もちろん」

「どうやって？」

梅森は、兼重に求められるまま、宿泊施設の件、里美が行っているレンタルビジネスで使っている食器をそのまま、流用できることを説明すると、

「もちろん、どれほどの店が、この構想に興味を示すかどうかは分からない。実際にどれほどのお客様が足を運んでくれるかどうかもね。これぱっかりはやってみるまでは誰にも分からないことだからね」

話を締めくくった。

「やってみるまで分からないって……。それで、いいんですか？　そこが、一番肝心なところじゃないですか」

兼重は、あからさまに不満げな表情を浮かべ、口を尖らせる。

「成功が約束された商売なんて、ありゃしないよ」

梅森は静かに、しかしきっぱりといった。「どんな商売でも、うまくいくと確信するからこそはじめるんだ。もちろん、失敗する可能性は排除できないが、それだってやってみないことには分からんからね」

いつの間にか、兼重の表情から動揺の色が消えていた。

真正面から梅森の視線を捉えると、暫《しば》しの沈黙の後に口を開き、

「でも、やる以前に結果が分かる案件だってあるんじゃないですか」

挑戦的な口調でいった。

「どういうことだ」

「津田さんに貸せば、家賃という収入が確実に得られます。前にもいいましたけど、あのビルは社長個人の持ち物で、この企画を会社の事業として行えば、いろいろと面倒な問題が生じるでしょう。ならば、社長個人に——」

「石倉君の企画を実現しようと思えば、それも解決しなければならない問題点として上がってくるはずだ。そして、解決する方法はある」

梅森は兼重の言葉を遮り、冷静な声で返した。

「えっ……」

「この事業は、築地うめもりとは別に会社を設立してやることにする」

「別会社？」

「百パーセント、私が出資する会社だ」

梅森はいった。「私個人が所有するビルで、私がどんなビジネスをはじめようと、築地うめもりとは別会社である限り、私の勝手だろ？　もちろん、食材の仕入れ、従業員の手配、うめもりの手を借りる仕事はあるが、そこは二社の間で業務委託契約を結べばいいだけだ」

何かをいいかけた兼重だったが、口をもごもごと動かし、再び視線を落とす。

「そうやって、問題点を一つ一つ潰して行けば、ゴールに確実に近づいてくるんだよ」

梅森は続けた。「この際だから話すが、私はね、築地うめもりの株を社員に所有してもらおうと考えているんだ」

「社員にって、持株制度を導入するってことですか？」

兼重は、視線を上げ、目を丸くして驚いた様子で問うてきた。

「持株制度も一つの手だが、どうせやるならストックオプション制度を導入しようと考えている」

持株制度は、企業社会では広く行われているもので、社員が毎月一定額の自社株を共同で買い付けていく仕組みだ。それに対し、ストックオプションは、会社の従業員や役員が、予《あらかじ》め定められた金額で購入できる権利を付与するものだ。築地うめもりは非上場企業で、市場で売買することはできないが、上場した場合、初値はもちろん、その後の業績が順調に推移し市場から高い評価を得られれば、未公開時に取得した株の価値が、跳ね上がるかもしれないという魅力がある。

「もちろん、社員全員にストックオプションの権利を平等に与えるつもりはないよ」

梅森は続けた。

「取得できる株数は実績次第。つまり、優れた実績を挙げ、会社に多大な貢献をした者に、より多くの権利を与えることになるだろう」

「それは……つまり……上場を考えているということですか？」

兼重の顔に、後悔する心情が滲み出、眉がハの字に開く。

「上場は、以前から打診されているからね」

梅森が頷くと、兼重は悄然と肩を落とし、再び下を向いた。

「もちろん、社員の業績、会社に対する貢献を評価するのは難しいものだ」

梅森は、そんな兼重に語りかけた。「上司や同僚との相性もあれば、仕事の難易度もまちまちだ。上司は大抵部下よりも年上だし、高い評価を与えれば、部下に追い越されてしまうのではないか。そんな気持ちも覚えるだろう。だがね、これから先も築地うめもりが、成長を続けるためには、部下や同僚の能力を認め、正しい資質を持った人材によって運営される会社づくりを目指さなければならないんだ」

能力主義、実績主義、年功序列の撤廃は、多くの企業が明確な指針を打ち出し、かくありたしと取り組んではいるものの、運不運に加えて人間の感情が介在する課題だけに、これもいうは易く、行うは難しの典型的な例である。

しかし、これもまた、知恵を絞れば、完全にとはいかないまでも、何かしらの解決策が見つかるはずである。要は、これで良しとするのではなく、常にどうしたらより良い制度をつくれるのか。それを考え続けるのが大切なのであり、この新事業は、そのきっかけをつくるためにも、極めて意味のあるものになると、梅森は考えた。

「社長……」

俯いたままの兼重が、低い声で呟いた。「私は……」

兼重が何をいわんとしているかは聞くまでもない。

「何もいわなくてもいい」

梅森は兼重の言葉を遮った。「君は、よかれと思ってやったんだ。石倉君の企画が、箸にも棒にもかからんようなものだったら、私だって、あのビルを津田さんに借りてもらっただろうからね。だから、津田さんと会ったわけだし、こうして契約書の原案も出してもらったんだ。交渉中に話がご破算になるなんてのは、当たり前にある話だし、津田さんだってその辺は重々承知のはずだ。貸せませんの一言で終わるだけの話だよ」

次に、兼重の口を衝いて出るのは、詫びの言葉に決まってる。

どんなつもりで津田との契約を進めようとしたのか。おそらく、賃貸契約が成立した暁には、何かしらの報酬が与えられる密約めいたものがあったのだろうが、そんなことは聞きたくはない。実害を受けたわけではない、未遂で終わってしまったのだ。それに、裏切り行為を働こうとした人間を処罰するのは簡単だが、人の温情に触れた人間は、心を入れ替え、いままで以上の働きをせんと奮起するものだ。実際、かつての梅森自身がそうだったのだ。銀行に騙され、最初の事業が廃業に追い込まれ、失意のどん底にいた自分が再起できたのも、ここまでの会社にすることができたのも、森川をはじめとする築地の仲買人の旦那衆の好意があったからだ。あの恩に報いるためには、絶対に立ち直ってみせなければならない。この事業を、何がなんでも成功させなければならない。そう、固く心に誓い、事業の成長に心血を注いできたからだ。

兼重は顔を伏せたまま、その場で微動だにしないでいる。

小刻みに肩が震え出す。

「そういうわけで、津田さんとの賃貸契約は結ばないことにする。君は大江戸不動産にその旨を伝える。それで終わりにしよう」

梅森はそう告げると、椅子をくるりと回転させ、兼重に背を向けた。

4

「あの……。構想自体は面白いと思いますが、それ、私共とどういう関係があるんでしょう?」

六本木通りに面したホテルのカフェで、梅森の正面の席に座る亜佑子がいった。

昼に東京に到着する新幹線で金沢を発った亜佑子と重則、そして順平の三人を麻布のビルに案内し終えた直後のことである。

亜佑子はコンパス通りが飲食業界で、何と称されているか知らないらしく、大変な気に入りようだ。

外観の古さは気になった様子だが、ひとしきりビル内、それも一階と二階を見た直後、トレース図を広げると「この部分を変更して――」とか、「厨房をここに設けるとなると、客席の配置はこうすればいいわね」とか、「ワインセラーの位置は――」と、困惑の表情を浮かべる重則と順平に、お構いなしに語りかける。

だから、この場では、てっきり賃貸契約を結ぶに当たっての条件が切り出されるものと思っていたに違いない。ところが、真っ先に梅森の口を衝いて出たのは新事業計画だ。

「亜佑子さんに、この事業にご参加いただきたいと思いまして」

梅森は、そういいながらアイスコーヒーに手を伸ばした。

「万石が、その事業にということですか？」

　亜佑子は不思議な顔をして小首を傾げると、梅森がこたえる間もなく、「それは無理ですよ。万石は、本店以外に店を出したことはありません。どこでお始めになるのか分かりませんが、期間限定とはいえ、同時に二つの店を出すのは、ちょっと……」

　同意を求めるように、重則に目をやった。

「場所は麻布。あのビルでやることが決まっておりまして……」

「あのビルで？」

　いかにも老舗のお嬢様らしく、おっとりとしていた亜佑子の表情が一変した。

　切れ長の目を細めると、冷やかな目で梅森の視線をしっかと捉え、

「それじゃあ、最初から私に貸すつもりはなかった。その新事業とやらに、万石を出店させるために、あのビルを見せたわけですか？」

　硬い声で問うてきた。

「違います。万石さんではなく、亜佑子さんがお始めになる、お店を出していただきたいと思いまして」

　梅森が平然と頷いて見せると、

「だったら、なんで最初にそういってくださらないのです？　順平さんが麻布に心当たりの物件があるからというので、金沢から三人で出向いてきたんですよ。こちらの目的はご存じだったはずです。それじゃ、全然話が違うじゃないですか」

亜佑子は、激しい口調で抗議する。

「それは、ですね——」

事情を説明しにかかった梅森を遮り、

「順平さん、これどういうこと？　あなた、知ってたの？」

亜佑子は凄い剣幕で順平に迫る。

「いや……それは……」

口籠もる順平。隣にいる重則に至っては、視線を落とし、まるで地蔵のように身を固くするばかりだ。

花板といっても、亜佑子から見れば順平は使用人の一人に過ぎない。重則は夫だが婿養子。万石において、亜佑子が社長に継ぐ二番目の権力者には違いないのだが、それにしてもだ。

老舗の跡取りとして大切に育てられたがゆえに、傲慢不遜な振る舞いに出る人間は、珍しくはないのだが、亜佑子の豹変《ひょうへん》ぶりを目の当たりにすると、籠目ですら首に鈴をつけられないでいるのも分かろうというものだ。

「亜佑子さん……」

梅森は優しく呼びかけ亜佑子を制すると、諫めにかかった。「あなたは、商売というものが分かっていませんね。このまま、東京に思い通りの店を出せば、間違いなく失敗しますよ」

「絶対にって、なんでそんなことがいえるんです？　麻布は一等地、東京中の人間の憧れの街、セレブが住む街じゃありませんか」

亜佑子は、もはや喧嘩腰で、梅森に食ってかかる。

「確かに麻布はあなたがおっしゃる通りの街ですよ。でもね、それだけじゃ客は呼べませんね」

「呼ぶ自信はありますし、策もあるつもりですけど？」

「じゃあ、お訊きしますけど、あのビルからこのホテルまで、私、徒歩で皆さんをお連れしましたよね。それはなぜだか分かりますか？」

「なぜって……」

梅森の狙いが分からないだけに、亜佑子は警戒するかのように、一瞬言葉に詰まると、「歩いても僅《わず》かな距離だからでしょう？　十分もかからないのに、タクシーを使ったら、運転手さんに悪いじゃないですか」

それ以外に何があるとばかりにこたえた。

「ピンヒールをお履きになっているお嬢さんを、僅かな距離とはいえ歩かせたりしませんよ。私は……」

「じゃあ、なんだっていうんです？」

「順を追って話しましょう」

梅森は、そう前置きすると続けた。「まず最初に、待ち合わせを現地にした理由です。私はね、あなたが、どうやってあのビルにやって来るのか。それを見たかったんです」

「えっ？」

「あなた、タクシーで乗り付けましたよね」

「それが？」

「それも、東京駅から直接とおっしゃった」

そのことは、名刺を交わした際に確認してある。

「ええ……」

「つまり、あなたは最寄り駅からのアクセスも、コンパス通りがどんなところなのかも、ご自分では確かめてはいない。お客様が、あのロケーションをどうお感じになるかも確かめてはいないってことじゃないですか」

痛いところを衝かれたのだろう。

こたえに窮した亜佑子に向かって、

「だから、ここまで歩いていただいたんです」

梅森はいった。「コンパス通りが、どんな場所なのか。実際に歩いてみたら気づくことがあるはずだ。まして、あそこで商売をはじめようとするなら、必ずや疑問の一つや二つも持つはずだと思ったんですよ」

自分が観察されていたことが、よほどショックだったらしく、亜佑子は唇を噛みながら視線を落とし、ついには項垂れてしまう。

「あなたは、経営者には向いていませんね」

梅森は冷徹に断じた。「いや、向いていないというより、本気で万石を継ぐつもりなら、一から修業を積まなければなりませんよ」

ここまで厳しい言葉を口にするのは、梅森にも記憶がない。まして、親子ほども歳が離れた女性に向かっていうのは、はじめてのことである。だが、亜佑子は将来、万石の次期経営者となる人物である。これも亜佑子の将来を思えばこそ、万石のためを思えばこそだ。

項垂れたままの亜佑子に向かって、梅森はさらに続けた。

「真っ当な経営者なら、まして大金を投じて新しい店を出すというのなら、周到な調査を行い、念には念を入れた準備を重ねるはずです。しかも、あなたがあのビルを訪ねるのは今日がはじめてじゃないですか。ならば、十分余裕をもって金沢を発ち、最寄り駅からビルまで、どれくらいかかるのか。そこまでの間に、どんな店があるのか。ビルの周辺が商売に適しているのか。自分の足で歩き、自分の目で確かめるものですよ」

梅森の指摘に、我が意を得たりとばかりに重則と順平は大きく頷く。

「でも……私は、学生時代を東京で過ごしましたので――」

亜佑子はか細い声で、いい訳めいた言葉を口にしたが、

「じゃあ、お訊きしますが亜佑子さん、あなた、あの通りが飲食業界では、魔の通りといわれているのをご存じでしたか？」

梅森は、皆まで聞かずに問いかけた。

「魔の通り？」

亜佑子は顔を上げ、驚いたようにいう。

「そんなことも知らなかったんですか」

梅森が大仰《おおぎょう》に驚いてみせると、亜佑子は、「順平さん。あなた、それ知ってたの？」

お嬢様気質を剝き出しにして、順平を非難するような口ぶりでいった。

「もちろん知ってましたよ」

順平は平然と頷く。「最寄り駅は六本木と広尾だけど、徒歩十分かかるっていったじゃないですか」

「魔の通りなんていわなかったじゃない」

「SNSを使えば、不便な場所でも客は呼べるって、お嬢さん、いったじゃないすか」

「そ……それは……」

反撃を予想していなかったらしく、口籠もった亜佑子に、

「夢は誰にでもあります」

梅森はいった。「でもね、亜佑子さん。夢は叶えなければ意味がない。あなたは、東京進出が失敗しても万石の屋台骨は揺らぐことはない。駄目なら駄目で、やり直せばいい。そう考えているのかもしれませんが、もしそうならば大間違いですよ」

どうやら、図星であったらしく、亜佑子は決まり悪そうな顔をして口を噤む。

梅森は続けた。

「周りの人が無謀だと止める事業を強行した挙げ句、失敗に終わろうものなら、あなたは経営者の資質を疑われることになります。それは、信頼を失うということでもあるんです。口に出す、出さないにかかわらずね。そして、一旦失った信頼を取り戻すのは極めて困難。人心が離れれ

ば、組織はもちません。万石で育った職人さん、従業員の皆さんが、いなくなってしまったら、潰れるその時まで、面従腹背《めんじゅうふくはい》なんてことになったらどうなさるんです？　それとも、ご主人と二人で、イタリアンと懐石のフュージョン料理の店をやっていけるなら万石はどうなってもいいとでもお考えなんですか？　それが、あなたの夢なんですか？」

亜佑子は、身じろぎひとつせず、考えているようだった。

「そうじゃないでしょう？」

梅森はいった。「あなたの夢は、そんなものじゃないはずです。万石をこれまで以上に繁盛させる一方で、イタリアンと懐石のフュージョン料理の店を成功させ、事業を拡大していく。そこで、万石に興味を持ってくださったお客さんが、金沢を訪れたら万石へ。そうした流れを作るのが、あなたの夢なんじゃないんですか？」

「その通りです」

重則がはじめて口を開いた。

その目に浮かぶのは、婿のそれではない。亜佑子の伴侶として、いや、いずれ万石の経営を担うことになる一人としての決意だ。

「私が新しい店でやろうとしているのは、単にイタリアンと懐石のフュージョンというだけではありません。金沢、ひいては北陸近辺の食材を使うことで、地場産業の活性化に繋げたい。こうした動きが広がっていけば、その願いが叶う日が必ずやって来る。それが私の夢だからです」

「私が今回やろうとしている事業は、まさにそこに発想の原点があるんですよ」

梅森は、それからこの事業の発案者である由佳が、なぜこんなことを思いついたのかを話して聞かせると、「衰退する一方の地方の現状を、何とかしたい。多くの人が打開策を見出そうと、必死に知恵を絞っています。当たり前ですよね。人口の減少は、市場の縮小を意味するんですから、このままではあらゆる産業が成り立たなくなってしまいますからね。そして、地方を活性化させるためには、まず仕事をつくること。確たる生活基盤なくして、人口は絶対に増えることはあり得ないからです」

「その通りなんです」

重則は梅森の言葉に相槌を打つと、熱の籠もった声で続けた。

「北陸の食材に興味を持ち、実際にその土地を訪れなければ食べられない食材や料理がある。食を目当てに観光客が訪れ、使ってくれる店が、全国に広がれば、農作物、水産物の市場拡大に繋がる。安定需要が生まれれば、従事者の需要が拡大する。安定収入が得られる仕事になれば、安心して家庭を持てるし、子供も持てるようになると思うんです」

「だからこそ、この事業には夢があるし、絶対に失敗できないんです」

そこで、梅森は亜佑子に視線を転ずると、「失敗できないのは、亜佑子さんだけじゃないんですよ。私だって、同じなんですよ」

と諭すようにいった。

「社長……私……」

顔を上げた亜佑子が何かをいいかけたが、続かない。

「何も、東京に店を出すのを止めろといっているのではありません。やるなら、一度あのビルでテストしてみませんかといっているだけなんです。実際にやってみれば、お客様の反応を直に見ることができますし、改善点だって見つかるでしょう。そうした点を潰していけば、お二人がはじめられる事業が成功する確率は、格段に高くなる。要は、急がば回れといっているだけなんです」

梅森が、目元を緩ませながら、そう諭すと、

「急がば回れか……。その通りですよね……。一度テストしてみるべきですよね。夢の店を出すのは、それからでも遅くはありませんものね……」

自らに言い聞かせるように呟いた。

「だから亜佑子さん、あなたとご主人がおやりになろうとしているお店を、是非、あのビルに出店していただきたいんです。新事業のスタートアップのラインナップに加わっていただきたいんです」

梅森は声に力を込めて、決断を迫った。

5

「滝澤さん、ありがとう。改めて、お礼をいいます」

寿司処うめもり六本木店の近くにある喫茶店で、椅子に腰を下ろした梅森は由佳に向かって開

口一番、深く頭を下げた。

「えっ？　どういうことですか？　私、社長さんにお礼をいわれるようなこと、何かしましたっけ？」

由佳は驚いた様子で、きょとんとした顔をしながら問い返してくる。

「企画書を提出してくれたことだよ」

梅森は隣に座る石倉に素早く視線をやり、すぐに戻すと続けた。「すでに石倉君には伝えてあるが、あの企画、うちがやらせてもらうことになってね」

「ちょ、ちょっと待ってください」

由佳は腰を浮かし、すっかり慌てた様子で梅森の言葉を遮った。「私の企画って、あれ、ほとんどが石倉さんのアイデアですよ。ほぼ百パーセント、石倉さんがお考えになったことです。私はただ――」

「滝澤さんの企画書を見なければ、僕があんなアイデアを思いつくことはなかったよ」

今度は、石倉が由佳の言葉を制すると、「市場を一変させる画期的な技術を搭載した製品だって、基本技術を確立した人間と、実用化した人間が全く別なのは、当たり前にあるだろ。基本技術だけじゃ、製品化はできなかった。基本技術がなかったら製品は生まれなかった。だから、ノーベル賞だって基礎研究者と実用化を実現した研究者や技術者が、同時に受賞するんだよ」

「でも、私のアイデアは――」

それでも、由佳は困惑の表情を浮かべ、頑なに自分の功績を否定しにかかる。

「滝澤さん」

梅森は、そんな由佳を遮り、優しく呼びかけた。「確かに、あなたが石倉君に託した企画書とは、内容が大分違うけど、石倉君があなたの発想に触発されて、今回の事業を思いついたのは事実なんだ」

「だとしてもです」

由佳は視線を落とすと、「私、石倉さんが書いた企画書を見せられて、本当にまだまだ、何も分かっちゃいないんだな、所詮、世間知らずの学生に過ぎないんだって、つくづく思い知らされたんです。だって、そうじゃないですか。私が考えたのは、レストランや珍味なんかの地方の特産品を期間限定で出店させる、いわば出張販売の催しを常設する施設にしたらってことなんです。その点、石倉さんのは――」

「同じじゃないか」

石倉が、くすりと笑った。「僕の企画は、地方の名店を期間限定で出店させ、定期的に入れ替える。地方に行かなければ味わえない名店の料理を、東京にいながらにして味わえる専門のビルにするってことなんだよ」

「それにね、あなたの企画だって、そのまま築地うめもりの新事業になると、私は考えてるんだ」

石倉の言葉を継いで梅森がいうと、

「えっ？」

由佳は短く漏らした。

「デパートの催事もそうだけど、地方のB級、C級グルメに肉フェスとかさ、東京じゃ食に纏わるイベントが、頻繁に行われているだろう？　しかも、どのイベントも人が押し寄せ大盛況だ。麻布のビルでは地方の名店が集うポップアップレストラン事業をやるんだけど、これがうまくいったら、もっと気軽に味わえる地方の食を集めた施設を常設しようと考えていてね。あれだけ集客力があるんだもの、年一回の開催じゃもったいないだろ？」

「本当ですか！」

由佳は目を輝かせ、声を弾ませる。

「私はねえ、あなたの故郷に対する思いを聞いて、気づかされたよ」

梅森の声のトーンが自然と落ちた。「東京には、どんどん人が集まる一方で、地方の過疎高齢化は進むばかりだ。特に、滝澤さんのご実家は、先の大震災の津波に見舞われた被災地だ。家や職場をなくしてしまって、他所の土地で再起するしかなかった人だって大勢いるだろうに、それでも生まれ育った町や地域を何とか復興させようと、必死に取り組んでいる人たちだってたくさんいるんだ」

由佳は、黙って話に聞き入っている。

「俺は何をやってるんだ……と思ったよ」

それは、紛れもない梅森の本心だった。「私は、経営者だ。会社に万一のことがあってはならない。そのためには、常に増収増益。事業を拡大していくのが、私の義務だと考えてきた。当然、新店舗を出すにしても、客の入りが見込めるところ、つまり人が集まる都市にしか目を向けてこなかったんだ。過疎高齢化、ひいては人口減少が、我々商売人にとって、大問題なのが分かっていながら、人がどこから集まってくるのか。そこに思いが至らなかったんだ」

「それは、仕方ありませんよ。人のいないところに店を出したって、商売になりませんから……」

「うめもりグループがいま行っている事業ではね」

梅森は頷くと続けた。

「でもね、あなたの企画が実現して、うまく軌道に乗れば、ひょっとしたら地方活性化の一助となるかも知れないと思えるようになってね。肉フェスやC級グルメにしたって、イベントに出店してくるのは地方の店、それも小規模店が大半だ。もちろんグランプリを取れば、全国に名が知れる。実際に店を訪れる人も増えるだろうし、通販の需要だって増加する。商売目的であるのは事実なんだが、食を目当てに町に人が来てくれるようになるかもしれない。地域の活性化に繋げる狙いもあると思うんだ。物産展にしたってそうでしょう？　あなたのお父様が、町の海で獲れる海産物で、新しい珍味を作ろうと取り組んでいるのも、あなたが、町に足を運ばなければ食べられない食材を使った料理を知ってもらおうと考えたのも、狙いはそこにあるわけだろう？」

「その通りです」

「そのためには、まずは素材や料理の味を知ってもらうこと。その土地に一度行ってみたいと思わせることだ。人が来るようになれば、おカネが落ちる。それに、宅配便を使えば、ほぼ全国どこへでも、翌日には物が着く時代だ。冷凍、チルドにすれば、鮮度も保てる。食材の需要が高まれば、生活が安定するし、事業が大きくなれば、雇用が生まれる。過疎高齢化に悩んでいる町を活性化させるためには、それしか方法はないし、それで過疎化に悩む地方が息を吹き返すなら、こんな素晴らしいことはないと思うんだよ」

もちろん、それが簡単な話でないことは百も承知だ。

しかし、地方の過疎高齢化、日本の人口減少が深刻な問題とされて久しいというのに、根本的な打開策がいまに至ってもなお、ただの一つも打ち出されていないのは紛れもない事実である。実際、国は少子化対策担当大臣、内閣府には地方創生担当大臣を置きと、体裁は整えてはいるものの、打ち出される政策は、どれもこれもお寒い限りだ。

こんな商売をはじめたところで、地方活性化の役には立たないと笑わば笑えだ。誰もやったことがないものは、やってみないことには分からないのだ。

「そうなればいいですよねえ」

由佳は夢見るような瞳で目元を緩ませる。「最近じゃ日本人よりも、外国人観光客が地方の自然や食に関心を持つようになっていますからね。その店で、地方の味を知ったことが、その地を訪れる動機になるって効果も期待できるかもしれませんしね。いや、むしろ、有名店の料理より、B級、C級グルメの方が、価格も安いし、味も分かり易いだけに、外国人観光客に地方の魅力を知ってもらうゲートウェイになるかもしれませんね」

「なるほどねえ……。外国人観光客に地方の魅力を知ってもらうゲートウェイか」

外国人観光客のことなど頭の片隅にもなかっただけに、梅森は改めて由佳の目の付け所に感心し、思わず腕組みをして唸った。

長年、日々従業員と接していると、得手不得手というか、個々の能力は実に様々だということを思い知る。数字に強い者もいれば、そうでもない者もいるし、実務に長けた者もいれば、交渉力に長けた者もいる。そうした個々が持つ特性がいかんなく発揮できるよう、適材適所を心がけ、組織を率いていくのが経営者の腕の見せ所なのだが、いそうでいないのが発想力に富んだ人間だ。

「打てば響く」という言葉があるが、他人のアイデアを耳にし「いける！」と判断した次の瞬間、よりよいアイデアを打ち出してくる。つまり閃く力を身につけた人材である。それは、努力や勉強、経験で身につくものではなく、まさに天賦の才というべきものなのだが、間違いなく由佳にはその才があるようだ。

由佳は続ける。

「私、よく海外のサイトにアクセスして、日本に対する外国人の反応をチェックしているんですけど、外国人の日本に対する関心は、時を経るに従って、高まる一方なんです。事実、一度日本を訪れると、日本が恋しい、日本に戻りたいって表現で、熱く語る人が本当に多いんです」

「戻る？」

石倉が、怪訝な声で訊ねた。「戻るってのは、生活基盤のあるところに帰るって時に使う言葉じゃないの？　観光で訪れたのなら、行くじゃないの？」

「それだけ、本国以上に、日本に魅力を感じてしまったんでしょうね」

由佳は、苦笑を浮かべながらこたえると、「それはともかく、二度、三度と日本を訪れる外国人観光客は確実に増加していて、そうした人たちの関心は、もはや東京や京都ではないんです。むしろ、豊かな自然や、伝統的なライフスタイルや文化が残っている、地方に向いているんです」

「やっぱりＳＮＳの影響かね？」

梅森が問うと、

「間違いなく……」

由佳は確信を持ってこたえる。「ＳＮＳには、日本を訪れた外国人が撮影した写真、それも膨大な数の画像データがアップロードされています。春ならば桜や咲き誇る花々、新緑の渓谷や田植えが済んだ田園、秋は紅葉、冬は雪に閉ざされた寒村や山々、湯気が立ち上る温泉。そうした日本人が当たり前の光景としてあまり関心を抱かない風景が、外国人には新鮮に映るみたいなんです。東京や京都は、もはや日本初心者の行くところ、リピーターともなると、観光客が多過ぎるといって、むしろ避ける傾向があるように思うんです」

「夏は？」

由佳が、敢えて夏を避けたのが気になったらしく、石倉が訊ねた。

「概して、評判悪いですね、夏は……」

由佳は苦笑しながらこたえた。「まあ、花火や、祭りを絶賛する人も多くいますけど、やっぱり湿度と暑さの酷さに、音を上げてしまう人の方が多いように思います。もっとも、その分だけ、夏は北海道や、東北とかの比較的涼しい地域を旅するべきだと推奨するコメントが多く見られるんですけどね」

そこで、由佳は一瞬の間を置くと、すかさず続けた。

「そして、SNSを通じて広まっているのが、日本のグルメです。もちろん、神戸ビーフのステーキとか、高額な料理も興味を惹くんですが、最も外国人が反応するのは、B級、C級グルメなんです。なんせ、価格が安いし、何よりも、言葉は悪いですが、日本のジャンクフードですからね。味が分かり易いんでしょうね」

「確かに、ラーメンやたこ焼きチェーンは海外に進出して、爆発的に店舗を増やしているし、お好み焼きも、絶大な人気だっていうもんなあ」

そういった石倉に向かって、由佳はいう。

「でも、それらは日本のB級、C級グルメの代表的なものに過ぎません、いわば、日本のB級、C級グルメのナショナルフード、どこでも食べられるものなわけで、その土地を訪ねなければ味わえないローカルフードは、それこそ数え切れないほどあるわけです。もちろん、そうした地方ならではのグルメもSNS上で紹介されてはいるんですが、風景と違って、味ばかりは写真では分からない。食べたいと思えばその地に足を運ばなければならないし、観光客には滞在期間という時間的制限があるわけです」

「なるほど、そうした地方の味を、期間限定とはいえ、一堂に集めれば、日本各地のB級、C級グルメを全てとはいかないまでも、東京にいながらにして、しかも一カ所で、ある程度の数は味わえるというわけか」

石倉も合点がいった様子で、唸るようにいった。

「そこで、その地方の観光名所、さらに実際に足を運ばなければ味わえない食材や郷土料理を紹介すれば、次に日本への旅行プランを立てる時の参考になると思うんです。景色や文化はＳＮＳで伝わりますし、実際、いまの時代、そうした情報を元に旅行プランを立てる外国人観光客が多いわけですが、社長がおやりになるお店で食べた料理や、観光情報がきっかけとなって、再来日時の旅行プランを立てるって人も、出て来るんじゃないかと……」

「そうなれば、外国人観光客の来店も増えるだろうし、地方に足を運ぶ動機に繋がれば、地方活性化の一助になるよね」

梅森は由佳の目を見詰めながらいった。

「そうした観点からも、この事業はやる意味があると思います」

そう断じた由佳だったが、そこで「あっ」というように、小さく口を開くと、

「すいません。学生の私が、こんなことをいってしまって……」

慌てた口調でいい、なんともばつの悪そうな表情をしながら、ぺこりと頭を下げた。

「学生だろうが、素人だろうが関係ないさ。素晴らしいアイデアだよ」

梅森はいい、「滝澤さん、どうだろう。この事業を一緒にやってみるつもりはないかな」

と切り出した。

「えっ？」

由佳は、きょとんとした顔をして、梅森を見た。

「あなたのような人なら、どこの会社だって欲しい。語学も堪能だし、世界を舞台にする仕事に就きたいと考えているのかもしれない。その点、うちは外食産業。それも国内でしか事業を行っていない会社です。お誘いするのは身の程知らずもいいところなんだが、いまのあなたの話を聞いて、もう一つ、大きな夢ができたんだ」

「夢……ですか？」

「それはね、これが日本の国の将来に、役に立つ事業になればいいなと」

梅森は続けた。

「もちろんビジネスを行う限り、利益は追求しなければならないのだけれど、少子化には一向に歯止めがかかる気配はない。地方は過疎高齢化が進むばかり。かかる事態を放置すれば、日本は地方から壊死《えし》していくことになる」

「すでに、壊死ははじまっていますよ……」

由佳は、沈鬱《ちんうつ》な表情を浮かべ、暗い声でこたえた。「限界集落は、日本中のあちらこちらに存在しますし、一旦そうなってしまえば、早晩消滅してしまう集落に戻る人はまずいませんから……」

「人口減少に歯止めをかけるためには、まず雇用の創出だ。でも、どこの自治体も企業誘致に必死になったけど、高齢化が進んだ地域に工場を建てる企業はない。商店だって、人がいなければ商売にはならない。正直いって、もはや打つ手がないというのが現状なんだ。でもね、この事業には、そうした地域を活性化させ、人を呼び戻す効果も期待できると思うんだ」

梅森は由佳の視線をしっかと捉え、声に力を込め、断言した。「以前から私は、これからの日本を支えていくのは、観光と第一次産業しかないだろうと考えていてね。そして、早晩若い世代の目は、第一次産業に向くと……」

「若い世代が、第一次産業ですか？　それはなぜです？」

由佳は、怪訝そうに問い返してきた。

「いい大学に入って、一流企業に就職すれば、安定した暮らしが送れるなんて時代は、とっくの昔に終わってるからね。あなたたち学生がどこまで知っているかは分からないけど、企業は競争社会だ。給料を補って余りある成果を挙げなければ、組織、会社にとってはお荷物だ。そして順調に昇進を重ねても、役職定年といって、一定の期間内に昇進できなければ、それ以上の地位は望めない。降格、あるいは関連会社に飛ばされ、報酬も格段に低くなる。一流といわれる大企業であればあるほど、最後までいるのが難しいんだ。まして、テクノロジーの進歩は日進月歩。既に個々の仕事どころか、会社や産業が、消滅したって不思議じゃない時代になってるんだ。入社した時点では、人が羨む企業でも、定年を迎えるまでの間に、消滅していたって不思議じゃないんだ」

由佳は、深刻な顔をして考え込むと、

「確かに……そうかもしれませんね……」

ぽつりと漏らした。

「最近じゃベンチャーを目指す若者が増えているとは聞くけれど、まだまだ日本人の大企業信仰が根強いのは、たぶん、親の意向のせいだろうね。僕には子供がいないけど、子供の幸せを願わない親はいないし、大企業は給料がいいし、社会的ステータスもある。経営も安定しているという気持ちを親が抱いてしまうのは分かるんだが、それでは子供を危険に晒《さら》すだけのように思うんだ」

「でも、いまの若者が一次産業に目を向けるでしょうか？　それに定年を迎えるまでの間に、まさかのことが起こらないとも限らないというのは、日本に限ったことじゃないのではないでしょうか？」

「海外の企業じゃ、ある日突然首を切られるのは日常茶飯事なら、社員だって転職を重ねながらステップアップしていくものだと聞くけど、それが本当なら、まさかのことは平時においてもいつ起きても不思議ではない、という危機感を常に抱いているんじゃないのかな。だから、端から組織に依存して生きようとは思わない。そうした覚悟が、日本人には少しばかり欠けているように思うがね」

「つまり社長さんは、就職は安定した人生を意味するものではない。若者は、そこに気がつく。自助努力で全うできる職に、必ずや目が向くはずだとおっしゃるわけですね」

「そうなるとは思わないかな？」

梅森は、そうこたえると、続けていった。

「あなたがいうように、外国人観光客の関心が、東京や京都から地方に向けば、宿泊施設も必要になるし、より多くの観光客を集めるために、祭りやイベント企画、その地ならではの食材を使った料理の提供が必要になる。当然、食材だって増産を図らなければならないわけだから、一次産業への需要も高まる。となれば、収入だって安定するし、会社に就職するよりも、魅力的な職業ってことになるんじゃないのかな」

「確かに、いえているかもしれませんね」

由佳はこくりと頷いた。「少子化のそもそもの原因は、地方の若者が、大都市で職を求めるってことにありますからね。地方在住者が大都市に出て来れば、まず住居。ところが都市部の家賃は高額で、負担は大きい。結婚しても、状況はあまり変わらないわけですから、とても子供どころの話ではありませんからね」

「それが地元や、生活コストが都会に比べれば遥《はる》かに安くつく地方で暮らすとなれば、どうなるかな。まして農漁業は食材を提供する仕事だよ。自家消費で食材のかなりの部分が賄えるんだもの、少なくとも食べていくことはできるじゃないか」

由佳の瞳が輝き出す。

色白の顔に、赤みがさしてくるのが、はっきりと見て取れた。

梅森はさらに続けた。

「もちろん、農漁業は天候次第。収穫高、漁獲高も安定しているとはいえないけれど、それはどんな仕事だって同じだし、この分野の技術だって日進月歩で進んでいるんだ。農業なら栽培方法、漁業だって養殖技術が進歩していくだろうし、海から陸での養殖も今以上に広がっていくかもしれない。つまり、新しい農漁業への展望も開けていくと思うんだよ」

「この事業がきっかけとなって、そんな未来が開けるなら、素晴らしいですよね」

由佳は夢見るような瞳になると、口元を緩めた。

「人生は長いようで短いものだが、それでも社会は想像以上に変化するものでね……」

梅森はいった。「自分のこれまでの人生を振り返ってみても、たった七十年の間に、子供の頃には想像もできなかったような社会になってるもんなあ……。もう、いまの時代なんて、ＳＦの世界だよ」

自分でいっておきながら、全くその通りだと、梅森はつくづく思った。

梅森の幼少期といえば、舗装道路もほとんどなく、トラックはあったものの、運搬手段には馬車が用いられることもあったのだ。だから町には馬鍛冶があったし、田畑を耕すのは牛である。電話にしたって所有するのは商売人か、極僅かの裕福な家ぐらいのものだったし、テレビに至っては影も形もない。八戸から東京までだって、蒸気機関車で、それこそまる一日をかけなければならない。遥か遠くの街だったのだ。

それが、いまや、高速道路は日本中を網羅し、東京、八戸間は新幹線で最速、僅か三時間弱。高嶺の花だった飛行機は、バス同然に気軽に使える足のひとつである。電話に至っては、家庭にどころか一人一台。それも海外からだって、番号一つで繋がってしまうのだ。

「そう考えるとね、いま、口にしようものなら、夢と笑われるようなことでも、十年、二十年の間には、当たり前のことになっていたって、ちっとも不思議じゃないと思うんだ。だから、夢を語る、夢を共有して、夢を叶えるために知恵を絞り、努力するというのは、素晴らしいことだと思うんだ」

梅森は、そこで一旦言葉を区切ると、「どうだろう、滝澤さん。僕らと一緒に夢を追ってみないか」

改めて、由佳に決断を求めた。

由佳は、椅子の上で姿勢を正すと、

「はい!」

と大きく頷くと、力の籠もった声で続けた。「私も、その夢を追ってみたいと思います。是非、うめもりで働かせてください!」

深々と頭を下げる由佳。

梅森は視線を転じ、石倉と目を合わせた。

石倉が心底嬉しそうに、目を細める。

「ありがとう! 滝澤さん、ありがとう!」

梅森もまた、深く頭を下げ礼をいった。「実はね、この事業をはじめるにあたっては、築地うめもりとは別に新会社を設立することにしたんだ」

「新会社……ですか?」

「事情は改めて説明させてもらうが、最大の理由は、この事業の発案者である、石倉君とあなたに、思うがままにやって欲しいからなんだ」

「それは、どういうことなんでしょう？」

実際に会社で働いたことのない由佳に、組織における人間関係の複雑さが分かろうはずもない。

「新会社の社長は石倉君だ」

梅森はいった。「本人を前にしてこんなことをいうのはなんだけど、石倉君は中途でうちに入社してきた人間で、管理職の経験もない」

瞬間、由佳はちらりと石倉を見た。

隣に座る石倉が、微妙な動きをする気配を感じたが、梅森は構わず続けた。

「人間、誰しもが欲を持っている。入社したからには、他者に先んじて高い役職に就きたいと思うものだし、自分よりも早くそれを実現した人間を目の当たりにすれば、複雑な感情を抱くものだ」

複雑な感情が何を意味するかは、由佳ならば分かるはずだ。

果たして由佳は、こくりと頷く。

「築地うめもりに籍を置いたまま、石倉君が新事業をリーダーとして率いるようになれば、口にするかどうかは別として、面白く思わない人間も多々出て来るだろう。雑音も耳に入るようになるかもしれないし、それじゃあ、石倉君もやりにくかろうと思ってね」

「新入社員の私が、新事業部の一員として配属されれば、なおさらですよね……」

「だから、この事業は築地うめもりとは切り離し、別会社にしてしまうことにしたんだ」

梅森はいった。「この事業は、君たち二人が発案したものだ。君たち以外に、この事業の内容を知っている人間は社内にはいない。君たち二人の夢を叶えるために、最適の環境を整える。それが、僕の役目だと考えてね」

そこで、梅森は石倉に視線を転ずると、

「石倉君……」

と呼びかけた。

「はい……」

石倉が、背筋を伸ばしながらこたえた。

「君にははじめて話すが、近いうちにうめもりグループにストックオプション制度を導入しようと考えている」

「ストックオプション……ですか？」

「うめもりグループを上場することにしたんだ」

「上場！」

梅森は、それから持株会社を新たに設立し、築地うめもりと新たに設立する新会社をその傘下に置く考えを話してきかせると、

「新会社の給与体系は、築地うめもりに倣《なら》うが、全従業員に株を取得できる権利を与える。もちろん、与えられる株数は役職に応じて異なるし、全ては実績次第だ。つまり、年齢も経験も、社

歴の長短も関係ない。激烈な競争を強いられる飲食業界で、これから先も築地うめもりが生き残り、成長を続けていくためには、成果を挙げた人間が報いられる会社にしなければならないと考えたのさ」

これから先もといえば、梅森が引退した後のことを考えてのことであるのは明らかだ。

果たして、石倉は真剣な眼差しで梅森を見詰めながら頷いた。

「もっとも、ストックオプション制度をいまの築地うめもりにいきなり導入するのは時期尚早というものだ。正当な評価を行うためには、現行の人事評価制度では無理があるからね。でも、君が社長に就任する新会社は別だ。設立当初から、ストックオプション制度を導入する」

「所帯が小さい新会社で、ストックオプション制度を試した上で、築地うめもりに導入しようというわけですね」

さすが石倉、分かりが早い。

「そして、新人事制度もね」

梅森はすかさず告げた。「だから、石倉君。君の任務は、単にこの事業を成功させるだけじゃない。ストックオプション制度は、うめもりグループの全社員の関心を呼ぶはずだ。いずれ、この制度がグループ全体に導入されるとなれば、社員のモチベーションは劇的に高まるだろう。だが、そのためには新人事制度を確立した上でないと、高位役職者のためだけのものになってしまいかねない」

「つまり、それを確立するのも、私の任務だとおっしゃるわけですね」

「その通りだ」

石倉はテーブルの一点を見詰め、すぐに言葉を発しなかった。

そして、短い沈黙の後、視線を上げ、

「分かりました」

決意の籠もった声でいった。「どこまで社長のご期待にこたえることができるかは分かりませんが、滝澤さんという願ってもない人材をいただけることになったんです。彼女の助けを借りながら、精一杯頑張らさせていただきます」

「頼むぞ。この事業には、うめもりグループの将来がかかってるんだ」

梅森は、二人の顔を見ながら、声に力を込めた。

6

それから、およそ一年——。

いよいよ、開業を明日に控えたビルの中では、初の出店者となった地方の名店の料理人たちが、準備に追われていた。

開業までに一年を要したのは、エレベーターの入れ替えや、耐震補強を施したことに加え、外装を整え、内装を施すと、やはりどうしてもこれくらいの時間がかかってしまったのだ。

明日の開業を待つばかりとなったビルに、かつての面影はない。さすがに、新築とまではいかないものの、リフォーム技術の進歩のお陰もあって、なかなかの見栄えである。コンパス通りを挟んだ狭い歩道に立ち、いまポップアップレストランの専用ビルとして、生まれ変わった姿を見ながら、梅森は思わず笑みを浮かべた。

時刻は、午後二時。

梅森は通りを横切ると、ビルの中に足を踏み入れた。

寿司店専用の一階は、ロビーのすぐ傍に、無垢の木材で作られた格子戸がある。

初回の出店者は、寿司処小樽《おたる》の有名店で、東京どころか、本店以外の土地に店を出すのは、今回がはじめてだ。

もちろん、寿司処うめもりにとっては競合相手に違いないのだが、チェーン店と高級店とは客層が全く異なる。それに、寿司処うめもりの職人たちにしても、わざわざ地方に足を運ばずとも、名店の寿司を居ながらにして食すチャンスなのだから、メリットは大きい。

梅森はエレベーターに乗ると、三階の洋食専用フロアーに上がった。

真新しいドアが開くと、ホールを挟んだ正面に店舗の入り口がある。

開いたままになっている自動ドアの向こうに、数名の人間に囲まれ、眩《まばゆ》い光を浴びながらインタビューにこたえる亜佑子の姿が見えた。

「全国各地の料理の名店が、期間限定で東京に進出」

一月前にプレスリリースによって、築地うめもりの新事業が明らかになった直後から、新たに設立した『食王』にはマスコミの取材が殺到した。ポップアップレストランは珍しくはないが、ビル一棟が期間限定専用のレストランで埋まるというのは前代未聞の施設である。まず最初に新聞や雑誌の紙媒体が、親会社の社長である梅森を訪ねてきた。新聞記事は小さなものであったが、雑誌、特に経済誌は梅森への取材で明かされたビジネスモデルや今後の事業展開を大々的に取り上げ、中には三ページにも亘る特集を組んだものまであった。

新会社の名称を食王としたのは、このポップアップレストランに特化したビジネスが、従来の外食産業のあり方、不動産業のビジネスモデルに一石を投じると共に、この事業が食を通じて地方を活性化させ、築地うめもりの将来を支える大黒柱に成長して欲しいという願いがあったからだ。

反響は、想像を絶する大きなものだった。

なにしろ、この一年の間に、石倉と新たに新会社に移籍となった数名の社員が日本全国を回って精力的に出店者を募ったこともあって、開業から一年は全フロアーが満室。しかも、地方では名店の誉《ほま》れ高い店ばかりだ。そのラインナップの一部が紹介されると、今度は「是非、出店したい」という申し込みが殺到するようになったのだ。

もちろん、テレビも動き始めた。

工事中こそ、動きは活発ではなかったが、一週間ほど前からは、朝の情報番組や夕方のニュースの生活情報コーナーで、このビルの存在が取り上げられはじめ、開業日の翌日には、初日の反響ぶりを踏まえた上で、民放各社が特集を組む予定という盛り上がりようである。

「あっ……社長、ご苦労様です」

エレベーターのドアが開いた気配に気がついたのだろう。取材に立ち会っていた由佳が、小声でいいながら歩み寄ってきた。

「どうだ、うまくいっているか?」

梅森は、インタビューにこたえる亜佑子に目をやりながら問うた。

「さすがですよ。亜佑子さん、美人でいらっしゃるし、受け答えも堂々としていて、まるでドラマの撮影を見ているみたいです」

「そうか……そりゃ、よかった」

いかにも、亜佑子らしい。

あれだけ、気の強い亜佑子である。テレビカメラの前でも萎縮することはないだろうし、理があるかどうかは別として弁が立つのは確かである。

「テレビ局の方々の反応も上々です」

由佳は声を弾ませる。「ポップアップレストランは珍しくはないが、常設する施設は東京初、いや多分全国初だ。考えてみれば、こうしたビジネスがいままでなかったのが不思議なくらいだと皆さんおっしゃいましてね。それに、どの店舗にも、本店がある地域の食や観光地の案内が充実しているのも好評です。趣旨を理解してくださって、ここで各地方の魅力を知って、実際にその地に足を運んでくれる人が出て来るよう、後押ししたいっておっしゃるテレビ局のかたもいるんです」

「それは有り難い話だねえ。なんだかんだいっても、テレビは影響力があるからね。第一、地方の人口減少はテレビ局にとっても、深刻な問題のはずなんだ。なんせ、民放の収益源はコマーシャル収入だ。地域の人口が減少してしまえば、ＣＭを流したって意味がない。このままだと、地方局の経営は早晩成り立たなくなってしまうからね」

「そうか……そうですよね……」

由佳ははたと気がついたように言葉を呑む。

「人口減少は、地方の問題だけじゃなく、日本のあらゆる産業が、そして社会が成り立たなくなる深刻な大問題なんだよ」

梅森は由佳の目を見据えると、「だから、何としてでも、この事業を成功させなければならないんだ。日本という国の社会を、産業を維持するためにもね」

断固とした口調でいった。

「はい」

由佳は、決意の籠もった目で梅森を見ながら大きく頷く。

「はい！　頂きましたぁ！　ＯＫでぇ〜す」

ディレクターだろうか、店内から軽い口調の大声が聞こえ、ハンディライトが消えた。

「じゃあ、次は厨房で調理の様子を撮らせていただきまぁ〜す」

テレビクルーが移動をはじめると、インタビューを終えた亜佑子の視線が梅森に向いた。

「あっ、社長！」

亜佑子が店内から駆け寄ってくると、「大変お世話になりまして。お陰様で、いよいよ明日開店です。開店メンバーに選んでいただきましたこと、本当に感謝申し上げております」

改めて礼の言葉を口にしながら、深く頭を下げた。

「理想にはほど遠いかもしれませんが、なかなか素敵な店じゃありませんか」

梅森は、亜佑子の肩越しに店内に目をやった。

内装やテーブル、椅子、キッチンは据え付けだが、テーブルクロスや、絵画、生花などのディスプレイは、テナントが自由にアレンジできる。

「もう、それはいわないでくださいよぉ」

亜佑子は照れ笑いを浮かべると、一転して真顔になって、「当初考えていた店とは異なりますけど、あるものを使って、どう独自色を打ち出すかを考えるのも、本当に面白いものだってことに改めて気づかされました。由佳さんも、凄く熱心にサポートしてくださいましたし、奥様との食器選びも楽しくて」

しみじみという。

「いや、礼をいうのは、こちらの方です。まだ海の物とも山の物ともつかない事業の開店に、参加してくださってありがとうございます」

頭を下げた梅森に向かって、

「そんな海の物とも山の物ともつかない事業だなんて」

亜佑子は慌てていい、「由佳さんから、聞いていらっしゃらないんですか？」

と問うてきた。

「といいますと?」

「もう、一ヶ月間の予約は、ほぼ埋まってるんです」

亜佑子は目元を緩ませる。

「ほぼ埋まってる?」

梅森は、そういいながら由佳を見た。

「そうなんです」

由佳は声を弾ませる。「雑誌で取り上げられた頃からぼちぼちと予約が入りはじめてはいたんですが、テレビで紹介された途端、電話が鳴り止みませんでね。あっという間に……」

「予約率は、確か九割を超えたんでしたよね」

亜佑子が由佳に向かって念を押すと、

「ええ。でも、今日の撮影映像は、明後日の朝に放映されるそうですから、満席は間違いありませんよ。一階のお寿司屋さんは、既に期間中満席です」

「それ、ちょっと悔しいわね」

亜佑子は、ちょっとむっとした顔になる。

「あっ、そういうつもりでいったんじゃ……」

慌てる由佳を見ながら、

「まあ、多少の違いがあるだけで、満員御礼になるなら、いいじゃありませんか」

梅森は、呵々《かか》と笑い声を上げた。

「由佳さん、冗談よ、冗談だってば」

亜佑子は、吹き出しながら、由佳の肩をぽんと叩いた。「あちらは、全国に名を馳せる有名店が本業の料理を提供するんだもの。私たちは、新しい料理での挑戦じゃない。それでも、これだけのお客様に来て頂けるのは、本当に有り難いと思ってるの」

亜佑子は、そこで梅森に視線を転ずると、続けていった。

「父が、万石を是非ここでやらせていただきたいと申しておりまして」

「万石さんが？」

「うちだけじゃないんです。由佳さんからお聞きしましたけど、ここで成功した暁にはB級、C級グルメに特化した同じコンセプトのビルをおやりになる計画があるんでしょう？　そのことを重則さんが仲間に話したら、その時は是非出店したいって人が、たくさんいるそうなんです」

「すみません……。つい口が滑りまして……」

決まり悪そうに視線を落とす由佳を無視して、亜佑子はいう。

「北陸にもB級、C級グルメはたくさんありますからね。おでんなんかもいいと思うんですよねえ。なにしろ、北陸は新鮮な魚介類の宝庫ですからね。白エビのつくねなんて、東京じゃ滅多に食べられませんもの。それにとろろ昆布を載っけて、北陸の地酒で熱燗をクイッと……。冬の寒い日には最高ですよ」

俄然、この事業に意欲を燃やす亜佑子の姿を見ていると、梅森はこの事業をはじめることになった経緯を思い出し、不思議な気持ちに駆られた。

森川の恩義にこたえるために、使う当てもないままに購入したビルが、築地うめもりに新しい事業の柱を齎《もたら》そうとしている。

そこに思いが至った瞬間、梅森の脳裏に「情けはひとのためならず」という諺《ことわざ》が浮かんだ。

最初の事業が廃業に追い込まれ、失意のどん底にあったあの時、もし森川をはじめとする築地の仲買人の旦那衆が支援の手を差し伸べてくれなかったら、このビルを買うことなど、絶対になかったのだ。

情けは人のためだけではなく、いずれ巡り巡って自分に返ってくる……。

森川も自分にかけた情けのお陰でビルを売却できた。森川に情けをかけたお陰で、自分は新しい事業を手にすることができた。そして、石倉という人材を見出し、由佳に出会い、正社員として採用できたのも、全ては森川から受けた恩にこたえよう、その一心からはじまったのだ。

いま梅森は、その言葉の持つ意味が真実であることを痛切に悟った。

「亜佑子さん、それは滝澤さんの働き如何《いかん》だよ」

梅森は含み笑いを浮かべながら、由佳を見た。「その日がやって来るのを待っていてくださる人がいるのなら、一日でも早くやって来るよう頑張らなくちゃな」

「はい！」

深く頷く由佳に、

「そうなったら面白いわよ。B級、C級グルメを提供する店が、定期的に入れ替わるなんて、毎日がお祭りみたいなもんじゃない。考えただけで、ワクワクするわ」

「毎日がお祭りか」

その光景を想像するだけでも、胸が躍る。「そいつぁ、いいや」

梅森は大口を開け、天井を見上げながら笑った。

「カァット！」

店内から、ディレクターの声が聞こえた。

「すいませ〜ん。お静かに願えますか。音拾っちゃうんで」

「あっ、申し訳ない」

梅森が詫びの言葉を口にすると、再びディレクターの声が聞こえた。

「それから、籠目さん。表情硬いです。肩の力抜いてください。もっと楽しそうにやっていただけませんかね。手、震えてますよ。もう一回行きましょう」

「あの人、本当にチキンなんだから」

亜佑子は、かつて見せていたお嬢様気質剝き出しの表情になると、舌打ちをしながら踵を返し、店内へと入っていく。

「あなた、しっかりしなさいよ！　これしきのことでビビって、どうすんのよ！」

亜佑子の叱声が聞こえる。

梅森は思わず由佳を見た。由佳もまた、梅森を見る。

顔を合わせた二人は、同時に吹き出し、肩を震わせながら笑い声を漏らすのを必死に耐えた。

注　本書は月刊『小説ＮＯＮ』（祥伝社発行）に「アンテナ」として二〇一九年三月号から二〇二〇年二月号まで連載され、著者が刊行に際し、加筆、訂正した作品です。また本作はフィクションであり、登場する人物、および団体名は、実在するものといっさい関係ありません。

——編集部

あなたにお願い

この本をお読みになって、どんな感想をお持ちでしょうか。次ページの「100字書評」を編集部までいただけたらありがたく存じます。個人名を識別できない形で処理したうえで、今後の企画の参考にさせていただくほか、作者に提供することがあります。

あなたの「100字書評」は新聞・雑誌などを通じて紹介させていただくことがあります。採用の場合は、特製図書カードを差し上げます。

次ページの原稿用紙（コピーしたものでもかまいません）に書評をお書きのうえ、このページを切り取り、左記へお送りください。祥伝社ホームページからも、書き込めます。

〒一〇一―八七〇一　東京都千代田区神田神保町三―三
祥伝社　文芸出版部　文芸編集　編集長　金野裕子
電話〇三(三二六五)二〇八〇　www.shodensha.co.jp/bookreview/

切りとり線

◎本書の購買動機（新聞、雑誌名を記入するか、○をつけてください）

＿＿新聞・誌の広告を見て	＿＿新聞・誌の書評を見て	好きな作家だから	カバーに惹かれて	タイトルに惹かれて	知人のすすめで

◎最近、印象に残った作品や作家をお書きください

◎その他この本についてご意見がありましたらお書きください

100字書評

食王

住所
なまえ
年齢
職業

楡　周平（にれ　しゅうへい）
1957年生まれ。米国系企業に勤務中の96年、30万部を超えるベストセラーになった『Cの福音』で衝撃のデビューを飾る。翌年から作家業に専念、日本の地方創生の在り方を描き、政財界に多大な影響を及ぼした『プラチナタウン』をはじめ、経済小説、法廷ミステリーなど、綿密な取材に基づく作品で読者を魅了し続ける。著書に『介護退職』『和僑』『国士』（以上、祥伝社刊）『終の盟約』他多数。本書は引退が視野に入り出した外食チェーンの社長が、かつての恩人への義理と自社の後進への責任の狭間に悩み、新たな打開策を見出す極上のエンターテインメントである。

食《しょく》　王《おう》

令和二年七月二十日　初版第一刷発行

著者　楡《にれ》　周《しゅう》平《へい》
発行者　辻　浩明
発行所　祥伝《しょうでん》社《しゃ》
〒一〇一－八七〇一
東京都千代田区神田神保町三－三
電話　〇三－三二六五－二〇八一（販売）
〇三－三二六五－二〇八〇（編集）
〇三－三二六五－三六二二（業務）

印刷　堀内印刷
製本　積信堂

ISBN978-4-396-63590-9 C0093
祥伝社のホームページ　www.shodensha.co.jp/